愛と絆のミステリー

戯曲3

古藤芳治

ブックウェイ

作品目次

伝説の男　五
マトリョーシカ　四一
UROKO　六五
セントエルモの火　一一三
神隠し　一四五
君の唄が聞こえる　二〇五
愛と魔の在処にて　二四九

伝説の男

主な登場人物……富永広美《とみながひろみ》（三十九歳）ウェディングプランナー事務所経営
来栖三太《くるすさんた》（二十七歳）フリーター
三杉玲子《みすぎれいこ》（四十歳）広美の同僚
中野詩織《なかのしおり》（二十三歳）広美の部下
その他　女A～K・会社の部下・タクシー運転手・三太の父

来栖三太《くるすさんた》という名前を聞いたことがあるだろうか？　知らない人なら、′ははぁん、サンタ・クロースと言わせたいんだな′とついひねりを入れたくなるだろうが、そうではない。来栖三太を知る人、特に女性ならどうにかして彼にお近付きになりたいと願う男なのだ。

女A「三太っていうからには三男坊なの？」
三太「さぁ、どうかな？　そんなこと何か意味あるのかい？」

彼に身上を質《ただ》してはいけない。年齢、出身地、学歴など意味を成さないというのが彼の持論で、話の接ぎ穂《つほ》の中で相手の為人《ひととなり》を判断してしまおうという姿勢そのものが嫌なんだそうだ。

女B「今日は寒いわね。ねっ、ウチに寄っていく？」
三太「助かるな。実は腹がペコペコなんだ。白いご飯、あるかい？」
女B「実家から送られた明太子とお新香《しんこ》くらいしかないけど…」
三太「いいねえ。バッチリだよ」

彼は基本、一日一食しか食べない。外食はさておき、家で食べる時は炊き立てのご飯に味噌汁、香の物とおかず一品で済ます。それ以上の量は胃が受け付けないんだそうだ。

女C「（少し酔って）あなた、あたしが嫌いなの？」
三太「好きだよ。だから一緒にいるんだ」
女C「嬉しい、こっちへ来て。あったかいわよ」
三太「こうかい？」
女C「ああ…（しなだれかかり）あなたっていい匂いがする。それに…たくましいのね…ねえ、キスして…」

ほんの少し身体を寄せ合うことはあってもキスをせがんではいけない。彼と同棲《どうせい》してもベッドを供にすることはあってもそれ以上を望んではいけない。もしそんな雰囲気になったのならその時点で彼は家を出て行ってしまうだろう。では男として不能なのかと言えばそういう訳でもないのだ。彼は少年が大人になってしまったようなところがあり、裸を恥じらうことをしないので、女性達は彼の逞《たくま》しさを目の当たりにしながらじっと我慢する

他ないのだ。

　それでも多くの女性が来栖三太と付き合いたいと願う。それは彼と付き合った女性が一様に良縁に恵まれて幸せな結婚をしているという事実に起因しているらしい。なかには幸せな結婚の為に彼を躍起《やっき》になって探している輩《やから》もいるらしく、もはやその存在は都市伝説に準《なぞら》えられるほどなのだ。

　だが、この話は果たして本当だったのだろうか？　ここでは自戒の意味を込めて、あたし、富永広美《とみながひろみ》と来栖三太の出逢いから別れまでを記してみようと思う。勿論、これはあたしだけの大切な記録。小学校から続いている十数冊目の日記は誰の目に触れることは絶対に…ない。


　一年前の東京。

　満員電車に揉《も》まれながら出社する富永広美《とみながひろみ》。


　あたしほど影の薄い女はいない。小学校の時から高校まで、点呼されなければ存在しているかどうかも曖昧《あいまい》なほどで、あたしが乗らないまま遠足のバスが発車してしまう事も一度や二度ではなかった。容姿は頑張って人並み、性格は暗く、成績は5段階評価でオール3、水泳は二〇メートルがやっと、バレーやバスケをやってもボールは回って来ない。イジメに遭わなかった事が不思議なくらいで、苛《いじ》められて泣いていた隣の席の子に差し出したハンカチがシカトされたほどだった。

　もっと努力して人並みに認められるようになろうと頑張った大学時代。メイクや服装に気を遣《つか》い、腫《は》れぼったい瞼《まぶた》を美容外科で切り二重《ふたえ》にもした。自己啓発本やビジネス書籍を読み、友人を作ろうと話し方教室にも通った…。

恋…？ 一応、彼氏も出来たよ。あたしと同じくらい地味なヒトだったけど…。でもあたしが憑《と》り付かれたように自分が嫌いと言うもんだから疎《うと》ましがられて去って行った。あたしの頑張りが自己愛にしか見えなくてボクが愛されていると思えない、って言ってね…。

それでも外資系ホテルの婚礼営業課に就職出来たのはそんな頑張りが実を結んだからだと思っている。五年後にはそれなりの人脈が出来て、友人とふたりでウエディングプランナーの事務所を立ち上げたんだけれど、その頃にはもう自分の恋愛よりヒト様の恋の手助けをする裏方に徹するのが'富永広美'という人間の分相応《ぶんそうおう》な生き方なのだと自覚していた、身に染みて…ネ。

ト或る東京メトロの地上口より徒歩八分ほどにあるマンション。

『アフロディア』の看板が下がる一室。

広美「山田クン、キャロル・ウィルソンの花の浮き出しのインヴィテーションカード発注した？」

山田「それがピンクがなくてブルーになっちゃうんだそうです」

広美「ダメよ。ピンクじゃなきゃ。いいわ、あたしが電話する！」

馬車馬のように働き、数社の女性誌に取り上げられたこともあって、二年後には従業員を十人ほど抱える会社

になっていた。

雨上がりの交差点。ビルの合間から薄っすらとした虹が見える。
商品カタログの書籍を台車に乗せた広美がビルのガラス壁に流れる黄金《こがね》色の雲の流れに目を奪われている…。
ト、目の前をトラックが通り過ぎ、帽子が風に煽《あお》られる。

広美「あっ！」
三太「（咄嗟《とっさ》に）よっ！（ト、帽子を寸《すん》でのところでキャッチする）」
広美「わぁ…すいません」
三太「はい（帽子を渡す）」
広美「（焦って台車を側溝に脱輪させてしまい）やだっ、あたしったら！」
三太「はは。ドンマイ、ドンマイ（ト手を貸す）」

それが彼、来栖三太《くるすさんた》との出逢いだった…。彼は頭にタオルを巻いたニッカポッカ姿。きっとこの辺りのビルの修繕《しゅうぜん》工事の職人か何かなんだろうとその時は思っただけで…。だって異性に対するトキメキなんてあたしの中では疾《と》うに終わった感情だって刷《す》り込まれていたしネ…。

三太「あれっ？　この間の？」

広美「えっ？　あぁ…こんにちは。その節はどうも…」

二度目の来栖三太との遭遇《そうぐう》。それは部下の中野詩織《なかのしおり》とオムライスが美味しいと評判の洋食屋に顔を出した時だった。

詩織「わっ…イケメンじゃないですか？　しかも鳶《とび》っぽいし…」
広美「しかも、って。あなた、あのテがタイプなの？」
詩織「大抵の女はタイプだと思いますよ。野獣と知性が同居してる感じ。たまらない部類です」

この娘《コ》は男性経験がまもなく年齢の三倍に達するという強者《つわもの》で、ソレを面接の時に堂々と言ってのけたことで共同経営者の三杉玲子《みすぎれいこ》が、'ウチにはこういう娘の経験値が必要な時もあるのよ'と採用を決めたという経緯がある。

詩織「あたし…アタックしちゃおうかな？　今彼とはご無沙汰《ぶさた》だしぃ…」
広美「どうぞ、ご自由に。あなたの審美眼《しんびがん》を確かめる良い機会だわ」

中野詩織の行動力が羨《うらや》ましい。容姿にモノを言わせてグイグイと前に出る。あたしには絶対真似の出来ない芸当…。だが玲子が明察《めいさつ》した通り、彼女のこういう性格が得てして仕事に役立った。ウェディングプランは新婦

の要望を元に立てられるが、一歩引いたところで見ている新郎の意見も実は貴重で、彼女はそんな新郎の意見を聞き出すのが非常に上手いのだ。

あたしはランチを早々に済ませると詩織を残して事務所に戻った。午後の接客の為に事務所のコーナーに仕切られた応接スペースを整え、洗面所で歯を磨き、化粧を直していると昼休みが終わるギリギリになって詩織が戻って来た。

広美「お帰り。どうだった？　彼…あなたのお眼鏡《めがね》に適《かな》ったかしら？」

詩織「えっ？　ええ…」

広美「あら、どうしたの？　どっちかずの顔ね」

詩織「う～ん、あたしの眼鏡というより彼の眼鏡にあたしが適わなかったみたいで…」

何ですって？…。詩織がフラれたですって？　あたしが言うのもなんだけれど、詩織は派手にみられがちだが、少し話してみれば、内面も充実している女性だということが分かる筈《はず》だ。彼の目が節穴でないなら、決まった恋人が居るか家庭持ちなのだろう…。

詩織「彼、凄《すご》く聞き上手であたしの方が夢中になって喋らされてしまって…。途中から何とか攻勢に出ようとしたら時間切れで、伝票持って立ち上がられてしまって…」

広美「まぁ。彼の方が上手《うわて》だったってこと？」

詩織「う〜ん。と言おうかまるで脈《みゃく》ナシって感じでした」
広美「ちゃんとしたカノジョが居るのよ、きっと」
詩織「それはないって言ってました」
広美「あら…」
詩織「彼、広美さんと話をしたいみたいです。先に帰った彼女の名前を教えて呉れないかって…」

あたしは中野詩織の観察眼を一目置いてはいるけれど、彼女のような若くて頭の良い女の子より、アラフォーの冴《さ》えない女に興味がある男がいるとは信じられなかった。会社が漸《ようや》く軌道に乗った今、将来の為に必要なのは恋愛よりもお金だ、と自戒《じかい》し、仕事に打ち込む日常があたしの全てなのだ…。

詩織「…明日で今の現場が終わるそうなんですけど、もう一度だけ、あの店に行くからランチでもどうですかって。これって広美さんに興味があるということだと思いますけど…」
広美「そう言われてもね」
玲子「（出社して来て）無理無理。広美は高学歴高収入高身長という三高を結婚条件にしている、化石のような女だもの。若くてイケメン位の条件じゃ絶対に靡《なび》かないわ」
広美「やだ、玲子ったら…。風邪はもういいの？」

マスクを顎《あご》に掛けた相棒の三杉玲子《みすぎれいこ》が二日振りに顔を出した。そう言えば午前中に病院と美容院に寄って、午

後から出社するってメールが入っていたっけ。

詩織「知ってますけどぉ。でもあの感じ、世を忍ぶ仮の姿と思えなくもないんですよね、何か物腰から品格が滲《にじ》み出ていると言おうか、どこかの良家の子息のような雰囲気があるんですよね」

玲子「名前は訊《き》いた？」

詩織「変わった名前でした。クルスサンタとか何とか…。引っくり返したらサンタクルスになるんだとか。ふざけて言ってるようには見えなかったです」

玲子「くるすさんた？…。ひょっとして…その人って…」

広美「何なの？」

玲子「もしその男性があたしが耳にしたヒトだったら広美、業務命令よ。明日、ランチを御一緒しなさい！」

広美「はぁ？」

来栖三太という名前を訊き出しただけでも手柄だと玲子は詩織に言った。その名前は知るヒトぞ知る名前で本人の口から簡単に明かされる筈のない名前なんだそうだ。それは彼に関わった女性が保身の為に絶対口外しない名前でもあった。

玲子「彼はあたし達のような業界人にとって神様に当たる存在よ。『チェリッシモ』の国広《くにひろ》さん、あの人が結婚出来た裏には彼の存在があったという噂なの」

国広郁子《くにひろいくこ》は業界を引っ張るトッププランナーで、あたしがお手本とする憧《あこが》れの女性だった。その彼女が一昨年に結婚し第一線から退《ひ》いた。五〇代半ばの女性が某企業の会長の元へ嫁いだのだ。先方は先妻を失くされて二度目だったが、それでも玉の輿《こし》だと業界はもとより経済界の中でもちょっとした揶揄《やゆ》の対象になったものだ。

詩織「それって、国広さんと，来栖三太，の間には何らかの関係があった、ということなんですか？」

玲子「この話は興味本位で語られる話ではないの。ただ確かな事は、結婚願望がありながら結婚出来ない女性にとって，来栖三太，の存在は絶大なの。男性から引く手数多《あまた》のお誘いがある詩織とは無縁な話だから、あなたは忘れなさい。良いわね」

詩織「えぇ～？（腑《ふ》に落ちないまま）分かりました」

その時は玲子の話の半分も真面目に聞いてはいなかった。玲子の言うことが本当なら、昼間の彼がその，来栖三太，なる人物なのかどうか疑わしかったし、仮に本物であるなら、あたしみたいな女をランチに誘って何をさせようとしているのか判じ兼ねていたのだ。

その日、玲子は退社する際にウチが去年世話した吉岡みつきという女性のファイルをあたしのデスクに置いて帰って行った。吉岡みつき…私立大学を卒業後、外資企業の戦略企画部に配属されていたが、実家の老舗旅館の経営を立て直す為に地元に戻り、若女将として辣腕《らつわん》を振るい、三年後、旅館を再興させた才媛だった。だが、他人に冷たい印象を与える風貌《ふうぼう》と気位の高さから男性から敬遠され、入り婿《むこ》という条件も重なって跡継ぎを望む両

親の願いも叶わないまま、自身の中で区切りを付けていた四〇歳を迎えようとしていた。そんな彼女に良縁が訪れた。相手はフランスのノルマンディーでやはりホテルを経営している男性だったが、互いのホテルを姉妹ホテルとして提携させると、経営を弟に譲り、自らは日本に移住して旅館をふたりでやっていくことになった。来月には子供が産まれるそうで先日、フォローを済ませたばかりだった。

みつき「一時は神様から結婚という梯子《はしご》を外されたんだと諦《あきら》めかけたんですけど、運命って分からないですね」
玲子「本当に羨《うらや》ましいですわ。どうやったらそんな素敵な出逢いに肖《あやか》れるのでしょう？」
みつき「縁を紡《つむ》ぐにはそれなりの方法があるということなんですよ」
広美「その方法、是非《ぜひ》聞きたいものです」
みつき「それは秘密。口にしたら幸福が逃げて行ってしまうから。でもそうね、鍵はね、クリスマスのサンタクロースを信じる気持ちを持ち続けることかしら…」

その時は吉岡みつきの口から子供じみた夢物語を聞かされるとは思っていなかったのでそれ以上は訊かなかったけれど、そこには嬉しさから漏らしてしまった暗喩《あんゆ》があったということなのだろうか？　少なくとも玲子がこのファイルをあたしのデスクに置いたということは彼女も何かを感じ取ったということなのだ。

広美「サンタクロス…来栖三太か…。本名なのかしら？　玲子の業務命令とはいえ…参ったわね」

ホテルに勤務していた頃は二時間かけてヘアーメイクをし、何とか人並みに見られるように頑張っていたが、今ではひたすら地味に装《よそお》っている。自分の持ち味を活《い》かしているという意味で、顧客の幸せが一層引き立つよう黒子《くろこ》として働くことに徹しているのだ。

…そんなあたしに興味があるだなんて…。

詩織に担《かつ》がれているのかと思ったが、上司に悪い冗談を言うほど彼女はバカではないし、玲子の業務命令という後押しを口実にして、翌日、あたしの足はあの洋食屋に向かっていた…。

昨日の席は近所の銀行員の女子が陣取っていた。あたしは業務用の据え置きエアコンの脇の二人用の席を取り、ランチを頼んだが、オムライスが運ばれて来るのと同時に相席《あいせき》を頼まれた。約束の時間を十五分過ぎても彼は現れなかったので、あたしは、どうぞと向かいの席を空け、先客の銀行員と同じシャツを着た銀行員と黙々とオムライスを食べた。満席の店内で、碌《ろく》に互いを知らない者同士が改まって話をする雰囲気がない中、ランチの時間いっぱい使って相手を口説き落とそうとした詩織の行動力に改めて感心しながら、掻《か》き込むようにしてオムライスを食べ終えるとあたしは席を立った。約束を反故《ほご》にされたことに対して寂しさとか怒りという感情はなく、これで玲子に言い訳が立つというスッキリした気持ちの方が大きかった。

三太「（店を出た広美を遠くから呼び止めて）おおい！　富永さんっ！」
広美「え？　あれっ！」
三太「（息を切らせてやって来て）ゴメンっ！　撤収《てっしゅう》のトラックが遅れてね、積み込みが終わらなかったんだ」

広美「はぁ…それで走って？」
三太「ギリギリってトコだね。もう食べちゃっただろ？　だからさ…（ト、アルミ箔《はく》に包んだお握りを取り出す）」
広美「？」
三太「親方《おやかた》のお握りぶんどって来たんだ。昼休み、まだ少し時間あるだろう？」

…それからほんの十五分間、あたし達は足元で地下鉄が走る緑道のベンチに座って話をした。といっても大した会話があった訳でもなく、あたしはただ彼が大口を開けてお握りを食べる横顔を見ていただけだ。それなのに十五分後…あたしは彼の口元についた米粒を摘《つ》まみ、メールアドレスの交換までしてしまっていた…。

三太「ふう…ごちそうさま。普段、昼飯は食べないんだけど、現場に出ている時はさすがに食べないと身体がもたない。さっ、じゃ広美さんを解放してあげなきゃな。楽しかったよ、メールして呉れよな！」
広美「あ…はい」

なぁに？　このドキドキ感…。自分自身が嫌いだという矛先《ほこさき》は男性に向けられ、あたしは恋愛という感情に金輪際《こんりんざい》従うことなどないと思っていた。それなのにどうしたことだろう？　来栖三太という男性の青年のような爽《さわ》やかさ、子供のようないじらしさ、大人の男性の慎《つつ》ましやかさに惹《ひ》かれ、「ご飯あれだけで身体もつのかしら？…」と母性までも擽《くすぐ》られてしまっていたのだ。

女D「彼ほど残酷なヒトはいなかった。でも知らず知らずのうちにあたしはソレを求めたのね、きっと…」
女E「あの父親のような大らかさ。ファザコンのあたしにとって彼は理想の父親像といったところね。心が満たされて後はもう何もいらなくなる…」
女F「痒《かゆ》いところに手が届くような細やかさ。あのヒトは奥さんになっても十分にやっていけるでしょうね…」

後に聞いた女達の彼に対する印象はどれも正しいのだろう。彼は女性に合わせて姿勢を変えている訳ではなく全てを兼ね備えているが故に女達の方が自分にとって相性が良い部分を拡大解釈してしまうのだ。

一、名前以外の特定事項を訊《き》いてはならない
二、余計な世話を焼いてはならない
三、身体の関係を求めてはいけない
四、彼が出て行く時は引き留めてはならない

この『結婚したい女性の為の幸福を掴《つか》む法』と題する四箇条《よんかじょう》はサンタクロースルールと呼ばれ、ト或るサークル内の不文律だったそうだ。これらには来栖三太という人間と関わった多くの女性の経験値が反映されており、彼と上手く付き合えた者には良縁が巡って来る、という都市伝説の元になったものだ。
あたしの相棒、三杉玲子が敢えて都市伝説と言ったことから、彼女はこの四箇条の存在を知っていたのだろうが、彼女の口から四箇条の説明はなかった。同じ経営者といっても経営側の玲子にしてみれば、実働班のあたし

を利用して都市伝説の真偽を知ることが会社のメリットに適《かな》うと踏んだからで、恋愛を捨てたと公言したあたしがまさか本気で恋に落ちてしまうとは露《つゆ》ほど思っていなかったに違いない。

三太「名前以外のことは訊《き》かないで呉れるかな？　大抵の人間はソコに価値があるかのように訊いて来るけど、ボクはその質問にストレスを感じるんだ…」

来栖三太は晴れた日の洗い上がりの生地《きじ》のような人間だ。生《き》のままの彼と接すれば個人を特定する社会通念など確かに無用の長物《ちょうぶつ》とも思える。

女G「…記憶喪失…？」

女H「ええ…中学生の時、父親の命令で山籠《やまご》もりをさせられていたようなの。谷に落ちた形跡を残したまま行方が分からなくなったんですって…」

女G「山籠りって、どうしてそんなこと？　彼にそんなのは似合わないわ」

実際…彼は記憶を失っていた。来栖三太という名前も本当にサンタクロースを模して付けられた名前だった。だが彼の為人《ひととなり》を考えると明かされる過去などない方が良いように思う。四季が巡《めぐ》るように自然の理《ことわり》の中で共生するヒトを超えた存在…そう、彼には天使という呼び名がが良く似合った。

玲子「どうした？　この間のカレ…。上手くいってるの？」
広美「えっ？　どうだろう？　連絡は取ってるけど…」
玲子「ふふ、石橋を三度叩かないと渡らない広美らしいわね。でも正解よ、カレのことは絶対に口外しない方がいいから。あたしも興味本位で訊《き》くのは止めるわ」

玲子は恍《とぼ》けて言ったが、実は恍けていたのはあたしの方だった。この時、既にあたしのマンションに彼は転がり込んでいた。彼には住む家がなく、知人宅を転々としており、「差支《さしつか》えなければソファで十分なので泊めて呉れないか？」という申し出を受けていたのだ。

三太「日雇いの給料が出たよ。泊めて貰《もら》ってるお礼に美味しいモノを驕《おご》るよ」
三太「どう？　これがボクの一張羅《いっちょうら》のスーツだよ。少し縮んじゃってるけどまだまだイケるだろ？」
三太「今日は天気が良かったから公園のベンチでボーボワールの伝記を読んだよ。いやあ、ハマったなぁ…」

彼が家で待っていて呉れるというだけで何事にも代え難《がた》い幸福感があった。異性を意識させない居心地の良さ、ふわりと全てを包み込んでくれるような安心感。石橋を三度叩いても渡らないあたしが知る男性の中で彼は最高の人間性と美しさを持っていた。例えこの人が伝説の〝来栖三太〟でなかったとしても女性達が放って置く筈《はず》がなかった。「あたしのような女の側《そば》で良かったの？」と訊《き》いたら、「運命だからさ、多分…」とサラリと言

われた。

三太「あの交叉点で広美ちゃんに惹《ひ》かれたんだ。広美ちゃんが発するオーラっていおうか、溢《あふ》れるエネルギーにボクは引き込まれているんだ」

広美「うぅ…（感激して）そんなこと…初めて言われた…。嬉しい」

風で帽子を飛ばされ、台車を歩道から落として焦っていたあたしに惹《ひ》かれ、食堂での再会に生まれて始めて運命を感じただなんて…。彼の真っすぐな言葉に目が眩《くら》むほどの幸福感に包まれたが、一方で、伝説の男〝来栖三太〟は女性を深追いする人間ではないし、あたし自身、彼に相応《ふさわ》しい女性ではないことを改めて肝《きも》に銘《めい》じた。今は富永広美という宿《やど》り木に留まってほんのひと時、翼《つばさ》を休ませているだけで、時が来れば彼は飛んで行ってしまうんだ、って…ネ。

広美「（カーテンを閉めながら）ねえ、あんな所にヒトがいる。何だか気味が悪いわ」

三太「えっ？　どれどれ（ト、カーテンの隙間から窓の外を見る）」

広美「このマンションの住人のストーカーなのかしら？　気味悪いわね」

三太「ウム（ト難しい顔をして）、本当だね、怪しいな」

その時、彼の横顔に漠《ばく》とした寂しさが見えたような気がした。彼が家を持たずに知人宅を泊まり歩いているの

は、彼という光を求めて集まった女性達が遺《のこ》した負の代償から逃げざるを得なかったという事情をその時のあたしは知る由《よし》もなかった。

広美「（会社から帰宅して）ねえ、昨日から誰かにずっと見張られている気がするの…」
三太「ゴメン…。ソレって多分、ボクの所為《せい》だ…」
広美「えっ？ 何？ ひょっとして悪い奴等に追われているとか？」
三太「ははは。そんなカッコ良いもんじゃないよ。心配しなくて良いさ。そのうち居なくなるだろうから…」

彼は確かに多くの女性達を幸せにしたかも知れないが、それは同時に理不尽《りふじん》な想いを抱く男が取り残されるということでもあった。そんな男達の中には別れた女性への未練を彼に当て付ける輩《やから》が居ても不思議ではないのだ。
‘あの男、次から次へと女を乗り換えやがって。全く好い気なもんだ！’と…。

その日の深夜…。広美の寝室…。
ヒトの気配を感じて目を開ける広美。スタンドライトの豆球の中に三太の姿が浮かぶ。
広美「…どうしたの？眠れない？」
三太「うん…。あのサ」

広美「なぁに？」
三太「少し、隣に居させて貰って良いかな？」
広美「（焦って）えっ？　うん…いい…けど（卜場所を空けてやる）」
三太「（身体を滑《すべ》らせて）ありがとう…あぁ、あったかいな…」
広美「……」

今までベッドを共にしたふたりの男はいずれも暗闇の中で自分の欲望を果たす為だけのようにあたしを扱った。だから、彼が布団の中に入って来た時、あたしは緊張でガチガチになった。あたしは彼の身体に触れないように ジリジリと後ろに下がり、'これは夢なんだ…あたしなんかが…彼と結ばれる訳がないんだ…'と言い聞かせた。身をすくめたあたしの顔に彼の指先が触れた。あたしは目をぎゅっと瞑《つぶ》ると更に身を固くした。もはや心臓の鼓動の高鳴りを彼に知られないようにするのは不可能だった。
…あぁ…見ないで…化粧もしていない顔を…そんな近くで…見ないで…。

三太「あの…キスしていいかな？」
広美「えっ？　キ…そんな…」
三太「ダメかな？」
広美「うっ…ダメ。歯磨いてから時間が経ってるし…」

三太「こんな気持ちになったの…初めてなんだ」
広美「絶対…ダメだっ…て（キスされて）…あぁ」
あたしの目尻から涙が溢《あふ》れたが彼は何も言わずただひっそりと息を殺して一層あたしを包み込んだ。彼はあたしの元から去ることを決めたに違いない、朝、目を醒《さ》ましたら彼は温もりを残したまま姿を消しているだろう…という確信に抗《あらが》おうにも、あたしの混乱はあたしから身体の自由を奪い、永遠と思えるほどの幸福の波にただただ酔い痴《し》れていった…。

その晩から一週間後。

顧客との打ち合わせを済ませた広美と詩織が交差点で信号待ちをしている。

詩織「年の瀬って本当に陰惨《いんさん》な事件が多いですね。ほら、児童公園で身元不明の遺体が見つかったんですって…」

詩織の視線の先に商業ビルの大型マルチビジョンがあった。都内の卜或る児童公園の公衆トイレで身元不明の男性の遺体が見つかったというニュースが流れていた。信号待ちする間、アナウンサーは遺体の右手の小指が切断されており腹部の刺し傷が致命傷だったこと、男性の特徴と着衣から身元の確認を急いでいる旨《むね》を伝えていた。

広美「（茫然《ぼうぜん》と）今…マフラーと帽子が何…て？」

詩織「どうしたんです？　いきなり」

信号待ちしている交叉点の風景がいつもならやり過ごしてしまう事件のニュースを気に留めさせた。トラックに飛ばされた帽子をタイミング良くキャッチした、彼の驚いたような顔が脳裏《のうり》に蘇った。

詩織「広美さん、顔が真っ青ですよ。大丈夫ですか？」
広美「チェック柄のマフラーに緑のニットキャップって…確か…」
詩織「ええ。そんなようなこと言ってましたね」
広美「交番探して…こんなこと…あぁまさか…」

八週間後…。
単線が走るト或る山村の駅。
下りの電車が到着し、喪服姿の女性達がゾロゾロと降り立つ。
駅舎の前でタクシーを待つ女性達の列の中に広美の姿がある。

女Ｉ「あのぉ？　次のタクシーに相乗《あいの》り宜《よろ》しいですか？」
広美「あっ、はい…」
女Ｊ「四人ずつ振り分けて参りませんか？」

女K「そうですね、皆さん、協力いたしましょう…」

同じ目的地へ向かう見知らぬ者同士でタクシーに分乗した。その村にある二台の個人タクシーは午前中からフル稼働しているのだとタクシー運転手は破顔《はがん》して言った。

タクシー運転手「…玉響之縁《たまのゆらのえにし》神宮の起源は承暦《しょうれき》元年、西暦で言えば一〇七八年、白河天皇の御代《みよ》だそうですから、それは由緒《ゆいしょ》正しいと言えますな。旱魃《かんばつ》、疱瘡《ほうそう》の流行により、多くの人間が亡くなった時世だそうで、縁結び子宝の神社として役行者《えんのぎょうじゃ》の流れを汲《く》む山岳修行者によって開かれたそうです。本殿の裏手に男女の営みを表した『まぐわいの石』というのがありましてな、霊験新《れいげんあら》たかということで全国から参拝に来られますが、何せこのように不便な場所にあり、宮司もマスコミ嫌いということもあって、これほどの賑《にぎ》わいは、あたしが知る限りじゃ初めてですな…」

駅から玉響之縁神宮まで車で三〇分、多少興奮気味にそのタクシーの運転手は喋り続けた。この村には旅館が一件あるが、昨日から満室で、不幸を知らされていない地元の年寄り達もさすがに何が起きたのか知ることになったのだそうだ。

タクシーが田んぼを抜け、山道に入ると、後方にはこの土地には凡《およ》そ似つかわしくない高級外車が連なっていた。車列は他人の縁を繋げるかのように山を周り、風化して判読が難しくなった『玉響之縁神宮』と記された石碑の前で止まった。山の斜面を均《なら》し、ロープを張っただけの駐車場には高級車が並んでいて、森の梢《こずえ》の間から

石の鳥居の先端が青空に聳《そび》えていた。

「お疲れさまでございました。今日は駅とココを往復していますので、お帰りの際はお声掛け下さい」と運転手は言い、慣れたように車を反転させると再び山を下って行った。

広美「…ここが…来栖三太の生家…」

警察署の地階の霊安室に続く廊下の冷たさを思い出しそうになり、あたしは慌てて首を振った。白布の下にあった男性の顔を見て、あたしは、'来栖三太に間違いはありません'と言ったが、その声は自分でも驚くほど冷淡な響きがあった。それはきっと自分の感情が彼の死という事実に犯されるのが怖くて、敢えて無関心を装わなければならなかったからで、それは今に至るまで続いていた。

女Ｋ「…あなた？　タクシー代千円。細かいのございませんの？」
広美「えっ？　あぁ、すみません。今…（ト財布から千円札を抜き出す）」
女Ｋ「（代金を受け取り）確かに。では、私達も参りましょうか」

こんな風に誘われなかったらあたしは感情のない人形のように同じ場所で立ち尽くしていたかも知れない。ここに来た女性達は沈痛な面持ちをしていたが、どこか幸福に満ち足りている感があり、あたしだけが輪から外れているように思えた。

女Ｋ「（石段を登りながら）悲しい初詣《はつもうで》になってしまったわね」
広美「…そうですね」
女Ｋ「貴女は東京から？」
広美「はい」
女Ｋ「あたしは函館から。彼とは六年前に名古屋でネ。お陰様で良いご縁を頂いてね」
広美「そうでしたか…」
女Ｋ「それにしても、こんなに沢山の女性を幸せにしていただなんて…」
広美「（微妙な面持ちで）…本当だったんですね」
女Ｋ「…声には出せないけどね。みなさん、彼と出逢えたことを感謝しているわ、心から」
広美「…はい…」

来栖三太…玉響之縁神宮三十八代目宮司になる筈だった、本名・白岩幸人《しらいわゆきひと》の五十日祭に集まった女性の数は優に一〇〇名を超えていた。五十日祭といっても、記帳を済まし、社務所に安置された彼の遺骨に玉串《たまぐし》を捧《ささ》げるだけだったが、昼前に彼の父親の宮司主催の親睦会が予定されていて、出席を希望する者はそれまで敷地の裏手にある『まぐわいの石』を見たり、本殿を拝謁《はいえつ》したりして各々、時間を潰《つぶ》すことになった。

あたしは振る舞われたお茶を膝の上に抱いたまま、親睦会が開かれるという拝殿《はいでん》の片隅で呆然《ぼうぜん》としていた。やがて時間になったのか人が集まり始め、間もなくして洗い晒《ざら》した紫の袴《はかま》が翻《ひるがえ》った。彼とは真逆の四角い身体

をした宮司はオペラ歌手のような低く朗々とした声で来訪の礼を述べ、これもひとつの供養《くよう》だからと幼い頃の息子の様子を語って聞かせた。

宮司「…左様《さよう》、三十年前、家内が産気づいたのが旧暦の十月九日、産婆《さんば》によって取り上げられたのが翌十月十日だった。十月というのはご存知のように神無月《かんなづき》といって出雲大社に諸国から神々がお集まりになる日で、十月十日に稲佐《いなさ》の浜で出迎えられた神々は、十一日から十七日まで縁結びについて会議を行い、十八日に散会するとされる。ワシは生まれたばかりのあのコを抱いた時、このコは出雲へ向かう神の一人がこの宮に預け置いた子供ではないかという幻想に囚《とら》われての。というのもワシには人間の持つエネルギー、オーラと俗に言われるモノが見える時があるのだ。あのコは十月十日から八日間、まさしく真っ白に光り輝いておったのだよ…」

さほど広くない拝殿に座を連ねている女性は百名ほどだろうか？　着物を着た年配の女性から二十歳《はたち》そこそこの女性達がまんじりともせず聞き入っていた。艶のない板張りの壁の隙間や複雑に交差する梁《はり》の隅から 古《いにしえ》 の神々が神妙な顔をしたあたし達を覗きに来てるかも知れない…そんな錯覚を抱かせるほど宮司の話は神掛かって聞こえた。

宮司「…実際、あのコは普通の子供とは違っていた。子供ながら居住《いずま》いが美しく、目を離したら空に飛んでいってしまう風船のように所在《しょざい》が無かった。あのコが六歳の時、本殿で丸一日ぶっ通しで瞑想《めいそう》させてみたのだが音《ね》を上げることもなかった。親子という関係を超え、神に近い存在としてワシはあのコを敬《うやま》ったよ。ご覧の通りの小さな神宮であるから、年末年始には巫女《みこ》を臨時雇いしているのだが、あのコが物心が付くと不思議と良縁に恵まれて嫁いでいってな…。こうして見ても幾人かの顔には覚えがあるよ。はるばる遠路どうもありがとう…（ト頭を下げる）」

誰とも言わずとも輪の中の中年の女性の間から啜《すす》り泣きが洩《も》れた。彼がそんな幼い頃より身近な女性達に福を授けていたのなら、生前の彼を偲《しの》んでこれほどの人数が集まるのも頷《うなず》けようというものだった。

宮司「…中学に入り、家内が病に倒れて亡くなったのを機にあのコは変わった。塞《ふさ》ぎ込んで部屋に閉じ籠《こも》るようになり、オーラから光が失われていき、やがて土色に変色してしまったのだ。このままでは生まれながら備わっていた神通力が失われてしまうとワシは危惧《きぐ》したのだ…」

それは玉響之縁神宮三十七代目宮司の使命感から行ったことだそうだ。父親は彼を部屋から引きずり出すと水行、山歩行などの厳しい肉体修養をさせたのだと言う。だが、そこで事故に遭い、彼の消息は絶たれた…。

宮司「…ワシの中であのコは神から与えられた行法の旅に出たのだと思う気持ちが勝《まさ》った。それは同じ道を歩む修験者としての感覚だった。だから敢えて探すことをしなかった。あのコは森羅万象《しんらばんしょう》、八百万《やおろず》の神の導きの下で活《い》かされているのだと、ね」

彼の父親と違い、パウダーを叩いたような肌と少し癖っ毛のふんわりした髪を思い出す。現代の若者らしい薄くしなやかな肉体には修験道で培《つちか》われた筋金の筋肉があった…。

宮司「…（皮ヒモの銀のチョーカーを右手で掲《かか》げて）皆さん、コレに見覚えがありますか?」

一同から感嘆とも思えぬ吐息《といき》が洩れた。ソレは彼の首に下げられていた銀色のペンダントヘッドのネックレスだった。

宮司「鎌倉時代に行われた平家の落ち武者狩りの際、この神宮の銅製の神鏡が砕かれてな。コレはその欠片《かけら》を使って作らせたものなのだ。言い伝えではその神鏡は魔境と呼ばれていて、神の世界を照らす道標《みちしるべ》でもあったと言われておる…」

冬の太陽をキラキラと反射させていた彼のペンダントヘッド…。マンションの壁に映った模様を彼は、「地図のような模様が現れるんだ」と言っていたことがあった…。

宮司「あのコが記憶を失っていてもコレだけは肌身離さずにいたことが、皆さんの良縁を紡《つむ》ぎ、こうして縁《えん》あってここにお集まり頂いたとすれば、それもこの神宮の跡取りとしての役目だったのかとも思う…。そう思えばワシとしても心が安らぐ思いでしてな。いやあ、本当に皆さん、本日はどうもありがとう…」

宮司が深々と頭を下げると一同も一斉に頭を垂《た》れ、親睦会は散会となった。衣擦《きぬず》れの音がさざ波のように広がり、数人の女性等が宮司を取り囲んだ。きっと彼女等は彼がいかに素敵な男性だったかを宮司に伝えるのだろう。今の幸せは彼との出逢いがあってこそのものだと、切々と訴えるに違いない。
ト、彼女達が宛がう白いハンカチが蝶に見えた。どんなに悲しくても、彼女達にはああした幸せが付いて回っているんだという嫉妬。あなた達は彼から幸せを享受した、なのにあたしには後悔の念しか残されていない。あたしがもっと引き留めていれば、もっと手段を講じていれば、彼は死ななかったかも知れない、なのにあたしがしたことと言えば窶《やつ》れ果てた彼の亡骸《なきがら》を見て、あたしの知っている人だと確認しただけ…。あぁ、二人の出逢いは運命だと言って呉れた彼の言葉、最後の晩の優しい温もりがあたしに残された全てなんだ。
ふと宮司とあたしの目が合った。宮司は眉間に深い皺を刻んだまま、何も言わずに大きな溜息《ためいき》を吐《つ》くと、疲れたように足を引きずって社務所の方へと戻って行った…。

しばらく後…。
東京の広美の会社『アフロディア』。
詩織「(電話を取って) はい…富永広美は確かに当社の者ですが…。はい…少しお待ち下さいませ。(電話の内線ボタンを押して) 広美さん、白岩さまという方からお電話です…」

その電話があったのは来栖三太こと白岩幸人の神葬祭《しんそうさい》からひと月半後のことだった…。

東京西新宿のト或るホテルのコーヒーラウンジ…。
広美と玉響之縁神宮宮司が窓際の席で対面している。

広美「…あの席であたしだけ他の方とオーラが違っていた?」

宮司「ええ。皆さん、本来自分が負う色に白い光が覆うように射していましたが、貴女だけ全体が暗い灰色をしていましてね。それで気になってしまった訳です」

広美「そうでしたか…。すみません、あたしみたいな人間を心配して下さって…」

宮司「何を言わっしゃる。失礼ですが気になり序《つい》でに調べさせて頂きました。身元不明として扱われていた遺体の身元が来栖三太と判明したのは、富永広美さんという女性が通報し、遺体を確認したからだと警察から教えられましてな」

広美「あ…はぁ…」

彼が身に着けていたチェック柄のマフラーとニットキャップはあたしが彼に贈ったものだった…。

宮司「新聞記事に載った名前を見て、この来栖三太というのはウチの倅《せがれ》の可能性があると教えられた次第でしてな。何でもある種の人間の間では有名な人間だったそうで。そこで警察に出向し、遺留品リストにあった例のペンダントを確認したのです…」

広美「そうでしたか…」
宮司「最後に倅は貴女のトコに居たんですね？」
広美「はい。三週間足らずでしたが…」
宮司「良かったら幸人《ゆきひと》はどんな様子だったか話を聞かせて貰《もら》えませんか？　親睦会でワシは尤《もっと》もらしいことを言いましたが、あのコがどんな大人になっていたのか知らんのです…」

眦《まなじり》に涙を溜めた宮司は神葬祭の時のような朗々《ろうろう》しさはなく、最愛の息子を失ったことで打ちのめされた父親でしかなかった。十五年振りに消息が知れた我が子の最期を知りたいと思う親の心に触れ、彼が亡くなってから初めてあたしの目から大粒の涙が溢《あふ》れた…。

広美「…彼との出逢いは…交差点でした…。あたしが…」

あたしと彼の間に流れた平和で凡々とした時間…。それは一杯のコーヒーを飲み終えるのを待つまでもなく終わってしまう時間…。それでもあたしにとってあの時間は抱き締めたいほど愛《いと》おしい時間であり、永遠にあたしの心のウチに留め置きたいと願う珠玉《しゅぎょく》の刻《とき》だった…。

宮司「…ありがとう。来栖三太…サンタクロースとは。女性達に幸せを運ぶ名前とは言え、辛《つら》い修行をさせたワシから一番遠い所に居場所を求めたのかも知れませんな…」

おこがましいと思われるかも知れないが、あたしにとって彼と過ごした二〇日間が人生で最高の時間だったと言った。彼が男性としてあれほど素敵だったのはお父さまの育て方が間違ってはいなかったからだと言いたかった。

「そう言って呉れてありがとう」と宮司は頭を下げると、懐《ふところ》から小さな錦《にしき》の巾着袋《きんちゃくぶくろ》を取り出してあたしの前に置いた。

宮司「倅も貴女のことは心残りだったと思うのです。だから貴女が幸福を手にする日が来るまでコレを預けます。
　貴女のオーラに白く輝く光が射し込むようになるまで…」

それは…魔境と言われた神鏡の欠片《かけら》で作られた彼のチョーカーだった。

広美「（驚いて）白岩さん、こんな大切なもの受け取れません！」

宮司「（首を振り）これは九三八年続く玉響之縁《たまのゆらのえにし》の神にお仕えして来た宮司親子の感謝の印なのです。倅があなたを選んだのも、こうして現に神宮に戻れたことを考えれば、縁を司《つかさど》る神官として自分の運命を予見してのことかも知れません。（この上なく優しい顔をして）どうぞ、受け取って下さい。貴女は…幸せになる権利がある。倅もそれを望んでいるでしょう」

広美「…そんな…そんな…恐れ多い…」

あたしは預かったチョーカーを本棚の上に作った急ごしらえの神棚の上に飾った。宮司から送って貰った神宮の札とひと枝の榊《さかき》を置き、〝おはよう〟と〝ただいま〟だけは欠かさなかった…。
そんなある日、彼を刺した犯人が捕まったというニュースが流れた。何でも恋人に捨てられたことを逆恨みした男による凶行で、カノジョとの結婚の〝指切りげんまん〟を当て付けて、指切りに及んだということだった。

翌年の来栖三太の命日…。

広美「…うん？　壁に何か映ってる…。あぁ、彼のペンダントヘッドに陽が当たっているのね…」

彼の一年祭にあたる命日は日曜日だった。あたしはいつものように部屋の掃除をし、洗濯物をベランダで干していた。

広美「（ペンダントヘッドを動かして）角度によって模様が大きくなる…んっ？何だろう？」

〝言い伝えではその神鏡は魔境と呼ばれていて、神の世界を照らす道標《みちしるべ》でもあったと言われている…〟という宮司の言葉が思い返された。
神の世界を照らす道標…ですって？
その日の陽の光は魔境たる奇跡の力を発揮した…。

そこに映ったのは…神の国への地図ではなく言葉だったのです…。

『ずっと見守っているからね』

あぁ…その言葉だけで…あたしは…一生、生きていけるだけの幸せを貰《もら》えた気がして…。

あぁ…あなた…愛しているわ…。


（終わり）

マトリョーシカ

登場人物……佐嶌亮介《さじまりょうすけ》　作家
　　　　　水瀬夕布子《みなせゆうこ》　某企業の取締役に名を連ねる婦人
　　　　　水瀬憲一郎《みなせけんいちろう》　某企業社長・夕布子の夫
　　　　　その他　ホテルのバーの従業員

横浜・みなとみらいの𠮷或るホテル。
最上階にあるバーラウンジのエレベーターボタンを押す佐嶌亮介《さじまりょうすけ》。
下《お》ろしたてのソフトワイシャツに夏物のアルマーニスーツを着ている。

先週末、知人の弁護士の吉村久雄《よしむらひさお》から連絡があった。吉村君は友人の知人で以前ボクが検察を舞台にしたドラマを描いた時に取材させて貰《もら》った人物だ。特に仲が良くなった訳でもなく、仕事上の付き合いだけの関係で、二年振りに彼からのメールを受け取った時も思い出すのに一瞬、間が空いたほどだ。
『佐嶌さん、贈って頂いた『予兆《よちょう》』拝読しました…』から始まる彼の挨拶はきっとボクでもそうしたであろうという、ビジネスライクな距離感で綴《つづ》られていて、ヒト不精《ぶしょう》なボクにとって、それはそれで好感の持てる書き出しだった。

彼のメールの内容を要約すると然《さ》るファッション雑誌に掲載しているボクの作品を読んだ或《あ》る婦人が、内々に仕事を依頼したいそうなので会ってやって呉れないかというものだった。わざわざ『予兆』に監修として記した弁護士会を通じての依頼なら身分は確かなのだろうし、個人的な仕事の依頼ということがボクに興味を抱かせた。先述した通り、他人との近い距離を嫌う性格がボクから知人・友人を遠ざけていて、かれこれひと月ほどまともにヒトと会話をしていなかった。長編小説を連続して上梓《じょうし》した後で、徒然《つれづれ》にしていたこともあって、久し振りに見ず知らずの人間と会ってみる気になったのだ。

黒服「佐嶌さまでございますね。ご予約を承《うけたまわ》っております。どうぞこちらへ」

約束の一〇分前にバーラウンジの受付で名前を伝えると黒服によって臨海の夜景が一望できる席に案内された。「お飲物はグラスシャンパンとお伺いしております」と黒服が膝を突いて言うので、「ではヴーヴクリコをお願いします」と頼んだ。どうやら掲載中の短編小説の主人公がいつもシャンパンを注文するので、それに準《なぞら》えて言い含めてあったようだ。

佐嶌「ウム…。こういうの、悪くないな…」

爽《さわ》やかに発泡するシャンパンに夜景の灯《あか》りを映し込ませていると、「佐嶌さん?…」と背後で声がした。ラウンジの空調口からふいに湧《わ》き上がった清涼な空気を思わせる声に…ボクは振り返った。

夕布子「お待ちになりました？」
佐嶌「（反射的に立ち上がり）あっ、どうも。夜景が余りにも素晴らしくて…見惚《みと》れてました」
夕布子「ふふふ…。そうでしょう？　わたしの一番好きな席なんです。どうぞ、お座りになって」
水瀬夕布子《みなせゆうこ》はボクを座らせると、案内した黒服に、「わたしには炭酸水をお願いします」と言うと向き直り、「初めまして」と改めて言った。
…グラスの中の銀色の発泡が女性にあらぬ姿を纏《まと》わせる…。
…無尽に艶《つや》めくグロス系のルージュ…。
…デコレーションされた爪のひとつひとつに夜の物語が息付いて…。
夕布子「…個人的な作品を書いて頂きたいだなんて、不躾《ぶしつけ》なお願い、本当に宜しいのですか？　お忙しいのでしょう？」
佐嶌「いえ、全然。貧乏、暇《ひま》あり、です」
夕布子「（笑って）あらっ…もっと怖い方だと思った」
「バーにお誘いしておきながらお付き合い出来なくてスミマセン、初対面の男性といきなりお酒という訳にも参りませんでしょ」と白い歯を見せる水瀬夕布子の空気感は、バーで偶然を装《よそお》うことなど絶対にないタイプの

女性だった。

…例えば、学校の制服姿しか知らない女子の私服姿を偶々《たまたま》、バス停の列で見掛けた時のような…。

…例えば、大学のゼミの研究発表で一緒になった女の子と昼下がりの学食で打ち合わせをする時のような…。

…例えば、マンションのエレベーターで乗り合わせた近所の奥さんから、初めて挨拶をされた時のような…。

画《かく》した境界を越えることなど有り得ないのに、そのカジュアルさ故にふとしたことでその境界を越えることを厭《いと》わないと思わせてくれるような…。そんな堅《かた》さを秘めた女性…。

夕布子「…良かった。お優しそうな方で…。偏屈《へんくつ》なヒトだったらどうしようって…」

佐嶌「偏屈ですよ、十分」

夕布子「ふふふ。多分、少しはね」

チュニックに白のサブリナパンツという軽装に合わせたピアスが揺れる…。

その左手の薬指にはボクなど知らないブランドの結婚指輪がさりげなく光っていて…。

夕布子「…はぁ、緊張してしまう。佐嶌さんはそういう目をして相手を観察なさるのね？」

佐嶌「止《や》むを得ません。今日の目的はソコにあるんですから。ご主人はこちらに…？」

夕布子「ええ。部屋でゴルフのＤＶＤを〝観〟ています。色々な意味で気が紛《まぎ》れるらしいのです」

水瀬憲一郎《みなせけんいちろう》…宮崎県に本拠を持つ国内有数の化学繊維メーカーの三代目社長で、夕布子とは大学のテニス部のサークルで知り合い、卒業を待って結婚していた。

佐嶌「貴女《あなた》とご主人が登場人物になるのですから、ご主人とのことも知っておく必要があります」
夕布子「（真面目な顔をして）赤裸々《せきらら》に？」
佐嶌「（笑って）差し支えない程度にです。ボクを困らせてどうしますか？」

水瀬夕布子はその問いには答えずに宝石箱を散らせたような横浜の夜景を移し込んだ炭酸水の入ったグラスを一気に呷《あお》った。彼女の小さく動く喉元を見ていると、夫の憲一郎と公の席で、そしてプライヴェートで幾度となくシャンパンのグラスを鳴らした瞬間が垣間《かいま》見えてしまい、ボクは少なからず…嫉妬した。

夕布子「三年前の上海工場での落下事故…。それは現地の人間が現場で安全確認を怠《おこた》ったことで巻き込まれた事故でした…」

発泡水に濡れた夕布子の唇から夫婦の苦悩が紡《つむ》がれる。それは化学繊維メーカーという夫の会社の取締役としての立場によるものなのか、生物化学専攻だという彼女の学歴から来るものなのか、事故から現在までの近況が夫婦の心情を織《お》り交ぜて理路整然《りろせいぜん》と語られた…。

夕布子「三年のリハビリの後…車椅子から離れることは出来ましたけど、視力が戻りません。本人曰《いわ》く、視界数十センチのヘドロの海を渡っているような世界だと…」

夕布子のグラスが置かれたコースターが濡れていた。それは障害を負った夫と新たな人生を歩むことを決めた妻の気概が冷たいグラスに熱を残したからだ。

…この人の清涼さは曲がることのない信念から来るものなのか…。

彼女が夫のことを話す時は、ひと際《きわ》、言葉に力が籠《こ》もる。しっとりした肌理《きめ》の細かい肌も、産毛立つ後れ毛も、中央に皺《しわ》が入ったふっくらした下唇も全て愛する伴侶に捧《ささ》げていると宣言しているかのように…。

夕布子「…佐舃さん?どうかなさいました?」

ものの数分でも彼女と過ごせば、嘗《かつ》ての同級生と再会したかのような親しみを覚えるだろう。ヒト不精《ぶしょう》なボクにはそんな存在でいられる人間の資質が羨《うらや》ましくてならない。

佐舃「(ハッとして)ボクの内なる偏屈《へんくつ》さが頭をもたげました」

夕布子「それって…?」

佐舃「ドラマになりそうな幾つかのイメージが湧《わ》きました。貴女とご主人の…」

夕布子「それは良かった。わたしイメージを膨《ふく》らますということが出来ない性質《たち》で…。カレにお前が創作したドラマは面白くないって言われて、臍《へそ》を曲げました」

彼女は目の不自由な夫に請《こ》われて本を読んで聞かせていた。それは会社の業務報告と新聞の連載小説から始まり、話題のライトノベル、携帯小説など多ジャンルに渡った。やがて夫の憲一郎は妻夕布子に自分達のことを書いた自作の作品の朗読を求めた。それは事故の後遺症で男として妻を満足させることが出来なくなった自分に対する妻の愛を再確認する為の手立てになっていった…。

夕布子「わたし達のことをヒト様にお話しするのは恥ずかしいのですけれど…」

ボクに白羽の矢を立てたのは憲一郎本人なのだと言う…。

夕布子「出来るだけリアルに書いて貰《もら》いなさい…と」

佐嶌「（笑って）赤裸々《せきらら》に…？」

夕布子「はい…。佐嶌さんなら心配ないからと…」

ともすれば立ち消えそうになるウチなる情念を焚《た》き続けていく為に妻に夫婦の愛の物語を語らせる夫。それは過分に偏執《へんしつ》的な愛とも言えたが、それに応《こた》えようとする妻がいる以上、それは妻から夫へのラブレターになり得るだろう。

佐嶌　「それは…随分《ずいぶん》と見込まれたものだ…」
夕布子「はい…それが主人の望みです」

さきほどまで清涼に見えた水瀬夕布子の印象が変わって見えた。南国のビーチの木陰にあるような涼《すず》やかさから苔生《こけむ》した竹林の中の涼やかさへと…。そこはひっそりと秘密めいた陰の下で優しい葉擦《はず》れの音を立てる場所だ。
…さわさわさわ…さわさわさわ…。
あぁ…彼女の黄金色の産毛《うぶげ》がボクの吐息で震えるさまを…想像してしまう。

夕布子「…でもお会いできて良かったぁ。何だか羽を伸ばせた感じ…」
佐嶌　「宮崎へのお帰りは明日ですか？」
夕布子「えぇ…。今回、パシフィコ横浜で業界のシンポジウムがあったものですから、それでここに」
佐嶌　「そうですか。では、しばらくこちらには？」
夕布子「川崎に支社があるので所用がないという訳ではありませんが…なかなか自由にはなりません」

そう言って窓の外に目をやる夕布子の視線の先に羽田を飛び立った飛行機が映った。明日、あの飛行機で地元に戻り、夫との日常に戻る自分の姿を当たり前のように彼女は受け入れているのだろうか？　降りかかった不慮《ふりょ》の事故の代償は夫婦生活を営む上で大きな障害になってはいないのだろうか？…。

夕布子「…楽しい時間でした。では作品を楽しみにしています。佐嶌さんはもう少し、ゆっくりなさって行って下さい…」

立ち上がり、差し出した夕布子の掌《てのひら》に掌を重ねる。掌の熱に一時の逢瀬《おうせ》の余韻を感じたが、そんな幻想を打ち払うように彼女は夫が待つ部屋へと踵《きびす》を返した。テニスで鍛えられたという引き締《し》まった脹脛《ふくらはぎ》がスポット光線の中で移ろい…見えなくなる。

水瀬夕布子…。彼女の涼《すず》やかな残り香に…正直、ボクの思考は掻《か》き乱されていた…。

佐嶌「（自虐《じぎゃく》めいて）全く。自惚《うぬぼ》れにもほどがある…ははは」

エレベーターでロビーに降り、私鉄を乗り継ぎ、部屋に戻るまでの間にドラマの粗方《あらかた》は決まるだろう。きっと一週間ほどで本は完成し、彼女の会社の個人用アドレスにファイルを送信して終わりになる。水瀬夕布子の面影は日没を迎えて一日が終わるように他のものと混ざり合ってしまうに違いない…。

余りにも分かり切ったことをくどいほど想像するのが悪い癖だ、と自嘲《じちょう》しながら二杯目のシャンパンを空けたところで席を立った。彼女の部屋付けになっているのだろう、黒服は慇懃《いんぎん》な態度で、「またのお越しをお待ちしています」と言った。乗り合わせる人のいないエレベーターで一階に降り、ヒト気のないロビーを抜けてエントランスを出た。ドアボーイの姿はなく車留めにもタクシーの姿はなかった。

「プァン…」と道路沿いの植え込みの陰に止まっていた車が小さくクラクションを鳴らした。それは口笛を吹

いて自分の存在を教える合図のように閑散《かんさん》とした空間に響いた。

夕布子「（ドアを開けて）佐蔦さん、お送りします、乗って」

佐蔦　「（上階を見上げて）ご主人は良いのですか？」

夕布子「もう寝てしまっていたの。洋服の直しが上がったそうなので、取りに出て来ますとメモを残して来たわ」

彼女の言葉使いから先程まであった同級生を思わせるような程よい〝堅さ〟の距離感が消えていた。今は、苔《こけ》生《む》した竹林の中であられもなく互いの身体を弄《まさぐ》り合いながら洩《も》らす吐息が感じられるほどの近さだ。

佐蔦　「ではお言葉に甘えます」

夕布子「助手席にどうぞ」

ボクは…ギアの上に乗せた彼女の手の甲《こう》に感謝の意味で掌《てのひら》を重ねた。彼女の滑らかな拳《こぶし》がボクの手のウチにすっぽり収まって…。

ドクッドクッドクッ…。目を閉じたままじっとしている彼女の横顔。自身の昂《たかぶ》りを確かめているのか、眉間《みけん》が小刻みに震えているのが分かる。

佐蔦　「今日はもう予定がないんだ。先に洋服を引き取ってしまおう」

…五秒…一〇秒…。冷たい手の甲がボクの掌の中でしっとりと汗を掻《か》いている…。ト、後ろについたハイヤーが「パンッ！」とクラクションを鳴らした。彼女はきっと目を開くと、覚悟を決めたかのようにギアを滑らせ、車を出した…。

佐鳥　「これは会社の車？」
夕布子「ええ。あの人…タクシーが嫌いだから。いつも支社の車を出しているの」

伊勢佐木町のブティックで洋服を引き取った後、会話らしい会話もないまま、車は行き場を探すように夜の港湾を走った。信号で車が止まる度に口遊《くちずさ》む独《ひと》り言《ごと》が、互いの言い訳を許すかのように繰り返された。

車は山の手町の卜或るホテルの駐車場に入った。フロントで受付を済ませ、エレベーターに乗り、部屋の扉をもどかしそうに閉めるまで、ボク等は相手の顔を見ることすらなかった。扉のノブを後ろ手にして彼女は漸《ようや》く顔を上げた。ピンスポットの下の彼女は泣き笑いのような表情をしていた。ボクはその幼気《いたいけ》さを直ぐに壊したい衝動に駆られた。このままこうしていたら触れることすら出来ないほどの純情が彼女の全身から立ち上っていたからだ。ボクは有無を言わさず貪《むさぼ》るように唇を求めた。彼女は「あぁ…ごめんなさい…」と首を振ったが、その懺悔の言葉は二人の情欲を更に煽《あお》り立てるように虚《むな》しく響くだけだった…。

……………………………………

…部屋の書き物机の上にマトリョーシカの人形があった。言わずと知れた入れ子のロシアの民芸品だ。彼女がシャワーを使う間、ボクは人形の胴をひねり、中身を取り出した。ひと回り小さい人形には違った彩色が施《ほどこ》されており、順に中身を取り出していくと、人形は机の上に一〇体並んだ。それらはひとつひとつ表情が違い、中でも一番小さい人形の顔がボクのお気に入りだった。

夕布子「（バスタオルを胸元で留めた姿で）まあ、お人形で遊んでいるの？」
佐嶌「ははは。コレを見て。こいつが一番、可愛い…」
夕布子「そう？（四番目の人形を指して）あたしはこの娘《コ》かな…」
佐嶌「今日の君かも」
夕布子「（甘えて）なあに…？」
佐嶌「（バスタオルを落として）逢うたびに君は殻《から》を脱ぎ…本当の自分を見せて呉れる…」
夕布子「…だって…貴男がそう…させる…から」

…月に一度の川崎支社への出張時、同じホテルで夕布子とボクは時間を共にするようになった。逢う度に彼女は机の上に並んだマトリョーシカの人形のようにどんどん殻を脱ぎ捨てていった。それは彼女が負っている水瀬憲一郎の妻という事実や会社の取締役という社会的な立場から始まって、水瀬夕布子という実体さえ脱ぎ捨てていくようにも思えた…。

夕布子「あ…憲一郎…」

ある時から彼女は夫の名前を口にするようになった。それは意識を飛ばしてしまうのではないかと乱れる寸前の露《つゆ》の滴《しずく》ほどの吐息の中にあった。その吐息は今生《こんじょう》で生きていく為の彼女の核のようなものだ。その名前を最後に呼ぶことで彼女は完全に自由になり、その名前を思い起こすことで彼女は現実に戻って来るのだ。

夕布子「貴男に子供を産んであげたかった…」

瞳に映ったボクのお気に入りのマトリョーシカがそう言った。見るとボクの腕の中で夕布子が幸せそうな寝息を立てていた…。

きっとこの言葉を胸にボクは彼女との恋愛を終わりにすることになるのだろうと思った。だってこの言葉の語感には…彼女の夫への献身が溢《あふ》れていたからだ…。

…………………………

男の声「佐嶌亮介さんですね？」

暗闇の中で男の言葉が回っていた…。

〝佐嶌亮介さんですね…佐嶌亮介さんですね…〟

自分を呼ぶ声が頭の中でぐるぐる回っている。誰だ？　ああ、気分が悪い…それに、肩も胸も身体のあちこちが

痛い…。苦しい…肋《あばら》が動かないのか、肺を膨《ふく》らませることが出来なくて息が吸えない…。

闇の声「佐鳥さん…佐鳥さん…」

ん？　何だ？　頭の中の声とは別の声がする。

〝コッコッコッ…コッコッコッ…〟

時計の秒針よりゆっくりした規則正しい音が聞こえる…。

闇の声「そろそろ起きて頂きましょうか？」

バシャリと頭から水を掛けられた。途端《とたん》に息が吐けるようになり、あぁ、息を吹き返すとはこういうことをいうのか、と他人事のように考えている自分がいる…。

佐鳥「うぅ…むむ。（上体を起こすと頭を振る）痛っ…」

闇の声「こんばんは。少しは思い出しましたか？」

佐鳥「あぁ…」

そう…今日は夕布子と三日遅れの彼女の誕生日を祝う日だった。夕布子から電話があり、今日は汐留《しおどめ》のホテルの駐車場で合流して食事に出ましょう、と誘われたのだ。地下駐車場の指定されたエリアに向かう途中で、「佐

蔦亮介さんですね？」と訊《き》かれてからの記憶が飛んでいた…。

闇の声「僕をご存じでしょう？」

サングラスを掛け、杖を突く男…。水瀬憲一郎《みなせけんいちろう》…勿論、知っている。日焼けしているからか会社のホームページにある写真より精悍《せいかん》で、夏らしい白のポロシャツとスラックスというスタイルが颯爽《さっそう》としていた。

…夕布子と初めて出逢った時も彼女はこんなコーディネートだった。そうか…二人はやはり似合いのカップルなんだな…とつくづく思い知らされる。

憲一郎「夕布子が何処《どこ》にいるのか訊《き》かないのかな？」

佐蔦「彼女がこのことを知っているかどうかということ？」

憲一郎「やっと声が聞けた。（サングラスを掛け直し）喋って呉れた方がボクは助かる」

佐蔦「…全ては貴男《あなた》の思惑《おもわく》で進行していたと信じたい」

憲一郎「ははは。さすがだね、この一年、ひと月に一度、君の本を読ませて貰《もら》ったが…否、正確に言えば夕布子に読み聞かせて貰った訳だが、どれも面白かったよ。特に『FEATHER 羽毛《うもう》』は良かった。あんな繊維があったら商品化したいよ。夕布子もその気になって色気たっぷりで演じて呉れたしね…」

コツコツと杖を鳴らしながら憲一郎が余裕を見せて言う。だが、物狂《ものぐる》おしい嫉妬に責め苛《さいな》まれているのは憲

一郎の方だということをボクは知っている。

憲一郎「僕達夫婦は子供を持つことが出来ない…（杖をカンカンと鳴らし）あの事故の前に作って置くべきだったと悔やんでも悔やみ切れない。だが彼女はそんな素振りも見せず、ボクに尽くして呉れている。あの清涼《せいりょう》さは学生時代から少しも変わらない…」

本当にボディブローを喰らったかのように胃がキュルリと音を立てて収縮した。痛みをやり過ごそうと唾を呑み込むと舌の根が痺《しび》れるほど苦い味がした。

「愛している…愛しているの…」と熱に浮かされたように愛を囁《ささや》いていた夕布子。その素顔は学生時代のテニスサークルでボールを追っていた頃そのまま、夫・憲一郎の瞼《まぶた》の裏に焼き付いている。ぼんやりと光が映る視界の中に身を置く憲一郎にとって夕布子の清涼さは彼を生かす酸素のようなものなのだ。

佐嶌「成《な》す術《すべ》がありませんね。罪を負ったのはこちらなのだから…」

憲一郎「罪？　不倫の代償《だいしょう》というヤツかな？　それだけで片付けられてしまっては甲斐《かい》もない。この一件はネ、ボクが贈った夕布子への誕生日プレゼントなんだよ…」

おそらくここは旧軽井沢にある会社の保養施設なのだろう。憲一郎は背をくるりと回すとガレージの上空に浮かぶ月を仰ぎ見るような仕草《しぐさ》をした。ガレージのセンサーライトの光の輪の中に憲一郎の後ろ姿が浮かび上がり、

まるで新緑の森を観客に見立てた舞台役者のように正々堂々《せいせいどうどう》として見えた。

憲一郎「事故から一年後、夕布子の献身的な愛に応《こた》えようと僕は夕布子に性的な欲求の捌《は》け口を外に求めてはどうかと提案したんだ。なあに、男の身体を金で買うと思えば良いんだ。気楽に考えなさい、と申し出たんだが、夕布子が受ける筈《はず》もなくてね。身体の繋《つな》がりなどなくても、わたしは今の水瀬憲一郎という人間を愛しているのですから、と…。だがそんな彼女の純情が僕には重荷だった。相応の生活をさせてやっても、自分の身体で妻を愛することが出来ないというジレンマは僕のプライドをズタズタにするんだと泣いて懇願《こんがん》したんだよ」

夕布子が夫以外の男に抱かれたのはそんな憲一郎の涙に応える為だった。身分を隠し、後腐《あとくさ》れのない男と関係を持ったが、今度は夕布子のプライドの方が破綻《はたん》してしまい、もう二度とこんな思いはしたくないと拒否した。そんな折り、憲一郎はボクを見つけたのだと言う。プロフィール写真が夕布子の高校時代の憧《あこが》れの先輩だった高遠慎二《たかとおしんじ》に似ていたのだそうだ。

憲一郎「無理強いをすることはなかった。ほんの少し、隙《すき》を見せただけだよ。夕布子は忽《たちま》ち君と恋に落ちた。ボクからすれば、金で雇った男に抱かれて帰ってくるより、本当の恋愛をしてボクに後ろめたい気持ちを持って呉れた方がヒトとして健全に思える。特にボクと夕布子の間ではネ。絶妙のバランスが保たれたんだよ…」

夕布子「あ…憲一郎…」

官能の渦の中で無意識に囁《ささや》かれた夫の名前…。それは赦《ゆる》しを請う為のものだったのか？　それとも身体の喜びを分かち合う相手を夫だと思い込もうとしていたからなのか？　そのどちらであってもボクは何も言えなかったし敢《あ》えて言わなかった。ボクの夕布子への愛は彼女が夫を愛しているという事実から目を背《そむ》けては成り立たないことを知っていたからだ。

そう…ボクだって彼女を失いたくなかった。だが、決断を迫れば彼女が選ぶ相手は決まっていた…。

憲一郎「夕布子は君と付き合うようになって一層、ボクに優しくなった。お互いの存在を尊重し合える余裕のようなものが、ボク等の絆《きずな》を更に強くしたんだ。そう言った意味ではボクは君にとても感謝してるんだよ…」

スポットライトに誘われて森の虫が集《たか》り始めていた。蛾《が》やコガネムシ、カブト虫までもがあちこちでバチバチと音を立てている。憲一郎は虫を牽制《けんせい》する為なのか自分の感情からなのか、杖を八の字に回しながら再びこちらに向き直ると、「だが、誕生日プレゼントの消費期限は切れたんだ」とにべもなく言った。

憲一郎「ボクは夕布子とキミの恋愛を応援するほど道化《どうけ》ではないんでね。これは飽《あ》く迄、彼女の献身に対するボクの返礼なんだ。もし夕布子が恋愛遊びを望むなら別の男を探すし、時期が来ればその男もお払い箱にする。全てはボクの一存で決定するんだ。その位の我儘《わがまま》は許されるだろう？　妻を外の男に抱かせざるを得ない夫の悲しい言い分としては…」

佐嶌「…奥さんを寝取った男には語る資格はないしな…」

憲一郎「その通り。佐嶌さんはさすがに機微《きび》というものを察して呉れる。乱暴な真似をしてわざわざお越し願った理由もお分かりのようだしね」

佐嶌「それはこちらの意地を通させて呉れるということ？」

憲一郎「勿論…。佐嶌さんには口封じの金銭で解決するという手段は似合いそうもない」

佐嶌「…彼女にはどう言い繕《つくろ》う？」

憲一郎「佐嶌さんを呼び出す電話を掛けさせた時点で彼女も察しただろう。一時の気の迷いを許すからもう二度とカレとは会わないで欲しい、ときちんと彼女には言うサ」

分かっていたことだった…。道ならぬ恋の行方。それは現実と向き合えばあっという間に崩《くず》れてしまう砂上《さじょう》の楼閣《ろうかく》だった。

佐嶌「最後に本音を聞かせて欲しい。貴男《あなた》はこの一年、ボクに嫉妬し続けたのか？」

憲一郎が、「そうだよ。腸《はらわた》が煮えくり返るほどにネ」と言った時、ボクが夕布子を愛した代償が決まった。一人の人間を拉致《らち》し拘束している以上、事が明るみになれば、水瀬憲一郎は社会的制裁を負う立場の人間だ。

その代償は会社にも及ぶことを考えれば相応の覚悟の上の行動とも言えた。それは一方的でありながら一人の女性を巡る男同士の果《はた》し合いの様相を呈《てい》していた。

ボクが膝《ひざ》を潰《つぶ》されることを望んだのは、水瀬夕布子という女性を真剣に愛したという矜持《きょうじ》から出た言葉だった。憲一郎はその言葉を聞くと、「ありがとう、佐嶌さん」と心から安堵したように言い、「夕布子に次の男を宛《あて》がうような愚かなことはもうしないよ」と吹っ切れたように言った…。

それから一年四か月後…。

臨海のベイサイドホール。アメリカ人最高峰アーティストのコンサート会場。

第一部が終わる直前のロビーの隅《すみ》の待合椅子に佐嶌亮介の姿がある。ト、二つ先の扉から現れる二組のカップル。

一同は白杖《はくじょう》を突いた男を椅子に座らせると男を取り囲んで雑談を始めた。そこには椅子に座った男、水瀬憲一郎を世話する夕布子の姿があった。若いカップルは憲一郎と親しい関係なのだろう、大仰《おおぎょう》な素振りで夫婦の笑いを誘っていた。

ボクは椅子に深く座り直すと夕布子の幸せそうな様子を遠巻きに見た。彼女はボクの存在に気付くだろうか？夫と同じようにステッキを立て掛け、ロビーの片隅で気配を消すようにして椅子に沈んでいる人間を…。

夕布子「貴男に子供を産んであげたかった…」

彼女の言葉を思い出す度《たび》にホテルの書き物机にあったマトリョーシカを思い出す。一番小さなお気に入りの人形はもうボクのところにはなかったが、幾重にも幸せを纏《まと》い、一番大きな人形になって愛する人の側にいるんだね…。

彼女がふと振り返ってこちらを見たように思えた時、会場の扉が一斉に開いた。ボク等の間はあっという間に人波で埋め尽くされ、そして…。

（FIN）

『宛先：yuukom@minakasen.co.jp
件名：RE：　ご依頼いただいた作品です
・・・・・・・・・・・・・・・・・・・・

水瀬夕布子さま
ご依頼いただいた最後の作品『マトリョーシカ』が完成しましたのでファイルを添付致します。今回は愛に苦しむ人間の性に焦点を当てて欲しいというご主人の意図を反映させました。

最後のシーンの、夕布子「貴男に子供を産んであげたかった…」を　夕布子「あ…憲一郎…」に置き換えても成立しますので、ご主人の気分に合う方をハメてみて下さい。また登場人物の名前に佐嶌亮介を充《あ》てましたが、こちらは任意で名前を変更なさって下さって構いません。飽く迄、イメージが湧《わ》き易いように仮の登場人物になっています。

さて、今回でご依頼の分の作品は終わりになります。また新たに執筆のご要望がありましたらご連絡下さい。

暑い日が続いておりますが、どうぞお身体をご自愛下さいませ。

佐嶌亮介』

（END）

UROKO

登場人物……中田司郎《なかたしろう》　旅館『なかた』三代目当主
鏑木史子《かぶらぎあやこ》　女子大生・後の司郎の妻
田崎恵子《たさきけいこ》　取引先の従業員・司郎の浮気相手
壺山武義《つぼやまたけよし》　篠木山八幡宮《しのきやまはちまんぐう》の宮司
その他　『なかた』の番頭／仲居頭・司郎の母親

『司郎さん
あなたとお別れしてからもう三年が経つのですね…。（中略）私事になりますが、この度、大下幸夫《おおしたゆきお》さんという方と結婚することになりました。この二年ほどずっとあたしを見守っていて下さった同じ大学の職員です。（中略）唯一、心残りなのは司郎さんの幸せです。どうか良い方を見つけて幸せな家庭を築いて下さいね。同じ空の下から応援しています。　史子　』

司郎「（手紙を手にしたまま）…そうか。再婚するか…」

別れた妻からの手紙は彼女らしい優しさに満ちていて泣けてきた。あれほど求め合って一緒になったというの

に、結婚して二年も経たないうちに互いの意思とは全く違ったところで別れなければならなくなった因果に未《いま》だ夢で魘《うな》されることがあったが、文面から溢《あふ》れる史子《あやこ》の幸せそうな様子から、ああ、これで自分もようやく肩の荷を下ろせるのだ、と思えて気持ちが明るくなった。

そう…彼女を思う時、ボクは彼女の姿そのものを思い浮かべることが出来ないでいた。当時の体験によってボクの精神は犯され、今尚《いまなお》、あの時の恐怖がフラッシュバックとなってボクを苦しめているのだ。

だがこの史子からの手紙から勇気を貰《もら》ったこともあり、彼女との出逢いから離婚までの経緯を少しずつでも綴《つづ》れそうな気がした。これは心療《しんりょう》内科の先生からも勧められていることで、心の病の元凶を冷静に振り返る作業も精神の安定には有効なのだそうだ。

……………………

五年前…。

東京から列車を乗り継いで三時間弱の山間の村にある旅館『なかた』

駅に送迎に出た番頭の車が旅館に戻って来る。

番頭「こちらでございます、長旅ご苦労さまでした。お荷物は手前どもで運びますので、どうぞロビーでお寛《くつろ》ぎ下さいませ」

史子「ありがとうございます。あのぅ？　さっきお話しした祠《ほこら》を早速《さっそく》見てみたいのですが…」

番頭「（笑って）それはまた殊勝《しゅしょう》なことですね」
史子「すみません。目の前に美味しいものがあるのをあたし、見過ごせない性質《たち》なんです」
番頭「ははは。それではそちらから庭へお周り下さい。案内の者をやりますので」
史子「到着早々わがままを言ってすみません…」

ボクが番頭の伊藤から到着したばかりの女性客の案内をしてやって欲しいと頼まれ、庭に顔を出すと果たしてキャラメル色のハーフコートを着て毛糸のキャップを被《かぶ》った女性が、背をこちらに向けて池の鯉を眺《なが》めていた…。

司郎「ようこそいらっしゃいました。当旅館の主人の中田と申します。何でも当館でお祀《まつ》りしているお社《やしろ》へ参りたいのだとか」
史子「（スッと立ち上がり）ええ。この旅の目的がソレなので先《ま》ず見ておきたいと思いまして」
司郎「それはまた珍しいですね。郷土史か何かを勉強なさっているのですか？」
史子「いえ、そうではないんです。本当にちょっとしたことで…」

彼女は、「東京の大学で日本中世史を専門にしていて大学院に進むことが決まっているんです」と化粧っ気のない顔で言った。一方、ボクの方は早くに夫を亡くし、一人で旅館を切り盛りしていた母親が二年前に他界したことで経営学を専攻していた大学を中退して旅館を継いでいた。

そう…ボクと史子の最初の出逢いは旅館経営者と客という関係だった…。

史子「（鞄《かばん》から包《つつみ》を取り出すと開けて）コレなんです」

司郎「ほぉ〜。確かにお姫様と虎が描かれている」

それは彩色鮮やかな蒔絵《まきえ》が施《ほどこ》された櫛《くし》だった。何でも東京の骨董市《こっとういち》で五千円ほどで買い求めたものなんだそうだ。

史子「塗りは新しいのですが、文様が唐絵風でしょ？　もしかすると櫛自体は室町時代のものなのかなァって思って…。ちょっとしたお宝鑑定なんですけれど…」

司郎「なるほど…」

実は彼女が見たいという社（というより祠《ほこら》に近いのだが）はこの地域の鎮守社《ちんじゅしゃ》である篠木山八幡宮《しのきやまはちまんぐう》に遷宮《せんぐう》〈※移転〉する手筈《てはず》が整っていた。社がある辺りの竹藪《たけやぶ》を伐採《ばっさい》して特別室となる離れを二棟《ふたむね》建てる計画を立てていたのだ。

史子「（歩きながら）…そのようですね。ホームページで拝見しました。社が移されると知り、居ても立っても居られなくなったのです」

司郎「そうでしたか。ホームページをリニューアルしたところ、反響がありましてね、この際、竹林を伐採して〝離れ〟を造ることにしたのです」
史子「本当に風情のある素敵なところですものね…。あらっ？　これは何かしら（ト足元にあるものを見る）」
司郎「ああ、それは。（ト、史子の反応を予測し）抜け殻《がら》です…。蛇の…」
史子「きゃっ！（ト司郎の胸の中に飛び退《ず》さる）」
司郎「ははは。この季節は多いのです」
史子「あっ、ここにもあそこにも！」
司郎「蛇の抜け殻は縁起物《えんぎもの》ですよ。お財布に入れておけばお金が溜《た》まります」
史子「本当ですか？　いや、やっぱり結構です」
司郎「（笑って）どうします？　ここで止めときますか？　祠《ほこら》は、ほら（ト指差し）、あそこに」
史子「（息を整えて）こうなったら頑張って行きます（ト司郎の腕を取る）」
司郎「（すっかり打ち解けたように）なあに蛇そのモノは出ませんよ」
史子「祠のお話をして下さい。気が紛《まぎ》れます」
司郎「そうですね。祠自体は祖父の代に一度建て替えました。今回、移設の準備で、受け入れ先の八幡さまの宮司《ぐうじ》の壺山《つぼやま》さんに開けて頂いたんですが、ご神体として木札が二枚入っていました。それぞれの木札に十二単《じゅうにひとえ》の女性と虎が描かれていましてね、貴女《あなた》のお持ちのその櫛の文様に良く似ています」
史子「ええ。木札の画像もホームページに載せていましたね」

司郎「でも、木札自体はそれほど古いようなものじゃありませんよ」
史子「代々、祠を守る者によってご神体も改められているのでしょう。お姫さまと虎にまつわる伝説がこの辺りに残っていればはっきりするのですけれど…」

祠まで来ると彼女はさまざまな角度から写真を撮った。扉を開けて木札を見せたが、さすがに取り出して手に取ることは憚《はばか》れたので、現場での検証はそこまでにし、その晩、事務所で祠に関するデータファイルの全てを見せた。湯上りの肌をほんのり上気させて、画面を真剣な眼差しで覗き込む彼女にボクは心をときめかせ、ボクが田舎の旅館の主人などでなく、ここを訪れた偶然の旅人同士であったらどんなに良かっただろう、と不遜《ふそん》な考えを抱いた。そう、彼女はそれほどボクの好みの女性だった…。

二か月後…。

番頭「（勇《いさ》んで）坊ちゃん、坊ちゃん、もとい旦那さま…」
司郎「ん？ 何だ、どうした？」
番頭「鏑木史子《かぶらぎあやこ》さん、覚えていますか？ ほら、祠のお嬢さん…」

秋の連休が過ぎ、旅館の喧騒《けんそう》が一段落した頃、再び彼女から予約が入ったと番頭の伊藤から報告を受けてボクは浮かれた。予約確認のメールに、ボクなりに心を込めた文面を送ると果たして前回の訪問時のことが忘れられ

ない、といったような返信があった。それから何度かメールの遣り取りをしたが、そこには客と旅館の主人という関係を超え、お互いに好意を抱いていると思えるようなニュアンスが含まれるようになっていった。

司郎「（駅の改札から出て来る史子を迎えて）やあ、史子さん、来ましたね」
史子「こんにちは。お言葉に甘えて来てしまいました」
司郎「史子さんならいつでも大歓迎ですよ。（車のドアを開けて）さっ、どうぞ…」
史子「（笑って）では、お世話になります」

彼女の名前が出る度にボクがソワソワしていたこともあり、番頭の伊藤、仲居頭《なかいがしら》の井上さんなどはあたかも若女将候補を迎え入れるような念の入った接客だったので、ボクならずとも彼女まで苦笑いせずにはいられないほどだった。

その日の晩…。司郎の部屋に寝酒に誘われた史子が居る。

司郎「…里江朔虎《さとえのりとら》伝説？　この地を治めていた豪族《ごうぞく》が里江氏というのは聞いたことがあるけど」
史子「ええ。城の落城にまつわる武将と奥方の悲恋めいた話というのは全国的にも多いんです」
司郎「この土地を守る氏神《うじがみ》だとしか思っていなかったんだが…。なるほど、朔虎という殿さまとその奥方さまを祀《まつ》った訳か。それで虎と十二単《じゅうにひとえ》…」

史子「（窓から竹林の奥を臨みながら）落城の折り、奥方の鷽《うそ》姫は一旦は城を抜けさせられたんだけど、夫を愛するが故に大蛇《おろち》に姿を変え、燃え盛る城の中に再び戻って行ったと言うんです。これが他の土地では蛇が龍になったり、殿さまは生き残って家を再興するという話になったりする…。中世の風土記だから基幹となる話を元にその土地々によって内容が変わってしまうんです」
司郎「（つと史子を後ろから抱いて）蛇か…。君は思い出したくないだろう？」
史子「もう、意地悪。（司郎の腕を取り）あの祠は町の八幡神社に遷宮《せんぐう》されたんでしょう？」
司郎「そうなんだ。来週からいよいよ竹藪の伐採が始まる。こんな風にゆっくり出来るのも今のうちなんだ（そう言うと史子の唇を吸う）」
史子「あっ…司郎さ…」

その日の晩、ボク等は男女の関係になった。自然の流れでそうなったようにも見えるし、其処彼処《そこかしこ》に彼女からの誘いを感じていたボクが思い切った行動を執《と》ったのだ。

…駅で彼女を迎えた時、ボクの髪についていた穂綿を摘《つ》まむと風に放して、ボクに優しい微笑みを呉れて…。

…旅館に向かう道すがら、八幡さまの場所を確認しようと運転するボクの太腿《ふともも》に手を置いて身を乗り出して…。

…旅館では彼女のボストンバッグを預かる際にボクの手の甲に指を絡《から》ませるような瞬間があり…。

…食事後の片付けの報告を聞き、帳簿のチェックを終えると見計らったようにまだ話足りないことがあるからと電話をして来て…。

司郎「…実はひと目惚《めぼ》れだったんだ…」
史子「あらっ…では相思相愛《そうしそうあい》ね…」

そんな嬉しがらせを言う彼女をボクは強く抱き締めた。彼女はせつなそうな喘《あえ》ぎ声を上げ、「では結婚して呉れる？」と冗談めいて言ったが、ボクは本気でＹＥＳと言った。ボクは彼女の美しさと聡明《そうめい》さに出逢った時からヤラれていたが、初めて肌を合わせた時から身体の相性の良さに彼女を他人に渡したくないと心底思った。それは尽きることのない愛欲そのもので、ボクという男を呆《ほう》けさせてしまうほどの快楽にボクは引き摺《ず》り込まれ吸い尽くされたのだ…。

史子「あぁ…嬉しい…」
司郎「愛してるよ。絶対に離さないからな」

出逢いから半年足らずでボク等は結婚した。ゆくゆくは旅館の女将に入って貰うことになるが、区切りとして大学院の修士課程を終えたいという彼女の意見を尊重して、週末を利用して互いが行き来する生活になった。今や親代わりを自負する仲居頭の井上さんから、「その方が旦那さんの身の為です。少し時間を置かないと精を吸い尽くされて干涸《ひから》びてしまいますよ」など冷やかされるほどボク等は互いを求め合った。

史子「この櫛《くし》の導きであたし達は出逢ったのね…」

司郎「お姫さまと虎か…。ボクは虎になって君を守らなきゃな」

そう言って蒔絵の櫛で髷《まげ》を飾った文金高島田《ぶんきんたかしまだ》姿の史子は本当に綺麗だった。番頭の伊藤は、「これでお家《イエ》も安泰です」と時代錯誤もいいとこな祝辞を述べ、口さがない井上さんも、「早く跡継ぎを作ってアタシどもを安心させて下さいね」と感涙していた。

史子「あたし、あなたが愛おしくて堪《たま》らないの…。自分でも抑えが利《き》かないくらい…」

司郎「嬉しいよ。ボクだって史子とずっとこうしていたい…」

ボク達は愛の行為に酔い痴《し》れた。週末は飽きることなくお互いを求めて離さなかった。だが時間は否応《いやおう》なく身体の火照《ほて》りを冷ましにかかる。やがてボクの中で蜜月《みつげつ》は終わり…徐々に史子の尽きぬ求めにボクは〝またか…〟という思いを抱くようになった。

史子「あなた、あたしがもう嫌いになったの?」

司郎「まさか。昨夜の団体客の世話で疲れているだけだよ。こんな時だってあるサ」

愛情が失せたという訳では決してないと説明しても、彼女はそれは貴男の我儘《わがまま》なのだと非難した。彼女との愛の交歓はまるで幾日にも渡って交尾をする蛇を思わせるようになり、絡《から》みついた身体を振りほどかなければ終わ

らない。毎日の数十件のメール連絡、平日の昼間、予告なく帰って来る…。「新婚夫婦なのだからこの位当たり前でしょ」と言われても彼女の突発的で情熱的な行動はボクに精神的な負担を強いるようになっていった…。

司郎「（帳場に居る史子の姿を見て）あぁ、驚いた！　いつ戻ったんだい？」

史子「（手にしていた司郎の携帯を閉じて）あなたに迎えのメールを出したんだけど見ていないようだったから」

司郎「ゴメン。最近、'離れ'の現場の方に掛かりっきりになっているから…」

史子「そう…。今日はちょっと忘れ物を取りに来たの。とんぼ返りするわ。大丈夫、伊藤さんに送って貰うから」

事務所の机の上に置き放しになっていたボクの携帯電話。迎えの連絡がつかなかったという理由でボクの携帯を覗いていたのか…。別に見られて困るモノでもなかったが…。んっ？　ＰＣの宿泊客リストも閲覧した形跡がある…。

そう、全てはボクの思い過ごしで終わる話なら良かった…のだ。

番頭「旦那さまっ、大変です！　'離れ'が…'離れ'が燃えてます！！」

司郎「何だってっ！！」

それは電気工事業者が施工に入った晩に起きた火災だった。幸い霧雨が降る夜だったこともあって母屋に火の手が回る前に駆け付けた消防隊によって火は消し止められたが、二週間後には落成《らくせい》を待つばかりまで完成してい

た二棟の離れは全焼した…。

番頭「（焼け落ちた離れの前で呆然《ぼうぜん》と立ち尽くす司郎を支えて）消防によると失火と不審火《ふしんび》の両面で調査するそうです」
司郎「不審火ってことはないだろう…。電気工事屋の配線ミスか火の不始末だ」
番頭「はあ。ひとつ気になったのは、この辺は蛇が多いのかと聞かれまして」
司郎「蛇？」
番頭「はい。かなりの数の蛇が配電盤の周辺で黒焦げになっていたようで…」
司郎「う…ん」
番頭「どうしました？」
司郎「いや、史子に連絡したんだが…祠《ほこら》のことを言われたんだ」
番頭「祠ですって？　若女将は何と？」
司郎「うん。（苦々しそうに）火災は里江氏の祟《たた》りだとね」

全く、気にすることを言って呉れた。里江朔虎《さとえのりとら》の妻は夫を残して生き永らえる訳にはいかないと火が放たれた城へ大蛇に姿を変えて戻ったという。確かに祠の周辺には蛇が多かったし、そのことと今回の火災のことを結び付けて考えたくはなかったというのに…。

司郎の母親「『この土地は蛇に守られておる。特に白蛇は弁財天《べんざいてん》の化身と言ってな、蛇が棲《す》みついた土地は財運に恵まれると言う。この山深い村の旅館が何とかやっていられるのもあの祠のお蔭なのだ。だからお社を無碍《むげ》にはせず、しっかりと守ってゆかなければならんぞ…』と先代のお爺さまから言い聞かされているから、あんたもその辺のことは弁《わきま》えておきなさいよ…」

亡くなった母親の言葉を蔑《ないがし》ろにしたつもりはなかった。地元の八幡さまにお願いして遷宮《せんぐう》の儀を執《と》り行い、然《しか》るべき手順を踏んで本宮へ境内合祀《けいだいごうし》して頂いたのだ。それが…まさか…こんなことになろうとは…。

史子「…今回のことは本当に残念。でも起きてしまったことは仕方がないわ。この際、新婚旅行を兼ねて旅行に出ない？　気分一新してまた頑張ればいいじゃない？」

司郎「そうだね…。そうするか」

史子の言葉が優しく響いた。最近、彼女の物事に執着がちな性格や、火災は里江氏の祟《たた》りだと言い放つような無神経さに閉口しかけていたが、考えてみれば仕事に没頭する余り、彼女の気持ちを思い遣《や》ろうとしなかった己の身勝手さがそう感じさせていたのかも知れないと思い直した。

二週間後…。

新婚旅行先の南イタリア・サレルモのト或るホテル。

司郎「どうしたんだい？　背中だけ日に焼けたようになっている」
史子「そぉ？　乾燥している所為《せい》かも。このドレス止めた方が良いかしら？」
司郎「ははは。一つ星レストラン用にせっかく用意したんだから、絶対に着ていかなくちゃ。写真も撮りまくるぞ」
史子「嬉しい。あたし達、恋人時代に戻ったみたいね」

その時は髪を下ろしていたので大して気にもならなかったが、レストランで食事を済ませホテルに戻ってシャワーを浴びた史子の背中には網目状の痣《あざ》のようなものがぼんやりと浮かび上がっていた。

司郎「何だろう？これ？」
史子「（司郎に背中を指で押されて）痛っ！」
司郎「ゴメン、心配だな。日本に帰ったら医者に見て貰った方が良いかも知れないな」
史子「ちょっと止めてよ、大丈夫よ。余計な心配しないで頂戴《ちょうだい》！」
司郎「だって…」
史子「放って置いて！」

史子は人が変わったように機嫌が悪くなった。せっかくの旅行が体調不良で台無しになるのが腹立たしかった

のだろう、ボクがシャワーを浴び寝室に顔を出すとドレスを脱ぎっぱなしにして頭から布団をかぶっていた。「オレ、せっかくだからバーで一杯飲んでくるよ…」と声を掛けても返事がない。布団の端《はし》をそっと持ち上げてみると、裸のまま枕を腹に抱えて子供のように膝《ひざ》を折って寝ていた。痛くて仰向けでは寝られないのだろうか？　変に心配して起こしたらさっきのように怒られ兼ねないのでそっと部屋を出てバーへ向かった。

チカチカと星が瞬《またた》く夜空が見えるバーカウンターで寛《くつろ》ぐ司郎。

眼下のビーチから若者達の嬌声《きょうせい》が風に煽《あお》られて上って来る。

…一杯のつもりが気が付くと十二時を回っていた。日本通だというバーテンに片言の日本語を教えているうちに時間が経っていた。バーテンに、'おやすみ'を言って部屋に戻ると、寝室に史子の姿がなかった。ベッドの足元には白いストッキングのようなものが片方だけ落ちていて、浴室の方から水を使う音がしていた。排水溝を伝う水の音なのかパタパタパタというタイルを打つような音がする。「史子？」と呼びながら浴室のドアを開けると全裸の史子が洗面台の前で髪を梳《と》かしていた。

司郎「ただいま。バーに行ってたんだ。具合はどうだい？」

史子「う…うン…」

髪を下ろして俯《うつむ》いているので史子の表情が全く分からない。だが背中の網目状の痣《あざ》のような痕《あと》は綺麗に消えていて、照明の加減なのか肌が異様に艶《つや》めいて見えた。

司郎「さっきのは何だったんだろう？　もう痛かったりしないかい？」
史子「…それより、あなたの携帯だけど…」
司郎「ウン？…」
史子「着信の振動で動いたのかしら、トイレの中に落ちてたわよ」
司郎「あン！？」

そんなトコに携帯を置いた記憶がない。見るとハンドタオルの上にボクの水没した携帯が置かれていた。画面をタッチすると一瞬、'田崎恵子'の表示が浮かび、直《す》ぐに真っ暗になった。バッテリーを外して接触部分を拭《ふ》いたり、ドライヤーを使って乾かしてみたが再び起動することはなかった。

史子「誰からだったの？」
司郎「うん？　あぁ、仕入れ先の営業のヒトからだ」
史子「新婚旅行って分かっているのに随分《ずいぶん》、無粋《ぶすい》なヒトね」
司郎「あ…ああ…。本当に…」

史子の言い方に棘《とげ》があるのを察して、これ以上、この話題は避けた方が無難だと思った。背中の件で機嫌を悪

くさせたばかりだ。また波風を立てて、新婚旅行の最終日を台無しにはしたくない。それでなくても史子は執着気質なところがあって、あらぬ嫉妬心を呼び起こすとも限らなかった。
だが…この旅の最終日に起きた一件がボクと彼女の間の信頼を揺るがす大きな要因になっていったのだ…。

帰国した翌日…。
着信履歴にあった、田崎恵子〟に電話を入れる司郎。

司郎「えっ？ウチのが電話に出たんだって？」
恵子「はい。あたしのミスで数字が合わない伝票が出たので、伊藤さんに確認を取ってから時間を見計らって電話したつもりだったんですけど…。あの…ご気分を害されたみたいで」
司郎「そうか、気の強いところがあるからなぁ…」
恵子「あのぉ？ あの後、大丈夫だったでしょうか？」
司郎「ん？ 大丈夫って、何が？」
恵子「（慌てて）いえ…別に…。何もなかったなら良いんです。では失礼します」
司郎「（遮《さえぎ》るように）おいおい、どうしたんだい？ ウチのに何か言われたのかい？」
恵子「…いえ（ト口籠《くちごも》る）」

田崎恵子は取引先の先代の社長から、「不束《ふつつか》な姪子《めいご》だが、司郎ちゃん、上手く使ってやって呉れ」と頼まれて

いる乾物の卸会社の新人社員だった。どこか気安く憎めない性格の娘なので、番頭の伊藤などにも目を掛けられているようだ。そんな彼女から史子が何を言ったかを聞き出すのはそれほど難しいことではなかった…。

彼女が言うことには…電話が繋がり、「もしもし、中田さんですか?」と言ったところ、シャ～シャ～というカーテンを引き寄せるような音とパタパタとスリッパを小刻《こきざ》みに叩くような音が聞こえるだけだった。国際電話なので回線の不具合か何かなのだろうと、何度かボクの名前を呼んだところ、突然、男とも女とも思えない良く通る声で、「お前は誰なんだ?」と訊《き》かれたのだと言う。酔っ払ったボクが出たのかと思い、「南イタリアはどうですか? あたしもいつか行ってみたいな」と挨拶のつもりで言うと、「お前は司郎とどういう関係なんだ、一体、いつから付き合っているんだ?」と挑発するような話し方に変わったので、あっ、奥さまだったんだ、と慌《あわ》てて話を切り替えようとしたら、意味不明なことを喋られ、一方的に電話が切られたのだそうだ。

…やはり…着信の振動で携帯がトイレに落ちた訳ではなかった。新婚旅行中に掛かって来た女性からの電話に頭に来た史子がトイレに落としたのだ…。

司郎「あのさ、折り入って話があるんだ」
史子「何? そんなに改まって」

最近、史子の粘着質な性格が目に余ることがあった。今は別居しているが、やがては若女将として旅館を切り盛りする立場になるのだ。夫婦としてもビジネスパートナーとしてもこの際だから隠し事をしないでおこうとボクは思い切って事の真偽を史子に質《ただ》した。

史子「（泣いて）うわあぁ…これほど司郎さんを愛しているというのに」

司郎「泣いちゃ分からないよ。君を責めている訳じゃないんだ」

史子「あたしの言う事とその娘が言う事とどちらを信じるの？」

司郎「バカなことを言うなっ！」

　余りの馬鹿馬鹿しさに初めて声を荒げた。あの理性的な史子は何処へ行ってしまったんだ?! これじゃ安い昼ドラの台詞《せりふ》もいいトコだ。

司郎「しっかりして呉れよ。ボクは君を見損《みそこ》ないたくない！」

史子「…そんな…酷《ひど》い…（泣きながら出て行く）」

司郎「おい！ 話はまだ終わっちゃいない…」

　君を見損ないたくない！、だなんてさすがに言い過ぎた。怒りの矛先《ほこさき》をどこに持って行ったら良いか分からなくなったボクは大の字になり、「あ～オレはバカだ！」と自分に悪態《あくたい》をついた。ト、史子のバックの中で携帯が鳴った。自分の愚かさ加減ついでに、‘サレルモのお返しだ。普段、アイツがどんな行動をしているのか少し覗いてやろう’という安直な考えが起きた。

司郎「（史子の携帯を取り上げて）ン？　これは？！……」

彼女の携帯にはボクのアドレス帳がそっくりそのまま入っていた。史子はボクの携帯のアドレス帳データをコピーしてからトイレにボクの携帯を落としたのだ！

バタンと裏庭に続く扉の音がし、土を踏む音が聞こえる。

ガラス窓を通して、焼けた‘離れ’の方に向かう史子の後ろ姿が見える。

司郎「何でこんなことを！　これもオレへの愛情のひとつだって言うのか？」

鎮《しず》めようとした怒りが再び湧《わ》き起った。ボクは懐中電灯を持ち出すと渡り廊下から庭に出て、史子の後を追った。台風が近いということもあってか一帯の竹の葉が生温かい風に煽《あお》られてざわざわと音を立てていた。焼失した‘離れ’の残骸は粗方《あらかた》片付いていたが、焦げ臭い匂いが其処彼処《そこかしこ》から立ち昇っていた。

司郎「史子っ！　待てっ！　おい、止まれって！　どこに行くんだ！」

懐中電灯の光の輪の中で史子の動きが止まった。‘離れ’用に拡張した敷地はそこ迄で、その先は竹藪が鉄格子のように行く手を阻《はば》んでいた。

女の声「と…の…殿…」
　虎落笛《もがりぶえ》なのか風が女のような声に聞こえる…。
女の声「あぁ…殿…決して離れませぬ…死んでも殿をお慕《した》い申し…て…」

　風が何かを伝えるように竹の葉の先で舞っており、パタパタパタと落ち葉を叩くような音がする…。
　懐中電灯の光を地面に落とす司郎。塒《とぐろ》を巻いた無数の蛇に驚く。

司郎「（後退《あとず》さって）蛇がこんなに！　（史子に）おい、先《ま》ず、部屋に戻ろう。話はそれからだ」
史子「（朦朧《もうろう》として）愛しているの…だから来たの…それなのに…あなた様は…ああ…」
司郎「何を言ってるんだ？　さあ、「こっちへ来いって！」
史子「聞きとうはない…ならば…いっそ、殺して…あなたの手で…ぎゃあぁぁぁぁ〜（絶叫してその場に倒れる）」
司郎「（走り寄って抱き抱え）史子っ！」

史子は目を開いたまま身体を痙攣《けいれん》させていた。懐中電灯の光の所為《せい》で、史子の顔が別人の顔に見えた。目を血走らせ、頬がこけた顔はまるで鬼女のようだ。蛇が…塒《とぐろ》を解いて一斉にゾワゾワと動き始めた。ボクは史子を抱き上げると脇目《わきめ》も振らずにその場から逃げ出した。

そう、ソコは蛇が守る土地、里江朔虎《さとえのりとら》とその妻を祭った祠《ほこら》があった場所だった…。

後日…。篠木山八幡宮《しのきやまはちまんぐう》の社務所。

宮司《ぐうじ》の壺山武義《つぼやまたけよし》が司郎から預かった蒔絵《まきえ》の櫛をしげしげと眺《なが》めている。

壺山「（話を聞き終えて）それで…史子さんは？」

司郎「はい、入院させました。容態は落ち着いたんですが、（言葉を濁《にご》しつつ）全身に網目状の痣《あざ》が残りまして…それが何と言おうか…」

壺山「蛇の鱗《うろこ》のように見えると？」

司郎「（頷《うなず》いて）ええ。角度によってはパラフィンを貼《は》ったように光って見えるので余計に。写真をご覧になりますか？」

壺山「宜しいですか？（写真を手にして）うム…（ト言葉を失う）」

司郎「半年前にこちらで式を挙げさせて頂いた時とは別人のようではないですか？」

壺山「痩《や》せたというより…確かに…これは…」

司郎「見ようによっては…蛇です」

壺山「（櫛を三宝《さんぼう》の上に戻して）'離れ'が火災に遭った時に史子さんが里江朔虎の祟りだと言ったことといい、今の史子さんの状況を考えるとこの櫛の因縁が憑《と》りついたのではないかと？」

司郎「ええ。史子がこの櫛を里江家の土地に持ち込んだことが原因のように思えてならないのです」

壺山「もしそうであるなら、あの祠の神はウチで境内合祀《けいだいごうし》しましたから、この櫛を本宮でお祀《まつ》りすることは何の問題もありません。災いを成す因縁がご心配ならお祓《はら》いも致しましょう。ご安心なさい、こういった話は少なくないのです…」

文金高島田の髷《まげ》に差した蒔絵の櫛…。史子の言う里江朔虎の祟りを鵜呑《うの》みにした訳ではなかったが、医者でさえ何が原因でこのような症状が出るのか分からないと言うのなら、思い当たる原因をひとつひとつ拾って潰《つぶ》していくしかないだろう。

司郎「信仰を軽くみたつもりはなかったのですが…。こうなってみると先々代の残したあの祠を守れといった言葉が今更ながら身に沁《し》みます」

壺山「当宮はこの村を鎮守する氏神《うじがみ》神社です。武運を司《つかさど》る八幡神を祭神としていますから、今回の件に武将であった里江氏の因果が影響しているなら収まるでしょう。状況はきっと好転しますよ」

司郎「はあ。そう願っています。どうか宜しくお願い致します」

櫛を奉納したことが功を奏したのか、病院の点滴が効いたのか、史子の容態は劇的に回復した。五日後、首筋から脹脛《ふくらはぎ》まで広がった痣《あざ》も消え、尖ったような顔にも柔和さが戻り病院を退院する運びとなったが、あの日の晩の記憶は失っていた。

史子は病院からそのまま東京へ戻る事になった。予定より長い休暇となった為、大学の学術研究の遅れを取り戻したいという希望があったからだが、蛇が棲《す》む'離れ'の土地に当面の間、史子を近付けるのは憚《はばか》られた。それにこのまま、'離れ'の建築を推し進めるべきか、再考する時間も必要だった。もし計画を進めることになれば、本格的に蛇の駆除を実施しなければならないだろう。

史子を駅まで送った後、篠木山八幡宮に挨拶に出向いた。すると祀《まつ》っていた蒔絵の櫛が三宝から飛び出す現象があったと壺山さんから教えられた。櫛には油気があり、髪を梳《す》いたような痕跡まであったと言う。現在は特注のアクリルケースを被《かぶ》せ、手が触れられない状態で保管しており、「あの櫛にはかなり強い念が入っているようで、中田さんの推察《すいさつ》通り、史子さんの変容も櫛に籠《こも》った因縁が原因だったのかも知れませんね」と壺山さんはボクを安心させるように笑うのだった…。

恵子「野乃木沢《ののぎざわ》に別荘があるんですかぁ？わぁ、素敵っ！」

魔が過ぎて…再び魔に魅入られる。史子が教授のお付きで京都の学会に出掛けるのに合わせてソレはやって来た。その魔はボクの心のウチに芽生えた隙間にするりと入り込んで来た。まるで、あの蛇達のように…。

司郎「…祖父の代からあるものなんだが、そろそろリフォームしようかと思ってね」
恵子「へえ、素敵！　やっぱり旅館のオーナーともなると違うなあ」
司郎「一度、見ておかなくちゃならないから行こうと思ってるんだ…」

恵子「ええっ！　あたしもついて行っちゃ駄目ですかぁ？」
司郎「別に構わないよ。ウチの奥さんも出張することだし、ソレに合わせられれば問題はないよ」
恵子「ぜひ、ぜひ」
司郎「じゃ、決まりだ。実は恵子ちゃんには例の電話の件で嫌な思いをさせてしまったからそのお詫《わ》びをしたいと思っていたんだ」

東京に住む史子の元へは隔週で通っていたが、例の携帯アドレスの件といい、あの晩、蛇を思わせる全身の鱗《うろこ》の痣《あざ》と狂気の表情を見たことが、史子とボクの間に埋まらない溝《みぞ》を作っていた。

そう…。ボクは疲れていたんだ。結婚と'離れ'の火災、史子の入院と数か月の内に立て続けに起きた事件に翻弄《ほんろう》されて、ボクの心は癒《いや》しを求めていたのだ。史子が京都出張することを持ち出してまで、田崎恵子を別荘に連れて行くということは…強《あなが》ち下心がなかったとも言えないのだ。

その日、ボクはワインと一晩分の食材を車に詰め込むと途中で恵子を拾い、避暑地としても有名な県境にある野乃木沢の別荘に向かった…。


野乃木沢の別荘…。夕食後…。

居間のガスストーブの暖炉《だんろ》に火が入り、テーブルの上には空いたワインボトルがある。

司郎「（少し離れた位置に座る恵子に）さすがにもう寒いね」

恵子「外も真っ暗…。ふたりだけ森の中に取り残されたみたい」
司郎「なあ、こっちに来ないか？」
恵子「（手繰《たぐ》られるように肩を寄せ）ふふ。こうなること、予想した？」
司郎「しなかった。可愛いコだなとは思っていたけど」
恵子「あたしはしたワ。老舗《しにせ》旅館の若旦那との不倫も良いかな、って…」
司郎「へえ、慣れてるっぽい発言だな」
恵子「へへへ。慣れてるかどうか確かめてみる？」
司郎「この小悪魔…（ト、キスしようとするが）んっ？」
恵子「どうしたの？」
司郎「あの電柱の陰にヒトがいないか？」
恵子「厭《いや》だ、怖いこと言わないで」

隣家に架かる街路灯の灯りの中で人影が動いたような気がしてカーテンを引こうと立ち上がったが…気の所為《せい》だったのだろう、森は生き物の気配を残したまま深い闇に包まれていた…。

「ジ…ジ…ピン…ポ……ン」と玄関のチャイムが鳴る。

恵子「なに？何か鳴った…」

司郎「ああ、チャイムだ。接触が悪いんだよ」
恵子「誰か来る予定があるの?」
司郎「しぃ〜じっとして…」

「ジ…ジ…ピン…ポ……ン」と再びチャイムが鳴る。

恵子「(不安そうに)やっぱり誰か来たみたい…」
司郎「ちょっと待って、覗《のぞ》いて来る」

今頃訪ねて来るなんて管理を任せている管理会社位のものだ。もしかすると電気が点いているのを見て、水道やガスが出るかどうか心配してやって来て呉れたのだろうか?

玄関扉の覗き窓を覗き、誰もいないことを確かめる司郎。「全く人騒がせだ」と戻り掛けたが…再びチャイムが鳴る。

恵子「(居間から)誰だった?」
司郎「まだ分からない。(再び覗き窓を覗く)んっ?」

玄関灯が放つ光の外に木の枝を突いた女性が立っている。

目を凝《こ》らして見ると女性が着ているジャケットに見覚えがある。

司郎「（ハッとして）史子！」
恵子「（顔を出して小声で）どうしたの？　誰か来たの？」
司郎「史子だ。京都に行ったんじゃなかったのか…」
恵子「ええ、奥さん？　厭《いや》だ…どうしよう」
司郎「ゴメン。車があるから知らないフリも出来ない。取り敢《あ》えず君は二階に上がっていて呉れるか？」
恵子「うん、分かった」
司郎「グラスと靴を持ってな。何とか上手くやるから」
恵子「うん…」

この別荘のリフォームは史子との関係を修復する手立てとして計画したものだったのに、今はその史子の目を誤魔化す為に姑息《こそく》な言い訳をしなければならなかった。恵子が二階に上がるのを見計らうとボクは何喰わぬ顔をして玄関扉を開けた。

司郎「（惚《とぼ》けて）あれっ？　史子じゃないか？　どうしてココが分かったんだい？　京都の方はもういいのかい？」
史子「…イ…イタ…痛…い…」
司郎「何？　良く聞こえないよ…」

史子「…カラダジュウガ…痛くてシカタガナイノ」
司郎「えっ？　痛いって…どうしたんだ？　それに杖なんか突いて」
史子「コロんだ…の…アシが思うように…動かなくて」
司郎「転んだって…心配だな。病院に行くかい？」
史子「…手がシビれてる…肩も千切《ちぎ》れそうにイタイ…」
司郎「とにかく車を出すよ。キーを取って来る、ちょっと待ってて」

玄関を閉めようと振り返るより早く、史子は司郎と入れ替わるようにして玄関の中に入る。

司郎「（焦って）だから、直《す》ぐだから待って…」
史子「立ってられないほど辛いの…休ませて…お願…い…」

そう言って上り框《あがりかまち》にしゃがみ込んだ史子は本当に具合が悪そうだった。顔は真っ青で手先は体温があるのかと思うほど冷たい。これでは無碍《むげ》にでは出来ないとブーツを脱がせてやり、居間の暖炉の前まで連れて行った。

司郎「（ソファに横にならせて）少し寝た方がいいな。ちょっと待ってて、二階から毛布を取って来るから…」
史子「（口から大きく息を吸うと）オンナのヒトがいるわね…」
司郎「な…何を言い出すんだ？…」

テーブルにあったモノは恵子が片付けていたし、照明を絞《しぼ》ってあるので、客は勿論、女性が居たことも分からない筈だ。まさか…さっき電信柱の陰から家の中を覗かれていたような気がしたが、あれは史子だったのか？

司郎「（話を変えて）そもそもこの場所をどうして知った？　野乃木沢に別荘があることは教えたけどココの住所もボクが今日ここに来ていることは誰にも話していないんだ」

史子「…あたしは…アナタの…アドレス帳を持ってる…」

そう言うと「ああ…イタイ…足も腕も千切れそう」と史子は身悶《みもだ》えた。そうだった…史子はボクの個人的な住所録をコピーしていたんだ。そこには別荘の住所も管理会社の電話番号も入っていた。

史子「新幹線の中で嫌な予感に襲われて…名古屋で降りて…片っ端《ぱし》から電話ふぃて、アナヒャを探しぃたのぉ」

史子の言葉は最後の方は言葉としての体《てい》を為《な》していなかった。首を伸ばして天井を見上げては口をパクパク開けている。何だ？　口の中から桃色の紐《ひも》みたいなものがぴゅっと飛び出しているが…。

史子「（身体を伸ばして）ああ…オンナ…の匂ふぃ…二階におんひゃ…が…居るのふぇ」

司郎「史子…？　お前…大丈夫か？　頭に何か付いてるぞ」

突然、パリパリと音を立てて史子の肌が浮き始めた。まるで乾いて透明になった顔パックと肌の間に空気が入り、白いストッキングを顔に巻いているような状態になった。何だ？　何が起こってるんだ？　ボクは目の前で起きている状況に自分の目を疑った。

司郎「お…い、史子…お前、大丈夫か？」
史子「ヒュ～…ヒュ～…」

史子は腰を小刻みに揺すると身体を起こし、一直線に伸び上がった！
あぁ…史子の表皮が…捲《めく》れる…。顔に巻いた白いストッキング状のものを残したまま頭が下がっていき、頭の形をした半透明の膜がコックの帽子のように残った。
バリ…バリ…バリバリバリ…それは脱皮だった。まさしく蛇が脱皮するように史子は自分の表皮を脱ぎ捨てているのだ！。

司郎「な…はうっ…ほぇ…」

史子は身体をうねるように動かしながら洋服ごと表皮を脱ぎ捨ててゆく。その余りに奇異な光景にボクの膝《ひざ》は震えた。身体を支えようと後ろ手で壁を捜したが、身体が付いていかず、背中をしたたか壁に打ち付けた。

司郎「あ…あぅ…何…こ…こんな…」

口をパクパクさせるだけのボクの前で史子は脱皮を続けた。一度表皮の中で下げた頭を擡《もた》げ、身体を震わせると頭頂部の殻《から》を破って頭を出した。すると着衣の重さで殻が萎《しぼ》むように足元に落ちてゆき、銀色に濡れたような肢体《したい》が現れた。

史子「…ふぅ…あ・な・た…楽になった。手足の感覚はないけど…痛みがなくなった…」

そういう史子の顔は史子の面影を残した他人の顔をしていた。目は丸くなり、頬骨《ほおぼね》は浮き出し、口角《こうかく》が上がって、銀色の鱗状の痣《あざ》が額にくっきりと浮き出ていた。

司郎「あ…や…こ…？　お前、自分の身体…見て…みろ（卜壁の鏡を指さす）」

史子「えっ？　なあに…？　耳が良く聞こえないのよ。（自分の身体を見て）あぁ…やぁねぇ…」

史子はそう言うとのろのろと洋服を拾い始めた。萎んでしまった白いストッキング状のものを摘《つ》まみ上げると興味なさそうに後ろへ払った。あぁ、そう言えば、同じようなモノをサレルモのホテルでも見た覚えがある…。

司郎「（二階へ向かって）恵子ちゃん！　恵子っ！」

靴を胸に抱いた恵子が階段の踊り場から顔を出した。ボクは、「とにかく灯《あかり》りが点いた家を見つけて逃げ込め！」と声にならない声を張り上げた。

史子「えっ？　なぁに？　さっきから何を言ってるノォ？」

史子は…カッと目を見開くと長い舌で舌舐《したな》めずりしをしながら二階を気にするように言った。

司郎「うム…いや、その…はは…そ、そうだ、オーブンにローストチキンがあるぞ。どうだ？　あっちで食べないか？」

史子「チキン？　いいわね…アタシ、肉が食べたいの、猛烈に。最後の晩餐《ばんさん》には相応《ふさわ》しいしネ（ト、司郎の誘いに乗って居間に向かう）」

司郎「（二階へ向かって）今だっ！　行けッ！」

脱兎《だっと》のごとく玄関を飛び出して行く恵子。

ガタンと音を立てて閉まるドア。

史子は長い舌をピロピロと出し入れしながら、「うぅん…女の匂い…。やっぱり女が隠れていた…」と言うと更に口角を上げて、ヒュヒュヒュ、と笑うかのように空気を吐いた。

史子「ふふふ…まあ、いいワ。これでやっと二人きりね…」

前近代的と言われようが、目の前で繰り広げられた目を疑うような光景を見れば、史子が蛇に憑依《ひょうい》されたのは明らかだった。八幡神宮に納めた櫛《くし》に憑《つ》いた念は未だ祓《はら》い切れていないのだ！

思えば，離れ’を建てる為に祠《ほこら》を移そうとしたことから全てが始まっていた。骨董市《こっとういち》で見つけたと言う蒔絵《まきえ》に導かれるように史子が現れ、やがて，離れ’は火災に見舞われた。出火場所と思われる配電盤の辺りでは多数の蛇が黒焦げになっていて、直接的な出火原因ではないとされたが、こうなってみると、まさか…史子が…火を放ったとも思えて来て…。

蛇…蛇…蛇…。里江朔虎《さとえのりとら》を祀《まつ》った祠の移転に伴う災いが、大蛇《おろち》に姿を変えた奥方・鷽《うそ》姫の怨念によるものだとしたら…，離れ’の建設を中止させ、それでも尚、史子に憑《と》り付く奥方の妄執《もうしゅう》は何なのだ！

司郎「（落ち着こうと必死になって）史子…聞いておきたいことがあるんだが…」
史子「なあに?」
司郎「さっき、最後の晩餐に相応《ふさわ》しいって言ったね…」
史子「ええ、言ったわ」
司郎「それって、もしかしたら…」
史子「そう…一緒に死ぬのよ」

司郎「（言葉に詰まりかけ）なっ？！　でも…どうして？」
史子「だって、あたしを愛しているのでしょう？」
司郎「う…うむ」
史子「あなたは言って呉れた…死ぬほど愛しているよって何度もね…」
司郎「いや…ボクは…」
史子「（思い詰めたように）あなたはあのヒトとは違うワ…」

〝あのヒトとは違う〟その言葉には里江朔虎の奥方の妄執《もうしゅう》が怨念《おんねん》に変わった理由が籠《こ》められているような気がした。

司郎「一体、何が…あったと言うんだ？　あの燃え落ちる城の中で？」

ボクは敢《あ》えて怨霊に問い掛けるように質《ただ》した。史子を元に戻す為にも怨念の源《みなもと》を知る必要があった。

史子「おお…よくぞ訊《き》いて呉れた…」

史子を覆《おお》っていた空気がゆらりと動いた気がした。オーラのようなものなのだろうか？　それとも本体の怨霊が史子の肉体から滲《にじ》み出したのだろうか？　史子を覆う空気の層のようなものは、「おウ～おウ～」と泣き声を

上げると螺旋《らせん》状に渦を巻きながら史子の口の中へと吸い込まれた。

史子「（地の底から湧《わ》き上がる声に変容して）…わらわは死しても尚《なお》、殿にお仕え申し上げたいと大蛇《おろち》にまで姿を変え、火の中を舞い戻ったのじゃ…。ところが、そのわらわを見て、殿は何と仰《おっしゃ》ったか？　化け物と…化け物と言ったのじゃ。そして、女子《おなご》の一途な想いを断ち切るようにわらわの首を両断し、火の中に投げ捨てたのじゃ…。あぁ、わらわの恋は恨みとなり年月を跨《また》いで怨念に成り果てた。その荒ぶる怨念を鎮《しず》める為に建立《こんりゅう》された神の社を…お前は動かしたのじゃ…」

史子の声が別人に変わっている。地の底を震わすような声にはこの世のモノとは思えないおぞましい響きがある。ギリシャ神話に登場するゴルゴンという髪が蛇女の姿を見た者は石に姿を変えられると言うが、この声の響きには聞いた者の身体の芯を鷲掴《わしづか》んで一瞬にして凍らせるような冷たさがある。

「トゥンタッタラタトゥラタラタン…」とまさにその時、テーブルの上の携帯の着信が鳴った。恵子が心配して連絡して来たのだろうか？　否、今は誰からでも良い、あの携帯の恍《とぼ》けたような着信音によって、異次元の怪物に囚《とら》われていたボクの思考は現実に引き戻された。

…あぁ、車のキーは何処《どこ》だ？　そうだ、二階のコートのポケットの中だ！。

司郎「わあぁーッ！」

大声を出したことで、まるで金縛《かなしば》りにあったかのように力が入らなかった足が動いた。ボクは階段を駆け上がり、ハンガーに吊るしたコートの中から車のキーを掴《つか》むと部屋を飛び出した。

司郎「ふわっ！！！！」

…ドコンドコン…ドコンドコン…。

足が悪いなら動きは遅い筈だと多寡《たか》を括《くく》っていたのに史子が階段を登って来た。何と手も足も使わず身体の反動だけでうねるようにして這《は》い登って来る。その動きは…まさに蛇だ！蛇そのものだ！

ボクは階段を下りることを諦《あきら》め、部屋の窓から屋根に出ると雨樋《あまどい》に手を掛けて庭に飛び降り、玄関脇に止めた車の運転席に飛び込んだ！しかし…何てことだ！こんな時に…エンジンが掛《かか》らない！！

ト、玄関扉の陰から史子が顔を出した。「ワタシヲドウシテオイテイクノ？」と赤い舌をチロチロと出しながらカクンカクンとぎこちない足取りで玄関スロープを下って来た。

司郎「ああ…駄目だ！くそっ、靴がない！…」

ボクは車から飛び出すと靴下のまま森の間道を走った。ぽつんぽつんと街灯の灯はあるが、灯《あか》りの点いた人家がない。果たして恵子は無事に何処かの家に逃げ込むことが出来たのだろうか？

司郎「んっ？　あそこだ！　灯りがある」

蛍光色の街路灯の先にひとつだけ電球色の灯が見えた。あれは…神社だ。野乃木沢《ののぎさわ》神社、別荘地の組合が管理する無人の神社だ。あそこまで行けば何とかなる！　ボクの直感がそう告げていた。ボクは一気に林を抜け、藁《わら》をも縋《すが》る思いで鳥居に続く石段を登った。

司郎「ちっ…足の裏が血だらけだ…くそっ…くそっ…」

痛くない踵《かかと》を使って階段を上るのだが、思うように足が出ない。ト、林の中からヘッドライトを上下左右に揺らしながら車がこっちに来るのが見えた。エンジンを必要以上に唸《うな》らせ、ドン、バチンと車体を樹に打ち付けながら猛スピードで突っ込んで来た車は土溜《だ》まりに乗り上げると、パアン、と悲鳴のようなクラクションを鳴らして止まった。

司郎「くっ…キーを付けたままだったか！」

さすがにドアが開かないのか、車がゆさゆさ揺れている。もうこうなったら後戻りは出来ない。あの執拗さは話をして事を収めるレベルのものじゃない、本当にボクを殺す気なのだ！

…クカカカカ…。

異常な音を発して運転席のウィンドウが下がると、髪を振り乱した史子が這《は》い出して来た。街灯の灯りに浮かぶ異形の影はおいでおいでするかのように揺らいで見えた。

司郎「あう…ひっ…」

余りの恐怖にボクは腰を抜かした。腰から下が不如意《ふにょい》で全く力が入らなくなった。史子はその場に横になるとうねるように全身を使って石段を登り始めた。あぁ、後ろを見ちゃ駄目だ、恐怖に呑み込まれたら動けなくなってそれこそお終いだ。

司郎「寄るなっ！　来るなっ！」

ボクは声を荒げると下半身を引き摺《ず》りながら階段をよじ登って行った。後ろを振り返っちゃ駄目だ！　今や大蛇《おろち》と化した史子の姿を見たらボクは…それだけで…もう…。あぁ…足先に何かが纏《まと》わり付く。そのおぞましさに全身が総毛立つ。

史子「ほうら、捕まえた。あなたはわたしのモノになる…」

耳元で史子の声を聞き、ぎゅっと瞑《つぶ》った目を見開いた。そこには蛇の目をした知らない女の顔があった。恐怖で引き攣《つ》るボクを後目にその大蛇は鱗《うろこ》を月光に煌《きら》めかせながらボクの身体を締《し》め上げた。

司郎「くっ…ぐふっ…史子…」

あぁ…数百年に亘《わた》って愛を請《こ》う怨霊《おんりょう》に立ち向かう術《すべ》など持ち合わせちゃいない…。キリキリと身体を締め上げながら大蛇はもう一度、「愛しいあなた…永遠の愛を誓って頂戴《ちょうだい》」と囁《ささや》いた。

司郎「…くふっ…あ…愛…し…て」

でも、駄目だ…因縁に絆《ほだ》されてはならない。ボクが憑《と》り殺されてしまったら、史子は…憑依されている側の史子はどうなってしまうんだ！

司郎「うぉおお〜！！」

ボクは最後の力を振り絞って、身体に巻き付いた大蛇もろとも石段を這い登って行った。一段…二段…もう少し…もう少しだ。あと少しで鳥居《とりい》を超えられる…。

史子「どうして？　どうして…？　あなたも同じなのね。そうやってあたしから逃げようとする。こんなにもあなたを想っているのに…こんなにア・ナ・タを愛しているのに…ならばお前を喰ってやる！　二度と離れぬようにお前はあたしの肉となれ！…キカカカカカっ！　（下顎《あご》を外して大口を開ける）」

大蛇はボクの頭を呑《の》み込みに掛かった。それでもボクは後ろ手で石段を手繰《たぐ》り寄せるようにして這い上がる…。一段…もう一段…。あぁ、息が出来ない…く…苦しい…意識が…遠のき始めた…。

史子「ガァアウッ！！」

突然、ゴボリと音を立ててボクの頭は吐き出された。あぁ…見上げた目の先に…赤い鳥居がある。ボクの身体が…寸《すん》でのところで鳥居を超えている！

史子「くっ！　結界《けっかい》か！　あぁ、何と熱い！　身体が焼けるようじゃ…。城が落ちた…あの日の業火《ごうか》のようじゃぁ…」

鎌首《かまくび》をもたげて大蛇が絶叫した。黒艶《くろつや》消しの目から血の涙が流れていた。ボクを締《し》め付けていた力が急激に萎《な》えていき…おぞましい蛇女の頭が…ふと幼い女の顔に変容した。

鸞姫「尽きぬこの想い…鎮《しず》めてたもれ」

それは鈴を鳴らしたような可憐《かれん》な声だった。幼い女はずるずると後退《あとずさ》り、月光の下で銀色の鱗《うろこ》をキラキラと煌《きら》めかせると白蛇の姿になった。そして呆《ほう》けて動けなくなったボクを残したまま、するすると草の陰へ吸い込まれるようにして姿を消した…。

司郎「あ…あぁ…はぁはぁはぁ…た…助か…った…」

その晩、ボクは社《やしろ》の軒下《のきした》で夜を明かした。朝方、恵子と一緒に駆け付けた巡査によって保護された時、ボクは廃人のようになっていて、何を訊《き》いても意味不明なことを喋っていたらしい。それから巡査に背負われてパトカーに運ばれ、最寄りの病院に向かう間、恵子の太腿《ふともも》に顔を埋《うず》めて赤ん坊のように泣いたと言う。ショック状態が治まるまで三日を要したが、実は同じ病院に史子も担《かつ》ぎ込まれていた。恵子は史子の来訪を受けて別荘を飛び出した後、地元の観光ホテルに逃げ込み、ロビーで二時間ほど時間を潰《つぶ》すと、再び別荘に様子を見に戻ったそうだ。変に騒ぎ立てて痴情の縺《もつ》れを喧伝《けんでん》されることを惧《おそ》れた行動だったが、玄関で倒れている史子を発見して慌てて警察に通報したということだった。入院中、ボクと史子を引き合わせなかったのは恵子から話を聞いた担当医が二人の症状を鑑《かんが》みた上での判断だったようだ。

翌日、史子は意識を取り戻したが、「互いの精神が安定するまで合わない方が良いでしょう」と言う医者の提言で、東京の病院に転院して体力の回復を待つことになった。ボクは地元に戻り、実家の旅館で静養したが、竹藪の葉擦《はず》れにさえ怯《おび》え、夜中に大声を上げて騒ぎ立てる日が続いた。番頭の伊藤の助言に従い、ボクは私立病院の精神科に通院し、投薬とカウンセリング治療を受けた。漸《ようや》く落ち着きを取り戻し、旅館の主人として現場に復帰出来たのはあの晩から三か月後のことだった。

平常を取り戻したボクが最初にやらなければならなかったことは、八幡宮に遷宮した祠《ほこら》を元の場所に戻すことだった。その旨《むね》を八幡宮の壺山さんに伝えに行くと、「実は…」と言って、ボクが別荘に行った日の朝、蒔絵《まきえ》の櫛《くし》を納めたアクリルケースが割れていたことを明かした。「あの櫛に籠もった情念は納まるべき場所を求めているようですね。祠を新しく建て替え、櫛も一緒にお祀《まつ》りすれば供養《くよう》にもなるでしょう。日を決めてさっそく取り掛かりましょう」と賛同して呉れた。

遷宮の日時が決まったことを東京の史子に伝えると、正式に彼女から離婚したい旨《むね》を告げられた。事件以来、全く顔を見ていなかったが、田崎恵子が今回の事件でボク等の命の恩人と呼べる存在であったとしても、ボクが浮気心を抱いた相手だということは厳然たる事実であり、何事もなかったように元の生活を続ける事は出来ないだろう、というボクの予想が現実となった訳だ。だが、ボクの想いとは別に史子が離婚を切り出した理由は他のところにあった。

彼女の話によると…あの日、京都に向かう新幹線に乗り、富士山を車窓に見た頃から記憶が曖昧《あいまい》になったそうで、覚えているのは目を醒《さ》ました時、見知らぬ家で（実際は野乃木沢のウチの別荘だったのだが）、見知らぬ女性と警官が心配そうな顔で覗き込んでいた、ということだけだった。身体の無数の傷から自分がただならぬ事態に巻き込まれたことは想像出来たが、後に同じ病院に夫が入院していると聞かされても他人事のように思えてならなかったと言う。しかも、蒔絵の櫛を手に入れてから、櫛のルーツを探して初めてこの土地にやって来て、ボクと出逢い、結婚し、現在に至ったこの一年余りのことが、他人の人生としか思えないことに怖くなってしまったんだそうだ。もはや生活を共にすることは互いの精神にとって良くないという周囲からの助言もあり、ここはふたりの人生の為にも離婚に応じて欲しい、というのが彼女の見解だった。

史子の話を聞き終わって、この世界には時間を超えて存在する‘思念’と呼べるものが少なからず存在していることをボクは学んだ。先祖の言い伝えを守らずに祠を動かすことを決めたことで、蒔絵の櫛の持ち主だった里江朔虎の奥方・鷽《うそ》姫の死霊はたまたま櫛を手にした史子という肉体に憑依《ひょうい》して、ボクに土地の神を蔑《ないがし》ろにしたことを諫《いさ》めにやって来たのだと…。

…………………………………………

五年後…現在。

司郎「因果応報《いんがおうほう》とは良く言ったものだ…」

ボクは史子からの結婚の報告の手紙を置くと風に葉を戦《そよ》がしている竹藪に目をやった。来週明けには建て直した祠《ほこら》の三年祭が宮司の壺山さんによって執《と》り行われることになっている。祠を建て直し、蒔絵の櫛を奉納すると、あれほどいた蛇はぷっつりと姿を消した。'離れ'の建設は取り止め、代わりに宿泊客が詣《もう》でられるように整地し、旅館の案内パンフレットにも里江一族の盛衰物語を歴史を追って記載した。すると「いっそグッズ販売も考えてみてみましょうか?」と番頭の伊藤が言い出すほど客足も伸び、安定した収益を確保出来るようになっていた。

史子からの封書には結婚の報告の他にもう一通の手紙が同封されていた。そこには、「…伊藤さんから司郎さんの体調が元に戻りつつあるということを聞いて、あたしなりに里江朔虎の落城にまつわる話を探してみました。もしこの話が司郎さんにとってあの事件を彷彿《ほうふつ》させるものなら読み飛ばして下さい」と断った上で、鷽《うそ》姫が十一歳で輿入《こしい》れした際に里江家に入った朝倉　某《なにがし》という若党〈※お付きの侍〉のことが記されていた。この朝倉某は里江氏滅亡後もその土地に留まり、修験者となって篠木山神社を始め、幾つかの社の基《もと》を築いた人物で、そのうちのひとつに明治時代になって絶えた中田神社というのがあった。もしかすると'中田'家と所縁《ゆかり》があったとも考えられ、今回の出来事は綿々《めんめん》と続く鷺姫と彼女を守護する若党の物語として見れば、全て辻褄《つじつま》が合うと言うのだ。またボクが逃げ込んだ野乃木沢神社は火山を祀《まつ》った火に由来を持つ浅間《せんげん》神社であり、業火に焼かれた奥方には踏み入ることが出来ない神域だったのではなかったか？とも付け加えられていた…。

とするなら…祠を祀り、世話をする限り、この土地で中田家は絶えることはないのかも知れない…。

鷺姫「尽きぬこの想い…鎮《しず》めてたもれ」

あぁ…あの時の幼い女の心情がボクの心に流れ込んでくる…。
十一歳で嫁入りし、壮絶な死を迎えた少女の幻影をボクは追う…。

司郎「…わたしで良ければ…鷺姫さま…お守りいたします…永遠にあなたさまの傍《かたわ》らで…」

ふと口を衝《つ》いて出たボクの誓いは…祠を巻いてやって来た一陣の風に浚《さら》われ…竹の葉擦《はず》れとなって、天へと…。

（終わり）

セントエルモの火

主な登場人物……宮本俊樹《みやもととしき》　サラリーマン
井上美帆子《いのうえみほこ》　俊樹の元カノ
西田留美子《にしだるみこ》　美帆子の親友
宮本重雄《みやもとしげお》　俊樹の祖父
伊吹美保子《いぶきみほこ》　難病を抱えている女性
進藤《しんどう》　実《みのる》　美保子の友達
その他　漁労長・俊樹の父／母・会社事務員・看護師

美帆子はもともと童顔だったこともあって十五年経っても少しも印象が変わっていなかった…。

旧姓井上美帆子《いのうえみほこ》の葬儀にボクは来ていた。ボクのことなど知る由《よし》もない彼女の夫とふたりの子供に頭を下げ、遺影を見上げて焼香を済まして帰るだけの筈《はず》が、花に埋もれた彼女の遺影を遠くからチラリと見ただけで、例えようもない喪失感が襲って来て、顔を背《そむ》けざるを得なかった。

遺影に写った美帆子…あんなに幸せそうに笑って…。中学から高校まで、ずっとあの美帆子のえくぼにボクは支えられて来たんだ。駅のホームで列車を待ち、同じ車両に乗り合わせ、後に同じクラスで隣同士になったという偶然にボク等は驚いて…。映画にもテレビドラマにもならないごく普通の若い恋人たちの青春の記憶。

ボク等は五年付き合ったが、カノジョは地元の大学を、ボクは東京の大学を選び、やがて別々の人生を歩み始めていったんだ…。

留美子「…ひょっとして宮本…クン？」
俊樹「えっ？…西田…留美子…？」
留美子「ああ、やっぱり宮本君だった。来たんだね」
俊樹「ん、あぁ。オフクロから連絡が来てね…」
留美子「そっか…同窓会にも顔を出さないから。美帆子は毎回顔を出してたよ」

ボクが涙を拭《ぬぐ》って鼻を啜《すす》るのを見た旧姓西田留美子《にしだるみこ》はそれ以上、余計なことを言わなかった。留美子は美帆子の親友だったが、実際に美帆子が留美子にボクのことをどれほど話していたのかボクは知らない。彼女の左手の薬指を見る限り、互いの結婚式に出席しただろうし、ボクなんかよりもあそこで来場者に頭を下げている美帆子の夫との方が親交がある筈だった。

留美子「病気が見つかって八か月。余りにも早い死だった…。病床の中で子供達が毎年の誕生日に読むよう手紙を書いていてね、‘二十歳までの分は頑張って書き上げたワ’って笑った顔が最後だった…」

美帆子らしい用意周到《よういしゅうとう》さ…。‘気が付いたことは何でもやってしまわないと忘れちゃうのよ’っていつも言

っていたっけ。

その日、葬儀に出たボクはどうしてこんなに涙が出るんだと思うほど泣いた。読経の間、遺影をまともに見ることも出来ずに手の甲に大粒の涙を落とし続ける男を彼女の親族が見てどう思っただろう？　でも…ダメだ…止まらない。あの頃の美帆子の言葉が次から次へとボクの頭の中で駆け回って、嗚咽《おえつ》を堪《こら》えるので精一杯だ…。

留美子「…実は美帆子から渡して欲しいって預かったモノがあるのよ。まさか今日会えると思わなかったから持って来ていないの。夜、時間作れる？」

俊樹「ゴメン…今日中に東京に戻らないと。明日、どうしても外せない会議があるんだ」

留美子「じゃ住所を教えて呉れる？　送るワ」

環境が変わっても高校時代の距離感は十五年経っても少しも変わらない。ボクの中で美帆子は、両手を後ろ手で組み、空を見上げて当時流行った歌謡曲を楽しそうに口ずさんでいて…。

…三日後、仕事から帰るとマンションのポストに西田留美子からの郵便物の不在通知が入っていた。ボクは居ても立っても居られず最寄りの集配局まで自転車を飛ばした…。

俊樹「（荷物を開けて）あ…これは…？」

用意周到な美帆子がボクに遺《のこ》したモノ…。ソレは高校一年の彼女の誕生日にボクが贈ったモノだった…。

俊樹　「セントエルモの浮き玉だ…」

セントエルモの火は雷雲が発生するような悪天候時に船のマストの先端などが発光する現象をいう。'聖エルモは紀元三百年頃のローマキリスト教の司教で雷鳴をものともせずに説教を続けた聖人だったが、船の錨《いかり》の巻き上げ機に似た道具で処刑されたことから由来し、船舶の安全を司《つかさど》る聖人として名を冠したのだ'と今は認知症になってしまった爺ちゃんから聞かされていた。爺ちゃんが言うことには、ボクはセントエルモの火に導かれてこの世に生まれ落ちたんだそうだ。だから、'コレをお前の宝物にしたら良い'と小学生の卒業祝いにボクにこの浮き玉を呉れた。そう…この浮き玉には曰《いわ》くがあって…。

ボクの爺ちゃん、宮本重雄《みやもとしげお》が荒れ狂う日本海で漁を生業《なりわい》とする漁師だったとしたら、ドラマになるんだろうけれど、実際は漁協の経理を担当する組合員だった。そんな痩《や》せて度の強い眼鏡を掛けた若かりし日の爺ちゃんに漁労長さんがある日、声を掛けたんだそうだ…。

…………………………

漁労長「宮本さん、どうだい？　たまには船に乗ってみんかね」

重雄　「いやあ…わたしなんか船に乗ったら迷惑かけるばっかりで…」

漁労長「面倒みちゃるからええって。ワシ等が命かけて魚ば捕る。ソレを売って金にし、おまんまを頂く。そこには宮本さんがいなきゃ通らん話さ。だから現場を見て貰《もら》いたいんよ」

実はその時、爺ちゃんの娘、ボクの母親は産気づいて入院していた。正直、時期が時期だったんで陸《おか》を離れたくはなかったが、自分とは全く違った男気《おとこぎ》のある漁労長さんを尊敬していた爺ちゃんは船に乗ることを了承したんだそうだ。

漁労長「生憎《あいにく》の天気になっちまったなぁ、こりゃ嵐が来る…。宮本さん、残念だったなぁ」

船は港を出たが漁場に着く前に嵐の予兆があったらしい。爺ちゃんは娘のお産のことが気掛かりだったので予定より帰港が早まったことを内心喜んだらしいけど、予期せぬことが起こってしまった。

漁労長「何てこった！　エンジンが止まりよった。ちィとばかし見張りを頼むわ。ワシ、下を覗いて来る」

まあ、それほど危急な状態という訳でもなかったみたいで、漁労長さんはいつものことのように懐中電灯を持つと船倉に潜ったていったんだそうだ。

海は気味が悪いほど静まり返り、海の匂いが強い。見る見るうちに海上は霧に覆《おお》われ、船体をちゃぷんちゃぷんと打つ波の音が輪舞《ろんど》する世界…。爺ちゃんは巨大な白鯨《はくげい》モビィ・ディックに執念を燃やすエイハブ船長を描いたハーマン・メルヴィルの『白鯨』を思い出したんだそうだ。こういうところはいかにも文学青年だった爺ちゃんらしいエピソードなんだけど、爺ちゃんがロマンに浸《ひた》る間もなく、ドドドドン、と空を雷鳴が叩き始め、俄《にわか》に海が騒がしくなった…。

重雄　「（船倉を覗いて）漁労長さん、どうですか？　直りそうですか？　嵐になりそうです」
漁労長「ああ、もうじきだ。心配しなさんな」

発電機が故障したらしく船上は真っ暗。ト、真っ黒な海と空の間に走る雷光によって、濃霧の中から山のような影が浮かび上がった。

重雄　「な…何だ、アレは？　…クジラ？」

影の正体を確かめようと爺ちゃんは操舵室から出ると目を凝《こ》らして十一時の方向を見たんだけど、バラバラと降り始めた大粒の雨が眼鏡のレンズを濡らして良く見えなくて…。

その時だ！　雷鳴が走って、巻き網機にアーク放電した。すると…網に繋がった幾つかのガラスの浮き玉の中に火が点《とも》った！　と同時に…ガンガンガン…と足元からせり上がるようなエンジン音が聞こえた。何と！　うねり始めた真っ黒な波間に船の喫水線《きっすいせん》が見え隠れしているではないか！

…大型船がこっちに突っ込んで来る！…

爺ちゃんは咄嗟《とっさ》に青色の炎が点った浮き玉を掲《かか》げるとがむしゃらに手を振った。'コレはセントエルモの火だ！　聖エルモが闇の中に取り残された漁船を守る為に火を遣《つか》わして呉れたんだ' って心の中で叫びながら夢中になって合図を送ったんだそうだ…。

…ボ・ボ・ボ・ボ・ボ…。

大型船から短音の汽笛信号が返った。すぐに漁労長さんが飛び出してきて発電機を動かして照明を点けると、壁のように迫っていた大型運搬船の船首が寸《すん》でのところで躱《かわ》って行った…。

漁労長「…いやあ、危機一髪だった。宮本さん、良くやって呉れた」
重雄「このセントエルモの火のお蔭です。(ト浮き玉を見せる)」
漁労長「不思議だな。ガラス玉の中でまだ火が燃えとる」

危機一髪の回避行動で衝突を免《まぬが》れた漁船は港に帰った。漁労長は爺ちゃんの申し出を快く受け、セントエルモの火が点いた浮き玉を呉れたんだそうだ。
だが、その日の爺ちゃんの冒険はそれだけでは終わらなかった…。

父親「…涼子《りょうこ》が分娩室《ぶんべんしつ》に入ったんですが危ないらしいんです」

帰港した爺ちゃんのトコに娘の連れ合いから連絡が入った。爺ちゃんは大急ぎで車に乗るとセントエルモの火が点った浮き玉を抱いたまま、病院へ向かったんだそうだ。
病院の廊下でボクの父さんと爺ちゃんはそれから四時間ほどじっと待った。その間もセントエルモの火は浮き玉の中で燃え続けていた。二人は青白くチロチロと燃える炎に縋《すが》る思いで母さんとボクの無事を祈ったんだって。
後に爺ちゃんは浮き玉を作っているガラス会社の人間に浮き玉の中で火が燃え続けることが可能なのか訊《き》いたよ

うで、可能性としては、浮き玉はラムネの瓶《びん》とか薬瓶を溶かして作るので、製造工程の中でガラス素材そのものの中に空気泡が混ざることがあり、アーク現象によってスパークした火花がその空気泡に作用して内部に入り込むことはあるかも知れないが、飽く迄、それは一瞬のことで炎になって燃え続けることは有り得ないという回答だった。

重雄「セントエルモの火というのは船を守る導きの火なんだ。だからこうやって孫が生まれるのをじっと待っていられることだってこの火の導きによるものなんだ。だから大丈夫さ。母子ともに元気な姿を見せて呉れるさ」

爺ちゃんはそう言いながら浮き玉を擦《さす》ったんだそうだ。すると…パキンと音がして、浮き玉の一部分が欠けて五円玉ほどの穴が開き…フッと火が消えてしまった！

父親「…お義父《とう》さん、火が…火が消えてしまいましたよ…」
重雄「ウ…ウム…」

爺ちゃんは焦《あせ》った。酸素がない空間で炎が点るという、素人では理解出来ない現象が起きているところに、ガラスが割れて酸素が供給された途端、火が消えてしまうなんて…。これは不吉な前兆なのか？と二人が思わず顔を見合わせた時…。

赤ん坊　　「オギャ〜ッオギャ〜ッ…」
重雄・父親「あぁっ！！」

無事にボクは生まれ、母さんも退院した。父さんは母子が無事に還って来て呉れさえすればセントエルモの火のことなど興味がないらしく、爺ちゃんだけが自分のたったひとつの冒険話としてボクが小学校を卒業するまで、何十回ともなく話して聞かせて呉れたんだ…。

時節は巡り…俊樹の中学三年の夏。

俊樹「爺ちゃん、あのさ、セントエルモの浮き玉をあげてもいいかな？」
重雄「あげるって、誰に？」
俊樹「カノジョさ。カノジョの誕生日プレゼントにしたいんだよ」
重雄「アレは俊樹の宝物だろう？」
俊樹「そうさ、ボクの宝物さ。だから大切なヒトにあげたいんだ。それに…」
重雄「何だ？」
俊樹「爺ちゃんの冒険話をじかに聞きたいって言って呉れて、ボクもつい嬉しくなってサ」
重雄「そうか。一度、連れて来なさい。話を語って聞かせよう」

うぁ〜少々、面倒な話になったと後悔したんだけど、結果、爺ちゃんは美帆子を気に入ったんだ。だって爺ちゃんの冒険話に瞳を輝かしながら素直に聞く人間なんかもう居なかったからね…。

…………………………

俊樹の東京のマンション…。

俊樹「(封書を開けて) 手紙…だ…」

西田留美子から送られた爺ちゃんのセントエルモの浮き玉が入った箱の中には美帆子の名前が入った封書があり、一枚の便箋《びんせん》が入っていた…。

俊樹「'ありがとう'…」

便箋に書かれていたのはソレだけだった。黒マジックで書かれた美帆子の文字は子供が書くより拙《つたな》く、用紙いっぱいにのたくっていた。ふたりの子供に二十歳までの誕生日分の手紙を書き、病気と投薬で体力はおろか意識さえ覚束《おぼつか》ない状態で書いた手紙に違いなかった…。

手紙だけでなくセントエルモの浮き玉をボクに遺《のこ》した美帆子の意図をボクは一晩考えた。用意周到な彼女が遺したモノだ、昔の彼氏との思い出の品を整理するだけの為に返して寄越したとは思えなかった…。

…………………………

美帆子「ねえ、わたし達の交換日記…」
俊樹「あぁ中学時代のヤツだ。懐かしいな」
美帆子「どうする？　地元を離れる俊樹が持って行く？　でも俊樹の新しいカノジョが見つけて破り捨てられても
　寂しいしな…」
俊樹「そうだなぁ…。コレが原因で美帆子の新しいカレシが嫉妬に狂うとも限らないしなぁ」
美帆子「ねえ、最後にお互いへのメッセージを書いてサ、ソレは読まずに燃やしちゃうっていうのはどう？」
俊樹「うん。何だかテレビドラマっぽい、それでいこう…」

あの時は交換日記の存在すら忘れ掛かっていた。日記はまだ手を繋《つな》ぐのもドキドキする頃から始まって、キスしたあたりで終わっていた。付き合ってしまえば、日記に託《たく》して互いの想いを伝えることもなくなって、ノートは半分ほど残して空白のまま残っていた…。

日曜日の午後の晴れた日…。地元の浜辺…。
俊樹と美帆子それぞれが別々のページにメッセージを残す。

俊樹「書いた？」
美帆子「うん。書いたよ。じゃ、確かに（パタンと閉じて穴を掘った砂の中にノートを置く）」
俊樹「(百円ライターを取り出し）こういうのって、もっと夕方とかやるもんじゃない、普通？　この炎天下じや気分もへったくれもないよ」
美帆子「駄目よ。そんなことしたら俊樹泣いちゃうもん」
俊樹「まさか？　そんなことないサ。じゃ…いくよ（ト着火する）」

影を作らないほどの陽射しの下でボク等はノートを燃やした。青春の思い出の一ページずつがオレンジ色の炎となってまるで舌を出すようにチロチロと燃えていった。ボク等の出逢いを記したノートは黒煙をときおり吐き出しながら少しずつ…少しずつ小さくなっていった…。

美帆子「(俊樹の横顔を見て）ほら…やっぱり泣いてる」
俊樹「あれっ…おっかしいな。（ト、目尻を拭《ぬぐ》い）駄目なんだ、こういうの。良く平気でいられるな？」
美帆子「あたしは準備してきたもん…ちゃあんと昨夜…泣いておいたんだ」

だからって涙が出ない訳じゃないだろうに…そう思ったけど、お互いにソレ以上のことは言わなかった…。勿論、最後に何を書いたかなんて訊《き》かなかった。そりゃ、ちょっとは知りたい気持ちもあったけれど、ふたりの最後の儀式としてはその方が良い。お互いの目の前でちょこちょこって書いたものだから長い文章じゃないだろうし…ボクはと言えば…ただ…幸せになれるように祈ってるよ…って書いただけだしさ…。

…………………

俊樹　「（美帆子の字をみつめたまま）美帆子…本当に用意周到《よういしゅうとう》なヤツ…」

美帆子の'ありがとう'と書かれた手紙とセントエルモの浮き玉にボクの心は掻《か》き立てられた。交換日記の最後のページに書かれた美帆子の言葉が、目の前の'ありがとう'という文字と重なっていた。

俊樹　「アイツ、メッセージ・イン・ア・ボトルが好きだったな…」

『メッセージ・イン・ア・ボトル』は高校時代に二人で観たケヴィン＝コスナーの映画だ。亡き妻へ綴《つづ》った手紙をボトルに入れ、海へ流した男とボトルを拾った女がその男を愛してしまうストーリーだ。

でも待てよ。残されたのはボクと美帆子の夫なんだし、第一、過去の恋人の登場など夫は望まないだろう。そう、ボクは彼女にとって過去の恋人ではあっても今を紡《つむ》ぐ人間ではないし…。あぁ…セントエルモの浮き玉をボクに返して寄越した彼女の意図が分からない。適《かな》うなら彼女が望むことをしてあげたい…。元カレから貰った浮き玉の処理に困って突き返して来ただけだ、とどうしても思えない…。

美帆子「セントエルモの火かぁ…。漁船は追突を回避してお爺さんは帰って来られたし、お母さんは俊樹を無事に出産した…。少なくても一日のうちに奇跡をふたつも起こしてるんだよ。この浮き玉はさながら宮本家の水先案内人だよ」

俊樹「美帆子は爺ちゃんの話を鵜呑《うの》みにして瞳を輝かせてそう言ったっけ…」

ボクは子供の頃、爺ちゃんの話に胸をときめかせていた頃の気持ちに従うことにした。そう、浮き玉は爺ちゃんとボクの水先案内人なのだ、大人になったボクがちまちまと考えるより、学生の頃の気持ちになって考えれば良い。浮き玉は交換日記を焼いたあの日のボク達の想いに応える道筋を付けて呉れるに違いないんだと。

俊樹「よしっ！ 決めたっ！」

四十九日明けの法事の案内が西田留美子から来たが、そっちには顔を出さずにボクは交換日記を焼いた浜辺に向かった。浮き玉の五円玉ほどの大きさに空いた穴から、美帆子が遺した'ありがとう'の便箋《びんせん》と'幸せになれるように祈ってるよ'という交換日記の最後のページに残したボクの言葉を書いた紙を入れた。

俊樹「田舎の平凡な高校生カップルにしては精一杯の背伸びだよ…。テレビドラマみたいだろ？」

ボクは浮き玉の穴にコルク栓《せん》を嵌めると蝋《ろう》で封をし、海へ流した。あの直射の昼下がりとは違い、茜色《あかねいろ》の太陽が海面を段だらに染めていて、波間に浮かんだ浮き玉の中に火が点《とも》ったように見せていて…あぁ…セントエルモの火は消えていなかったんだ、という幻想でボクは泣きそうになった…。

俊樹「あぁ…オレ、やっぱり泣いちゃうよ…。昔と全然変わってない…」

それから数か月後…。

井上美帆子の死から立ち直り掛け始めた頃。

母親「(電話口で)…お前、浮き玉を海に流したのかい？　お爺ちゃんが朝の散歩で拾って来てね、大事そうに抱えたまま放さないんだよ…」

ボクが浮き玉を流してから二カ月ほどして母親から電話があった。ボクはセントエルモの浮き玉は確かに流したけど、爺ちゃんが拾ったのは別の浮き玉だろうと言った。爺ちゃんは認知症だったが、今回は割りとしっかりしていて、これはセントエルモの浮き玉に間違いないと言い張っているんだそうだ。

…浮き玉が戻って来た…。

ボクの想いが美帆子のトコに届かなかったような気がして、これが田舎の高校生カップルの純情の限界だったのかとボクは大きな溜息《ためいき》を吐いた…。

母親「お爺ちゃんがお前がいつ戻るんだと煩《うるさ》いのよ。何とか都合を付けられないかね？」

本来ならそんなことで、と突っぱねる所だったが、浮き玉は宮本家の水先案内人なんだと思い直して帰郷する

ことにした。美帆子とボクの青春時代の甘酸っぱい記憶を他人に触れられたくないという思いがあったが、浮き玉の話を持ち出されるとそこにはやはり爺ちゃんの存在があって、おざなりに扱う訳にはいかなかった…。

俊樹「(門柱の前で立っている重雄を見て) 爺ちゃん、ずっと待っていて呉れたの?」
重雄「おうよ。どうしても俊樹に話しておかなければならないことがあってな」

翌週末、実家に帰ると果たして爺ちゃんが浮き玉を抱いて、今か今かとボクの帰りを待っていた。

重雄「この浮き玉はお前にやったもんじゃからな。先ずはお前の意見を聞かなければならん」
俊樹「う…うん… (卜渡された浮き玉を見る)」
重雄「(声を落として) セントエルモの火が点いていたんじゃ、コレには。だから間違いない、これは俊樹の浮き玉だ」

コルク栓で封をした浮き玉は確かにボクの浮き玉だった。爺ちゃんは、「浮き玉に火が点っていた、セントエルモの火は絶えちゃいなかったんだ」と興奮して言ったが、夕陽を映し込んだ時のように朝日を浴びた浮き玉がキラキラと反射していたのに違いないんだ…。

俊樹「爺ちゃん、あのさ…ボクが同級生の美帆子にコレを贈ったの覚えてる?…」

ボクは爺ちゃんに美帆子のことを話した。爺ちゃんはその昔、カノジョに会ったことがあって、そのコは三か月ほど前に病気で亡くなってしまったということを…。

重雄「…いいから早く、浮き玉の中の紙を広げてみなさい。ワシはそれが気になって仕方がないんじゃ」

爺ちゃんは美帆子のことなど関心ないみたいで、浮き玉の中の手紙のことを知りたがった。どうやら今は何を言っても分からない時間らしい。

ボクは蝋《ろう》を丁寧に剥《は》がすとコルク栓を抜き、浮き玉を逆さにした。そして…畳んだ便箋に触れて…何かが違うことに気が付いた…。

俊樹「ん？　こ…これって？」

『〝幸せになれるように祈ってるよ〟と〝ありがとう〟…ふたつの言葉が心に沁《し》みます。お互いに想い合うことがこんなに素敵なものだったなんて気付くのが遅過ぎました。もっと自分に素直でいることの切さを思い知らされました。あたしは…生きたかった…。そして大切な人ともっと一緒に居たかった…』

ボクの手紙を持つ手が震えた。これは美帆子からの返信だ。否《いや》、そんな筈《はず》はない。でも…美帆子の筆跡に似ていないこともない…それだって高校時代の記憶であって酷《ひど》く曖昧《あいまい》だ。セントエルモの浮き玉はこの世とあの世を

行き来して美帆子の言葉を伝えて呉れたのだろうか？　否々《いやいや》、冷静に考えてみろ。これは…浮き玉を拾った誰かが手紙を書いて再び海に流したものだ…。

重雄「この浮き玉はの、宮本家の水先案内人なんじゃ」

茫然《ぼうぜん》とするボクの手にあった手紙を読んだ爺ちゃんは、さもありなんという顔をして、昔、美帆子が言ったことと同じことを言った。

映画『メッセージ・イン・ア・ボトル』では主役のテリーサは潮の流れ、レターペーパーやタイプライターの種類などから、手紙を書いたと思われる男性を見つけ出したが、ボクにはそんな技量などないし、第一、この手紙に対してボクがどう行動を起こしたら良いのかさえ分からなかった。

重雄「なあに、浮き玉に任せればいいんじゃや…」

結局、爺ちゃんの言葉に従ってボクはもう一度だけ浮き玉を流すことにした。浮き玉が天国の美帆子に届き、「また泣いてたね、あたし空から見てたから知ってるよ」ってあの日のように笑われて終われば良いサ、だなんて子供みたいなことを考えていたが、結局、爺ちゃん任せ、浮き玉任せというズルズルの展開になった。まっ、それもボクらしいと言えばボクらしかったんだけどサ…。

俊樹「…良しと。コレで大丈夫だろ…」

浮き玉に名刺を一枚だけ入れて封をし、前回と同じ時刻を見計らって海に流した。入っていた手紙に応えなかったのは、大人になったふたりの関係の終焉《しゅうえん》を刻むには感傷はいらないと思ったからだ。

俊樹「今度こそ、サヨナラだ…美帆子…見てるかい？」

次は戻ることはないだろう、浮き玉はこの海のどこかで沈んでボク等の思い出は封印されるんだ。「浮き玉よ、長い間、ありがとう。キミは宮本家の水先案内人だったよ…」と、そんな思いを込めて…。

一か月後…。俊樹の東京の営業所。

事務員「宮本さん、しんどうみのるさんと仰《おっしゃ》る方から二番に電話が入ってます」

俊樹　「おっ、ありがとう。しんどうみのる？…誰だろ？」

その電話はボクが再び浮き玉を流してからひと月ほど経ってからのものだった…。

みのる「(電話の声) …もしもし、みやもとしきさんですか？ ボクの名前はしんどうみのる、小学一年生です」

それは子供からの電話だった。小学校に入ったばかりの子供の話なので要領《ようりょう》を得なかったが、'ガラス玉を海に流したお姉さんが目を醒《さ》まさない'、という内容だった。

俊樹　「ガラス玉というと…浮き玉の事か…。あのさ、誰か大人の…（ト電話が切れて）もしもし…あれっ？」

ボクが流した浮き玉のことで電話をしてきたようだが…そうか、名刺にあった会社の電話番号に電話をして来たのか。でも何でわざわざ電話を寄越したんだろう？　お姉さんがどうとか言っていたが…その物言いには切羽《せっぱ》詰まった響きがあったナ…。

事務員「はい…ええ。居ります。宮本さん、新潟Ｎ・Ｎ中央病院から電話が入ってますよ」
俊樹　「うん？　あぁ、ありがとう（ト受話器を取る）もしもし…宮本俊樹ですが」
看護師「（電話の声）お仕事中申し訳ございません、こちら新潟Ｎ・Ｎ中央病院です。さきほど電話した、しんどうみのる君の代理の者です。今、お時間宜しいですか？」
俊樹　「あ…はぁ」

それは子供の電話で始まった話としては悠長《ゆうちょう》に聞ける内容ではなかった。さっき電話を掛けて来た進藤実《しんどうみのる》という男の子が浮き玉の拾い主であり、彼の友達の伊吹美保子《いぶきみほこ》という美帆子と'みほこ'繋《つな》がりの女性が、一度、還《かえ》って来た浮き玉の中にあった手紙の主だということが明かされた。

看護師「…そうですか、あの浮き玉の持ち主でいらっしゃるのですか…。実は伊吹美保子さんは数十万に一人という視床下部《ししょうかぶ》の難病の手術を三日前に受けたのです。どうやら手術の前にみのる君と美保子さんは、手術が成功したら浮き玉に手紙を入れてもう一度流そうね、という約束をしていたようで…」
俊樹「もう一度流すですって？　あの、側にみのる君は居ますか？」
看護師「はい。少しお待ち下さい…」

少年に電話を代わって貰って浮き玉を拾った経緯を訊《き》いた。何でも病院の前を走る国道を挟《はさ》んだ浜辺に漂着した浮き玉を偶々《たまたま》、リハビリ中のみのる君が拾い、病院で友達になったお姉さんにプレゼントしたことから今回のことになったそうだ。

俊樹「二回ともみのる君がガラスの玉を海で拾ったのかい？」
みのる「そうだよ。手紙を入れたガラス玉を海に流しに行こうって言ったのはお姉さんだよ。ボクが手を繋《つな》いであげて道路を渡ったんだ」

何という事だろう、映画『メッセージ・イン・ア・ボトル』で手紙の主を探し出した以上の奇跡だった。潮の流れで同じ場所に漂着することがあるにしても、それを二度も同じ子供が拾うなんて！

俊樹「（再び看護師に代わって貰い）美保子さんの手術後の経過はどうなんでしょう？」
看護師「あの…申し訳ないのですが、お身内以外の方にはこれ以上のことは…」

至極《しごく》、当然の対応だろう、仕方なく最後にもう一度、みのる君に電話を代わって貰った。

俊樹　「お姉さんのガラス玉はまだあるのかな？」
みのる「うん、持ってるよ」
俊樹　「おじさん、お姉さんのお見舞いに行くからさ。ちゃんと持ってて呉れよ」
みのる「うん、任せておいて」

翌日、有給を取ったボクは新潟に向かった。爺ちゃんの‚浮き玉に任せればいいんじゃ‚という言葉と美帆子の‚宮本家の水先案内人だね‚という言葉が現実となって迫って来ていた。伊吹美保子という女性の手紙にあった『…あたしは…生きたかった…そして大切な人ともっと一緒にいたかった…』という言葉は、死んだ美帆子からの想いも重なって心に響いていた。

他の男性と結婚して幸せな家庭を築きながら美帆子は病魔に敗れたが、伊吹美保子という女性は病魔と闘っていた。ボクに淡《あわ》い幻想を見させて呉れた‚みほこ‚繋がりの女性に浮き玉は何をさせようとしているのだろうか？

新潟Ｎ・Ｎ中央病院のロビー。
受付で俊樹が名前を告げると、中年の男性とパジャマ姿の子供が現れる。
父親　「宮本さん、ですか？　わざわざすいません。今、先生が処置室に入りまして。娘の容態が急変したそうなんです…」

みのる「あの、おじさん…コレ…（ト浮き玉を俊樹に渡す）」

病院の受付で伊吹美保子の父親とみのる君に会った。父親はみのる君から浮き玉のことを聞き、娘が生きる希望を持って呉れるなら、どんなことにでも縋《すが》りたいのだと言った。

治療に入る際、彼女はそれまでずっと隠していた自分の病気のことを恋人に告白した。だが、恋人はどうして自分を最初から信じて呉れなかったんだと憤慨《ふんがい》し、その告白が却《かえ》って仇《あだ》となり二人は別れることになった。そのストレスもあったのか、視床下部《ししょうかぶ》にあった脳腫《のうしゅ》がとうとう破れた。三日前に手術が執《と》り行われ、経過は順調に思われたが、昨日の夕方になって容態が急変したらしい。

父親「手術前、再びガラス玉が漂着したことをみのる君から聞いて凄《すご》く喜んでいたようで…。わたしも娘の治療費を工面する為にあちこちを飛び回っていたものですから…碌《ろく》に側にも居てやれず…。（ト、疲れたように目頭を押さえる）」

ボク等三人は廊下の突き当たりにある待合所の椅子に腰を下ろし、処置室の扉が開けられるのを待った。どれ程時間が経っただろう？　バラバラと雨粒がガラス窓を叩き始めていた。ここに来る迄、列車が県内に入った辺りから雲行きは怪しかったが、予報よりも早く天気が崩《くず》れ始めたようだ。

俊樹　「(みのる君に）病室に戻らないで良いのかい？　お父さんお母さん、心配しない？」
みのる「お母さんは仕事前に来てくれたから今日はもう大丈夫なんだ」
俊樹　「そうか…」

ひゅう～う～と鳴る口笛を吹くような風の音を聞いていると、ボクがここに来た因果がつくづく思い遣《や》られた。ボクは節電の為にひとつ置きに外された蛍光管の灯りの下で艶《つや》めく浮き玉をしばし眺めた…。数十キロの海上を約三か月かけて行き来をした浮き玉には傷ひとつ付いていなかった。コルクの蓋《ふた》はさすがに変色していたが、きつく捻《ね》じ込めばまだまだ使えそうだ。

消音にしたテレビ画面をぼんやりと見遣《や》っているうちに時計は午後七時を回っていた。子供病棟の看護師が二度、みのる君を探しにやって来たが、父親が事情を話すと、「ではもう一時間だけ…」と言って冷たい足音を響かせて戻って行った…。

待合所にある自動販売機のブ～ンという電気音が拡張して聞こえた。みのる君は眠い目を擦《こす》りながら頑張っていたが、とうとう父親の膝に頭を乗せて寝入ってしまった。

息苦しさを紛《まぎら》らわすかのように、父親はみのる君の頭をそっと外すと「何か飲みますか？」と訊《き》いた。ボクが首を振ると、父親は自動販売機にコインを落とし、コーヒーが紙コップに落ちるのをじっと待った。

父親　「…娘の母親はあの娘《こ》を産んで亡くなってしまいましてね。だからこんな具合に待合室で時間を持て余すのはあの日のことと重なってしまってどうにも耐えられんのですよ…」

あぁ、'みほこ' 繋《つな》がりの偶然が、ボクの出生と同じ境遇であったことで因縁《いんねん》に変わる。ボクの母親は生還したが、彼女の母親は戻ることが叶《かな》わなかった…。もしあの日、爺ちゃんが船に乗り、セントエルモの火を持ち帰らなかったら、母さんはおろかボクも無事に生まれたかどうかも分からなかった、と爺ちゃんは言った。父さんは母さんのことが心配で爺ちゃんの世迷言《よまいごと》めいた冒険の話など上《うわ》の空だったようだが、実際にセントエルモの火が点《とも》った浮き玉を見た時は奇跡が起こるような予感はあったと言っていた…。

父親　「全く、息が詰《つ》まる…（ト窓の鍵に手を掛ける）」

水槽《すいそう》の中の魚が酸素を求めるように父親は窓をほんの少し開けた。ゴロゴロゴロ…と遥《はる》か海上では雷が空を叩いていたが…風と雨はいつの間にか止んでいた。

…ジィ〜バッ！　バッ・バッ！…

聞き慣れぬ音を聞いたと思ったら暗闇に光の線が走った。その一瞬の閃《ひらめ》きは、真っ暗な海上の空からまるで龍がうねるように陸《おか》に向かってやって来た！

…ズズズ…ンッ…。

軽い地響きを感じ…そして、館内が一斉に停電した。

父親「なっ！！」
俊樹「落雷です。きっと大丈夫です、自家発電に切り替わる筈《はず》です」
父親「全く…なんてこと…こんな時に…」

夜の帳《とばり》の中にあった館内のあちらこちらから音という音が沸き起こった。ドアを開ける音、廊下を走るスリッパの音、シャーレがカランと床に落ちる音…。
だが、処置室の扉は未《ま》だ開かない。十秒、二十秒…時間が酷《ひど》く長く感じられる…。
その時！！

みのる「あ～あっ！」

みのる君の声だ。それは壊れたアコーディオンオルガンから空気が洩《も》れたような声だった。
闇の中にみのる君の影が映っていた。その人差し指はボクの方に向かって指されていて…。
あぁ、抱えた浮き玉の中に…火が…。
青白い…セントエルモの火が…チリチリと…音を立てて…。

…………………………………………

三週間後の午後…。日本海を見渡す病院の屋上。

長ベンチに座る俊樹と伊吹美保子の頬《ほほ》を海風が撫《な》でている。

美保子「あたしも見たかったな…セントエルモの火。みのる君、退院する時までずっとその話ばかりしていたから…」

俊樹「ボクも実際に見たのは初めてだった」

美保子「本当だったんですね、お爺さんの話…」

俊樹「うん。電気が復旧するまでの数十秒間の火だったけど…」

美保子「ウチのお父さん、お前は奇跡の火に救われたんだゾ、って…」

俊樹「確かに。不思議な体験だった…」

海上で二羽のカモメが戯《たわむ》れている…。

美保子「本当に今日で最後？」

俊樹「そうなるよ、きっと」

美保子「何か、寂しいです」

俊樹「来週退院だろう？　おめでとう…だ」

美保子「…あたしが高校生じゃなかったら…（思い切って）恋してました？」

俊樹「おっ、言うね。君の手紙や彼氏の話からてっきり社会人だと思っていたから。でも、ボクがココに来たのは浮き玉に導かれたからだよ」
美保子「そっか…フラれた気分…」
俊樹「はは。そんな風に思って呉れて嬉しいよ…」

遠くから列車の音が風に乗って聞こえてくる…。

俊樹「さあ…戻ろう。寒くなってきた」
美保子「はい。(卜俊樹の腕を借りて立ち上がる)あっ!!(卜頭を押さえる)」
俊樹「どうした? 大丈夫かい?」
美保子「浮き玉に導かれた理由…」
俊樹「うん?」
美保子「…あ〜あ、やっぱりコレだったんだ…」
俊樹「(訳が分からない)」
美保子「手術後、目が醒《さ》めた時から見えちゃうようになっちゃって…。ちょっとググってみたんです、ESPと視床下部《ししょうかぶ》の関連性」
俊樹「はい?」
美保子「超感覚的知覚 EXTRA SENSORY PERCEPTION。手術の一時的な後遺症《こういしょう》かも」

俊樹「（恐る恐る）見えるって…何が見えるようになったんだい？」
美保子「〝みほこ〟繋《つな》がりのカノジョ」
俊樹「えっ？」
美保子「（見えないものからメッセージを受け取るように）…なるほど。そこまで見通して…あたしを？…」
俊樹「な…何？」
美保子「…（俊樹の肩越しをじっと見て）ああ、あたしとはタイプが違う…童顔でえくぼが可愛い…。こりゃ、フラれる訳ね」
俊樹「…それって…もしかして…」
美保子「うん。そう」
俊樹「そんな…美帆子が…？」
美保子「えくぼの位置が左右で違うのが悩みだったたって…」
俊樹「（身体から力が抜けてしまい）あぁ…」
美保子「〝あたし幸せになったよ…。今度はあなたの番だよ〟って、そう言ってる…」
俊樹「（みるみる目に涙が溜《た》まり）マ・ジ…？」
美保子「〝ほら、すぐそうやって泣くんだから〟って」
俊樹「（泣いて）あいつ…そんなことまで…」
美保子「…高校時代の恋も捨てたもんじゃないんだね…」

俊樹「本当に用意…周到な…ヤツ…なんだから…」
美保子「(一緒に泣いて)…あたしも…こんなドラマのような恋…してみたい」
俊樹「…そうだよ…頑張《がんば》れよ…」
美保子「うん、頑張る! あたしだって…『奇跡』の命…貰ったんだもん…ネ」

ふわりとした潮風がふたりの頬の涙を淩《ざら》うように…戯《たわむ》れて…。

(終わり)

神隠し

登場人物……鳴海伸吾《なるみしんご》　建築設計士
鳴海美幸《なるみみゆき》　伸吾の妻
槙江田武雄《まきえだたけお》　美幸の父親／地場産業の盟主
村文義人《むらふみよしと》　美幸の元カレ
その他　槙江田淑恵《まきえだとしえ》（武雄の後妻）・守衛・村の長老／老人達

東京湾岸のト或る新興高層マンション。二〇時頃…。

伸吾「…ただいま…（ト言ってから）あぁ…いないんだった…」

玄関で靴を脱ぎ散らかし、居間のソファに倒れ込む鳴海伸吾《なるみしんご》。

妻の美幸《みゆき》は生まれて十ヶ月の娘・結奈《ゆいな》を連れて実家に帰省していた。出逢いから結婚まで、ボク等は永遠の恋人のような蜜月《みつげつ》を過ごして来た。それはまるで世界はふたりだけの為にあると思えるほどの時間で、互いの同僚達からやっかまれるほどのものだったが、結奈という家族が出来てみると、ふたりの関係は有り体《てい》になったとでも言おうか、ボク自身も美幸に対する執着が薄らいで来ていた。

美幸「もう燃え尽きたのかしらね、あたし達。今では同じ風景を見ていても全く違って見えてしまう…」
伸吾「それが家庭を持つということじゃないか。分かっていた筈《はず》だろう?」
美幸「そうね、何もかもあたしの我儘《わがまま》。結奈の世話に追われ老いさらばえていくのがあたしの人生…」
伸吾「止めて呉れよ、随分、絡《から》むじゃないか」
美幸「あぁ…信じられない! あたしどんどん厭《いや》な女になっていく…(ト泣く)」

外資の保険業務のエリアマネージャーという肩書を外させ、美幸の容姿と知性を一人占めに出来たとしたら男冥利《みょうり》に尽きる。自分は結婚に向かないと言っていた美幸に、ボクは‚ボク等は同じ価値観を共有する人間として理想的なカップルになれるサ’と口説きに口説いた。そして彼女もボクとなら理想の家庭を築けるかも知れないとその可能性を信じたのだ。だが…情熱は時間と共に色褪《いろあ》せていくことを止められる筈《はず》もなかった。そう、ボク等は仕事人間という点で価値観を共有出来る人種だったが、家庭を作り、育んでいくという理想に嵌《はま》る人種ではなかったのだ。ボク等は理想の生活とは真逆の方向に足を踏み入れてしまったことに愕然《がくぜん》とし、後戻り出来ない状況に焦りを感じていた…。

美幸「伸吾…今のプロジェクトで当分忙しくなるんでしょう? その間、あたし実家に帰るワ。これ以上、厭な女になり下がらないようしっかり立ち直って来るワ」

弱音を吐いた翌日、美幸は吹っ切れたように言った。ボク等夫婦はどんな時でも美意識だけは強く持っていこうと約束していたのでこの提案はボクをひと安心させた。

〝大丈夫だ、ボク等は感情に流されることなく、どんな苦境でも解決出来る知性を持ち合わせているんだ〟と。

そして、美幸と結奈が家を空けてからひと月が経った。敢《あ》えてこちらからメールをすることもなく、ボクは仕事に没頭した。ボクは某高名な建築家の助手として中東の商業施設のコンペに提出する図面作りに夜も明けない日々を送っていた…。

メールの着信音が鳴る…。

寝ぼけ眼《まなこ》でズボンのポケットを探り、携帯を取り出す伸吾。

伸吾「美幸からだ…。何だ？今時分…」

件名も本文もないメールだった。時計を見ると午前四時だった。寝室のカーテンの隙間からは帰宅した時と変わらない夜の都会の風景が映っていた。

伸吾「あれっ？オレ、どうしてここで…」

その日は十日振りの休日だったので昨夜は代表を除く事務所の人間と行きつけのスナックで午前二時過ぎまで

飲んで帰宅したんだった…。

伸吾「（目を凝らして携帯を見て）…んっ？　確かに美幸だよな…うん？　これは…」

着信した本文には何も書かれていないと思ったが、良く良く見ると『・《ドット》』が一個だけあった。押し間違えて送信したというより本文に書き込む前にキーに触れて送信してしまったという感じだ。ボクはそのまま、『どうした？　何かあったのか？』という文面を返信するとそのままトイレに立った。

伸吾「（戻って来て）んっ？…MAILER DAEMON…ユーザーが見つからない？」

三回返信したが、結果は同じだった。アドレスは合っているし…これって…。着信拒否ということなのだろうか？　まだ早朝でもあるし、その時はそのまま放って置き、ベッドに移ってひと眠りし、午前九時過ぎに電話を掛けた。すると電波が届かない場所に居るか電話を取る状況ではないという音声ガイダンスが流れた。

電波が繋《つな》がってないならどうしようもないか…。お義母さんに結奈《ゆいな》を預け、育児から少しは解放されてのんびり過ごして貰《もら》いたいという思いもあった。東京を離れたのにいちいちボクが口を出して折角《せっかく》の育児休暇を台無しにしてしまっては元も子もないだろう。

だがそれから二日経ち、美幸から何の連絡もなかった。思い切ってメールをしたが、宛先不明でまたしても届かない。電話も掛けたみたが二日前と全く同じ状況だった。美幸を岩手の実家に戻した時に電話で義母に挨拶はしたが、義父とは話をしていない。電話口に義父が出た場合のことを思うと少々気が重かったが、これも夫の務めだと思い切って電話をした。

伸吾「（緊張して）…もしもし…あぁ、お義父さんですか？　ご無沙汰《ぶさた》しております、伸吾です…」

武雄「おぉ、伸吾くんか。うん、どうした？」

槙江田武雄《まきえだたけお》…地場産業である鉄器の工場を幾つも経営し、時代を見据《みす》えた世界販路を開拓した人物で、商工会議所の会長を務めていた。槙江田一門は政治、教育のそれぞれの分野で人物を配し、武雄は二百五十年続く旧家の当主として地元では絶大な影響力を持っていた。

武雄「…美幸と連絡が取れない？　ははは。熱を出して寝込んだのでな、大事を取って入院させたんだ」

伸吾「入院ですって？　大丈夫なのですか？　結奈のこともあるのでボクがそちらに参りましょうか？」

武雄「いやそれには及ばんよ。ウチのが結奈の面倒を見ておる。君も大切な時期なのだろう？　美幸から聞いたよ。東京を離れる訳にもいかんのだろうから、こっちのことは心配しなさんな」

伸吾「はぁ…」

義父と会話するのは結奈が生まれた時以来だった。押し出しの強い厳《いか》つい外見と威圧するような濁声《だみごえ》に大抵の人間は臆《おく》してしまう。‘確かに頑固者の側面はあるけどそれも一門を率いる責任の現れなのよ’と美幸が言う通り、決して悪い人ではないのだろうが、目に入れても痛くないほど可愛がっていた美幸を貰《もら》った手前もあって、今尚《いまなお》、舅《しゅうと》に対する遠慮があった。

伸吾「…では退院したらこっちに連絡するように伝えて置いて下さい。東京に戻る時は迎えに行くからとも…」

武雄「うんうん。分かった。まあ、心配せんでいいから、今は仕事に精を出しなさい…」

世の中の結婚している男性の半分は舅との距離をこんな風に感じているものだろうと納得して電話を切った。結婚している友人と舅や姑《しゅうとめ》とどんな風に付き合っているかなどと話したこともないし、そもそも結奈という娘を持ってみれば男親として舅の気持ちが分からないでもないのだ。

…そして三日後、コンペも終わり一週間後の結果を待つばかりになった。ウチに決まればプロジェクトが立ち上がりそれこそ目まぐるしい一年が始まる。あれから美幸からも義父からも連絡がなかったが、ボクはこの時期を逃がしてはならないと車で出立した。せめてこれ位の気概《きがい》を見せないと男親に娘を大切にしていると思われまいという細やかな計算のもとで…。

運転しながらハンズフリーで岩手の家に電話を入れる伸吾。

だがコール音が続くだけで一向に繋がらない…。

伸吾「…どうしてだ？ 家にいないのか？」

自宅の固定電話にも義父の携帯番号に電話してもコール音が響くだけだった。平日の日中なので義父も仕事があるだろうし、まっ、遠慮のある関係とは得てしてタイミングが合わないものなのだ。まだ三分の一も来ていなかったが、有休を取って出て来た以上、腹を決めて出向くしかあるまい。途中、パーキングエリアに寄りながら北上し、七時間後に岩手県の槇江田家に辿り着いた時にはどっぷり日も暮れていた。

伸吾「（家の中の灯りを見て）良かった、在宅してるな…」

美幸との結婚の許しを貰いに来て以来の槇江田の家だった。あの時は初夏で緑が目に染み入るように鮮やかな頃合いだった。田んぼの蛙《かわず》の大合唱に背中を押されるようにして、「美幸さんを下さい！」と槇江田武雄に大声で挨拶をしたっけ。

武雄「ワシは酒を交わせん男は信用しとらん…」

ボクは決してアルコールは強い方ではなかったが、その晩は酒に呑《の》まれることはなかった。朝方まで崩れることなく武雄と酒を酌《く》み交《か》わし、建築家としての夢を滔々《とうとう》と語った。朝方、襖《ふすま》を閉めながら武雄が、「美幸はお前さんに任せたよ」と言い残し、薄暗い廊下の奥へと消えると、ボクはその場に崩れ、美幸に介抱されて布団に寝かされたことさえ覚えていなかった…。

伸吾「（車から降りながら）今日は車だし酒はナイだろう…」

美幸が戻っていたら結奈を連れて早々に辞去しようと思っていた。喧嘩ではないにせよ実家に妻を返した夫としては、妻子を迎えに来て衒《てら》いもなく一泊するのも気が引けた。美幸が元気ならこのまま東京に取って返す体力もボクにはあるし、無理をしたくないと言うなら高速に乗る手前のビジネスホテルで一泊しても良いだろう。

淑恵「（玄関口に現れて）誰かと思ったら…おやまあ…伸吾さん。お元気そうで…」

伸吾「ご無沙汰《ぶさた》しています、お義母さん。仕事が一段落したので美幸と結奈を迎えに上りました」

姑《しゅうとめ》の淑恵《としえ》は美幸の実母が病死した後に入った後妻だった。若い頃は映画女優をしていたそうで、映画について常識程度の知識しか持っていないボクにとって芸名も出演作品も聞いたことがなかったけれど、どうして有名じゃなかったのか逆に聞きたいほど凛《りん》とした存在感のある女性だった。美幸の現代的な美しさはこの母親あってこそのものだと思えるほど血の繋がりがないのに二人は良く似ていた。

淑恵「まあ、上がって下さい。今、ウチのヒトは不在なんです。お腹空いていらっしゃるでしょう？　何か作りますから食べて待っていて下さい…」

家の中には美幸と結奈の気配がなかった。美幸はともかく結奈のことが気になったので淑恵に訊《き》いたが、「も

う間もなく帰って来るでしょうから、ウチの人に訊いて下さい」と言って夕膳を置くと奥へ引っ込んだきり顔を見せなかった。

…ジャリジャリと砂利《じゃり》を鳴らして帰って来る車。

玄関扉が開き、淑恵の出迎えの声がし…廊下を荒々しく踏む足音がやって来る。

武雄「（襖《ふすま》を乱暴に開け）伸吾クン、もう少し東京に居て欲しかったゾ…」

伸吾「…？」

武雄はドッカリと腰を下ろすといまいましそうに煙草《たばこ》を取り出し、「実はな…」と切り出したが、実家に帰省した嫁と娘を迎えに来た男が知る話としては驚くべき内容だった。

伸吾「消えたですって!?」

武雄「その村文義人《むらふみよしと》が言うところによるとだ…。勿論、ワシ等は信じておらん。この三日間、彼奴《きゃつ》を問い詰め、美幸の足取りを追ったんだが何も見つからない。最悪のケースも考えなければならないところまで来とるんだ」

伸吾「最悪って？　まさか…」

武雄「（忌々《いまいま》しげに）全く以《もっ》て親として娘の不行き届《ふゆとど》き千万《せんばん》だ。君に心配を掛けさせまいと入院したなどと嘘を吐いたが、君がこうして出張《でば》って来た以上、隠しおおせん」

武雄は淑恵が運んで来た日本酒を湯呑みに注ぐと一気に呷《あお》った。日に焼けた褐色《かっしょく》の顔が心労と怒りで赤銅色に染まって見えた。

武雄「君には言いにくいが、村文義人は…東京に出る前の美幸の男だ。美幸と別れた後、ウチの系列工房で使っておった。少しは見所がある男だったし、こっちに引き留めて置かなければ美幸を追って上京し兼ねなかったからな…」

伸吾「……」

妻の過去の男…。地元の大学を卒業後、上京し、ボクと出逢うまで付き合った男のことは零《こぼ》れたパン屑《くず》を拾うように何となく聞いてはいたが、それ以前の地元でのことは知らなかった。家の格式が高く父親が厳格だということだけで話は尽きなかったのだ。

武雄「今回の帰省で…彼奴《きゃつ》は美幸とバッタリ遭遇《そうぐう》したらしい。町のスーパーマーケットで偶々《たまたま》な…」

その時は結奈も一緒で最初は挨拶程度の立ち話だったそうだ。だが…ふたりはメールアドレスの交換をした。元カレと久し振りに会い、メールアドレスの交換をしたということはそれが相手から言い出したことであっても

関係を保つことにやぶさかではないということだ。

伸吾「美幸はその男…村文と…会う約束をして…そして実際に会ったんですね」
武雄「全く…自分の我儘《わがまま》で帰省しておきながら、陰で昔の男と逢引《あいび》きなんぞしおって…。伸吾クンには親として合わせる顔がない。この通り頭を下げる。だが…今は美幸と結奈を見つけ出すことが先決なんだ」
伸吾「しかし…本当なんですか？…」
武雄「ウム…。村文が言うには…親子もろとも一瞬のウチに消えたというんだ」
伸吾「そんな…バカなっ！！」
武雄「〝神隠し〟以外には考えられないと言う一点ばりなんだ」
伸吾「か…み…か…く…し？」

神隠し…何て時代錯誤《さくご》的な言葉だろう。この情報化社会で人間が痕跡《こんせき》を残さずに姿を消したとしたら、それは拉致《らち》か失踪《しっそう》といった類《たぐい》のものだ。

伸吾「…そんな言い分なんか信じられる訳がない！　神隠しだなんて…」
武雄「（難しい顔をして酒を再び呷《あお》る）…ウム」
伸吾「何です？　他に何かあるんですか っ！？」

畏怖《いふ》の念を抱いていた義父に詰め寄らんばかりにボクは噛《か》み付いた。それはそうだろう、妻と娘が神隠しにあったただなんて…ヒトをおちょくるにも程がある。そこに昔の男が関係しているとなれば尚更《なおさら》だ。

武雄「…カラ松に囲まれた『たたらぬくべの鎮守《ちんじゅ》』という森がある。蹈鞴《たたら》とは足で踏んで空気を送る大型の鞴《ふいご》を言うんだが、その森の土を踏むと蹈鞴を踏んだ時の感触に似てることからそう言われておる。ぬくべとは'温《ぬく》い'と、'抜かなければならない'という両方の意味から来てるんだが…」

武雄の目の周りが三重に撓《たわ》んでいる。その疲れた顔は美幸と結婚の報告をした帰りに寄った手代森遺跡《てしろもりいせき》から出土したという遮光器土偶《しゃこうきどぐう》にそっくりだった。

武雄「…江戸期にはその辺りは鬱蒼《うっそう》とした森で雪が積もらず、足元が不如意《ふにょい》なこともあって、四方からカラ松が迫り来るような錯覚に陥《おちい》り、方向感覚を失うほどだったそうだ。森に迷い込むと戻って来ることが出来ないという迷信から禁足地になっていたようで、明治になって現地調査をしたところ、鉱泉《こうせん》の存在が明らかになってな、掘り井戸の中からは人間の胴ほどの大きさの鉄鉱石が出土したそうだ。以来、森の北の正面口に鳥居を立て、その鉄鉱石を祀《まつ》って社《やしろ》を建て、本宮を地元の大神宮に定めたのだ」

伸吾「美幸と結奈はその何とかという鎮守にでも入ったんですか？」

武雄「（言いにくそうに）地元の人間は、'たたらぬくべ'の森には近付かん。人目に触れないという理由から、昔から村文と美幸の逢瀬の場所だったそうなのだ…」

伸吾「クッ…」

‘逢瀬’という言葉の響きに焦《じ》れる思いだった。昔の男の話というものは本人の口から出る分には過去のことだと受け流せるが、当人以外の人間から聞かされると、事実を確認しようもなく、自分だけが蚊帳《かや》の外に置かれたような疎外感に責められる。美幸は昔の男と、思い出の場所で、しかも結奈まで連れて…一体、何を考えていたんだ！

伸吾「（怒りをコントロールするように）…美幸と結奈が消息を絶って三日も経つなら、確かにふたりの命に関わる状況です。村文は当時の状況を何と説明しているんです？」

武雄「伸吾クン、ここでワシの話を聞いても始まらんだろう。商工会議所に行こう。村文を留めてある。本人から聞くが良い。ワシはこのザマだから運転は頼むよ（ト赤い顔をして立ち上がる）」

槙江田一門は商工会議所に集まって村文の供述を元に美幸と結奈の捜索に当たっていたそうだ。それは地元の名士でもある槙江田一族の醜聞《スキャンダル》を外部に漏らさないという配慮からしたことだったが、結果、失踪後七十二時間という時間を無駄《むだ》にしていた。尤《もっと》も武雄が言うことには一族には県警の警部も消防署の人間もおり、初動捜査の遅れを指摘するのは当たらないということだったが…。

武雄「〝たたらぬくべ〟の森の捜索は勿論、掘り井戸のコンクリートの蓋《ふた》を外して底まで下りてみたが、手掛かりとなる所持品すら見つけることは出来なかったヨ…」

車のハンドルを握りながら苦悶《くもん》の表情を浮かべる伸吾…。

やがて、商工会議所の駐車場に乗り入れる車。伸吾と武雄はビルの守衛室に向かう。

武雄「（守衛に）変わりはないか？」
守衛「はい。異常ありません」
武雄「ウム。入るゾ」
守衛「はい、では鍵を開けに回ります」

武雄は村文義人という男を留め置き、問い詰めて情報を引き出したと言っていたが、冷たい地下通路に響く足音を聞いているうちに厭《いや》な気分に襲われた。ひょっとして義父達は村文を自白させる為に非合法に拘束しているのではないか…という。

「ガチャガチャ…」と不安を煽《あお》るような音を立てて鍵が回され、蛍光灯が点けられた。床にはスチールラックの錆《さ》びの痕《あと》が残されており、窓のない四畳ほどの部屋の隅に敷かれた畳の上に、男が背を向けて横になっていた。

武雄「起きているか、義人？　改めて訊《き》きたいことがある」

男はピクリとも動かない。だが武雄が、「もう帰してやるけえ」と言うと、男は「うぅぅ…」と呻《うめ》き声を漏らしてモゾモゾと動き出した。

武雄「事が事だけにお前を辛い目に合わせた。だがこれ以上のことは望めまいということでさっき一門でお前の解放を決めた所だ。こちらは美幸の連れ合いの伸吾クンだ。お前から話をしてやって呉れ。お前が果たさなければならない最後の責任だ」

村文「あ…あぁ…（卜眩《まぶ》しそうに目を擦《こす》りながら顔を上げる）」

実際、ボクは話で聞いた村文義人という男がどんな人間なのか想像もしていなかった。村文は美幸の元カレで帰省していた美幸とたまたま再会し、'たたらぬくべ'の森に連れ出したという事実だけで、実像はボクの頭の中から弾《はじ》き出されていた。これは物事に対して執着《しゅうちゃく》しがちな性格をコントロールする為のボクなりの処世術《しょせいじゅつ》で、厭《いや》なコトをいつまでも考える自分を恥じる時間ほど無駄な時間だと思うようにしているからだ。

村文「貴男《あなた》が…旦那さん?…ゴホッゴホッ…」

義父達は村文に明らかに暴行を加えていた。村文のワイシャツのボタンの幾つかは飛び、ところどころに血痕《けっこん》があった。ボクの不安は的中したが、事態は急を要しているだけにこういう方法も致し方ないことも理解しなければならなかった。

伸吾「お義父さん、カレをすぐに解放して貰《もら》いたいのですが…。憔悴《しょうすい》しているようだから何か摂《と》らせてから話を聞こうと思います。話の次第じゃ現場にも案内して貰おうと思ってます…」
武雄「それは構わんが…大丈夫かね、一人で？」
伸吾「知っての通り花園まで行ったんです。危険を回避する位の術《すべ》は持ってます」

高校ラグビーで鍛《きた》えたウィングの足は伊達《だて》ではない。それに村文にボクがタフなことを伝えておけば下手な真似はしないだろうという計算から口にしたことだった。
一度、槙江田の家に戻り、義父から替えのワイシャツを借りて村文に着せ、町のファミリーレストランへ向かった。三日間、監禁され極度の緊張状態の中にあった村文はぐったりして一言も発しない。ボクも敢《あ》えてうるさいことを言わず黙って車を走らせた。ウィンカーのカッチンカッチンという音だけがふたりの距離をどう縮めようか思案しているように聞こえていた…。

国道沿いにあるファミリーレストラン。伸吾と村文以外に客はいない…。

村文「（運ばれてきた夕食を前に）…いただきます」
伸吾「うん。ゆっくり食べるが良いよ。少しずつ慣らしていった方が良い」

胃が小さくなっているだろうから慌《あわ》てるなよ、という深い意味もなく言った言葉に村文は少し驚いた顔をし、

その感情の乱れを隠すようにフォークを忙しそうに動かした。
ボクは窓の外に目を遣《や》り、味のしないコーヒーを啜《すす》った。窓ガラスに映り込む村文の印象は、人妻になった元カノにちょっかいを出した元カレというより、何となく弟のような感じに変わっていた。美幸と村文は同学年と聞いていたので、ボクとは五歳違いだ。地元のちょっと不良っぽい男友達であったり、スポーツマンで優等生といった元カレにありがちなイメージとは全く違ったこともあって、少なからずボクは村文に興味を抱き始めていた。

伸吾「手荒な真似をされたようだけど怖かったかい？」
村文「…ええ。でも、美《み》ぃ…失礼、美幸さんと結奈ちゃんが消えてしまったんだから当然のことだと思います。
　あらゆる可能性を考えればボクがふたりを手に掛けたということだって考えられる訳ですから」
伸吾「どうしてキミがふたりを手に掛けなければならない？」
村文「幸せそうな姿を見て…嫉妬から殺意が芽生えたんじゃないか、とか…」
伸吾「あのヒト達はそう言っていた…？」
村文「は…はい…」

村文義人から引き出した供述を追ううち、美幸と結奈の遺体が発見されたとする。自分はやっていないと村文がどんなに身の潔白を訴えたとしても槙江田一門は納得しないだろう。寧《むし》ろ証拠を捏造《ねつぞう》してでも、カレを犯人に

仕立て兼ねない。状況証拠と動機が揃《そろ》えば、村文以外に特定する犯人がいないのが現状なのだ。

伸吾「先《ま》ず、出来るだけ詳細に美幸と結奈が消えた日のことを話して呉れるか？」
村文「はい…」

村文の話は微《び》に入り細《さい》にいっていた。それは義父達に幾度ともなく詰問されて、これ以上詳細に語れないというほど整理されていた。覚えのある美幸の服装やひとつひとつの仕草、表情にも話は及んでいたので、ともすれば、そこまで美幸を観察していたのか、と嫉妬を覚えるほどだった。

伸吾「…小用から戻って来ると、姿が見えなくなっていたと？」
村文「はい。ものの五分も経っていません。その間、叫び声を聞いたとか、足音を聞いたとかも一切、ありません。まるで自分があの場に置いてきぼりにされたようでした…」
伸吾「それで〝神隠し〟と？」
村文「はい、それ以外に言いようがないんです、スミマセン…」

〝神隠し〟は前触れもなく失踪した所業のことを概念として使うものだ。ある日、確固たる理由もなくヒトが消え、形跡が不明な場合、失踪の曖昧《あいまい》さを回避する為に、風土の慣習に即した神の仕業に準《なぞら》えることで現象に意味を持たせる。つまり誰の目にも触れず、いつともなく、といった曖昧さが条件になるが、今回の出来事は目

を離した数分の間に、気配を感じられる距離に居ながらヒトが消えた訳で、曖昧さが入り込む隙間は殆《ほとん》どないのだ…。

果たして、村文は本当のことを言っているのか？　カレは被害者なのか、誠実さを装った加害者なのか…。まだ村文にはボクの知らない本質が隠されているような気がした。

伸吾「ひとつ訊《き》きたい。キミと美幸のどちらが〝たたらぬくべ〟の森で会おうと言い出したんだ？」

失踪した人間の跡を追おうとするのなら失踪の裏に潜《ひそ》む意思を知ることから始める必要がある。

村文「鳴海さんは…『遠野物語《とおのものがたり》』を読んだことありますか？」

いきなり切り返されて返答に詰まった。鳴海伸吾とボクは名乗っただろうか？　あぁ、そうか、美幸が鳴海姓を名乗っているんだ、知っていて当たり前か…。

伸吾「柳田国男《やなぎたくにお》だね…。ボクは理系なんで縁がなかったが…。どうして？」

村文「松崎村の寒戸《さむと》や五葉山《ごようざん》などには神隠しの記述があります。いずれも山や森の中へヒトが姿を消すというものです。思想家の吉本隆明《よしもとたかあき》などは閉鎖された共同体の中で起こり得る他共同体との交通手段と捉《とら》えています。つまり平地の村の娘を山に棲《す》む男が攫《さら》い、妻にするといった…」

村文義人を三日監禁したことから得られた情報は本人の当日の詳細な行動しかなかったと武雄は言っていた。村文の失踪当日の行動に曖昧《あいまい》な点はないか、供述に嘘はないかを現場検証すること以外に手立てがなかったと…。だが…今の村文は武雄が言う人物像とは逆の雰囲気を醸《かも》し出していた。それはボクが体力に任せて不測の事態に対応出来ると息巻《ま》いてみせたのと同質なものだ。

伸吾「山に棲《す》む男による人攫《ひとさら》い？…」

閉塞感《へいそくかん》で押し潰《つぶ》されそうなこの非常時に、妻を攫って自分のモノにする山男の話をする真意をボクは探った。構造設計をする時に引く一本のアーチの線によって建物のコンセプトが決まることがあることを知っていたからだ。

村文「自然崇拝《アニミズム》に於《お》いて山や森は神域とされ、その神域に引き込まれた人間は神隠しに遇《あ》ったとされた訳です…」

村文は美幸と結奈が忽然《こつぜん》と姿を消したことに何らかの意図を感じているような風《ふう》だった。少なくともこちらが訊いたことに答えるだけではなく、カレなりの私見を述べるようになっただけでも前進と捉《とら》えるべきだろう。これは美幸というひとりの女性を愛した元カレと夫という立場から来る、同盟意識のようなものが胸襟《きょうきん》の一端《いったん》を開かせたようにも思えた。

伸吾「神域か…。'たたらぬくべ'の森という場所は確かにそんな雰囲気を持った場所だと聞かされたよ。だが、キミが美幸達の失踪を'神隠し'としか思えない、と言い張る理由が他にある気がする。現代に生きるボク等に前近代的な話を持ち出す理由がね…」

ボクがそう言うと村文は驚きと嬉しさと懐かしさが綯《な》い交《ま》ぜになった言いようのない表情をした。それは頑《かたく》なに口を割らなかった者が、相手を認めて心を開いた時のような優しい顔だった。

村文「美幸…さんが鳴海さんを選んだ理由が分かった気がします。あなたは本当に優しいヒトなんですね」

伸吾「何か知っているならどんなことでも教えて欲しい。今は美幸と結奈が何処かで保護されていることを祈るしかないんだ…」

村文「……」

村文は押し黙ったまま窓の外に目を遣《や》った。窓の外では街灯の光の輪の中に閉じ込められたように粉雪が舞い始めていた…。

伸吾「雪だ…。本格的に降り始める前に美幸達の足取りを掴《つか》まなければマズい…。大雪になったら完全にお手上げ状態になる」

もう村文からは何の情報も引き出せないと踏んで義父等はカレを解放した。だが…カレはボクという人間を受け入れ、何かを伝えようとしているように思えた。それは風にそよいで穂先を向けた芒《すすき》を掴《つか》むなら今しかないと誘っているようにも思えるのだ。

伸吾「美幸と結奈を失ったらボクはもう生きていけない。織物の糸で言えばボク等は縦糸と横糸の関係なんだ。お互いを寄せ合うことで色を紡《つむ》ぎ、どんな図柄を描いていこうか…家庭を持つ事がどういう事なのか、やっと分かり始めた所だったんだ…」

村文「…ではもし美幸さんと結奈ちゃんがもうこの世にいないとしたら？」

伸吾「何だって！？」

村文「例えば、の話です。この世ではなく違う世で生きていたとしたら、鳴海さんはそちらの世に行くことに何の躊躇《ためら》いもありませんか？」

伸吾「どういう意味か分からないが…今、この瞬間でも美幸と結奈に会えるならボクは命を差し出しても良いと思ってる」

村文の言動を引き出そうとしているうちにボクの方が熱くなっていた。それは決して嘘ではなく、妻と娘を救う為なら自分の命さえ厭《いと》わないという男親の確固たる激情だった。

村文「（眉間に皺《しわ》を寄せると）行きましょう、鳴海さん。実はひとつ気になっていたことがあるんです。現場に行ってみれば、はっきりするかも知れません。鳴海さんの想いを聞いたら居ても立っても居られなくなりました」

村文はやおら立ち上がるとボクが精算を済ますのを待ち切れないかのように店を飛び出した。ボクは釣り銭を受け取る間もなくカレの後を追った。サラサラと砂糖のような音を立てて舞い落ちる雪が本格的な降雪になることを告げていた。

伸吾「（車まで来て）ボクは〝たたらぬくべ〟の森への行き方を知らないんだ。君が運転して呉れるか？」

村文「勿論です」

運転する村文の横顔にはイエスの教えに逆らい続けたパリサイ人のような苦悩の表情が刻まれていた。カレは美幸と結奈の失踪について何か重要なことを思い出したと言ったが、それが義父達には意図的に伏せられていた事実であっても、この雪のようにふわりと記憶の底から浮き立った些細《ささい》な出来事であったとしても、今はこの一縷《いちる》の望みに賭けるしかなかった。

国道を南に下る車。

…二〇分後、車から降り、小さな鳥居を抜け、『たたらぬくべの鎮守《ちんじゅ》』の森に入る村文と伸吾。

村文「（先を行きながら）こっちです。足元に気を付けて！」
伸吾「あっ、ああ…」

緩《ゆる》やかな石段を登るとさほど大きくない社《やしろ》があった。軒《のき》に張られた痩《や》せた注連縄《しめなわ》の紙垂《しで》の白さが雪明かりの中でおいでおいでするようにそよいでいる。恐らくこの社の中に明治になって発掘されたという鉱石が祀《まつ》ってあるのだろう。

村文は社を回り込んで更に木立の奥へと入っていった。壁のように立ち塞《ふさ》がった木立が闇を生み、雪明かりの夜目さえ覚束《おぼつか》なくなる。ボクは村文の姿を見失うまいと車から持ち出した懐中電灯を点け、懸命にカレの姿を追った。

伸吾「くそっ！　何だ、この地面は…。急に足が重くなった！」

これが〝たたらぬくべ〟の森と言われる所以《ゆえん》か…。足を踏み込む度に枯葉が積もった柔らかい地面に足首を取られるので、バランスを取りはぐると転びそうになる。ボクはサイドステップを踏んで体勢を保ったが、知った道だとは言え、村文のあのバランス感覚は何なんだ！

村文「（小声で伸吾を呼び込むように）こっちです、鳴海さん。ここが…〝たたらぬくべ〟です」
伸吾「（後から追い着いて）…ここが…たたら…ぬくべ…?」

そこは森の中に突如《とつじょ》として現れた不思議な空間だった。四方をカラ松に囲まれているのだが、空が抜けているので薄ぼんやりとした光が入る。ここが明治時代に井戸を掘り、地盤の調査をした際に切り拓《ひら》いた跡地なのだろう。数本のカラ松の切り株とコンクリートの蓋《ふた》が乗った井戸はちょっとした椅子とテーブルのような配置になっていた。

伸吾「本当に…足元が温かいんだな。まるで床暖房の上に立っているみたいだ…」

村文「火山が作った地下水脈がこの下で大きなカーブを描いているようなんです。それでこの周囲が特に温度が高いのだと」

伸吾「これが…例の井戸か…（と井戸に触れようと足を踏み出す）」

村文「（突然）鳴海さん…？」

伸吾「うん？（と振り返って）あっ！！」

「あっ！！」と自分で声を発したのかも分からなかった。目の前で影が走り、頭に衝撃を受けた。枯葉を踏むスニーカーを見たような気がしたが…それからのことは全く…。

…………………………………………

…ピタン…ピタン…。こめかみに水滴《すいてき》が当っていた。水滴を払おうと頭に手をやったら後頭部に瘤《こぶ》が出来てい

た。うっすらと目を開けてみたが良く見えない。背中の当り具合から石炭の山の上に寝ているような感じがした。上体を起こすとジャラジャラと音を立ててそのまま滑《すべ》り落ちて行った。何処だ…ここは…？　夢を見ているのか？　何がなんだか分からないまま頭が回り始め、再び意識を失った…。

……………………………………

…ジョロジョロジョロジョロ…。

次に意識を取り戻した時は川のせせらぎが近くに聞こえた。どうやら森を抜けた川縁《かわべり》にいるらしい。目を開けると陽の光を受けて煌《きら》めく川面《かわも》がぼんやりと見えた。

伸吾「あ痛《つ》ッッッ…（ト身体を起こし周囲を見渡す）。ここは何処だ？　何でこんな所にいるんだ？…」

耳の後ろ辺りに手をやると指先に血が付いた。そうだ、，たたらぬくべ，だ！　あそこでオレは村文義人にこん棒のようなもので殴られたんだ！　でも何でこんな所にいるんだ？　朦朧《もうろう》としたまま森の中を徘徊《はいかい》したのだろうか？…。雪が止んだのは幸いだったが…。ところで村文は何処だ？　あいつ、美幸と結奈の失踪に関する重要なことを思い出したとか言ってオレを誘い込み、こんなことしやがって！　一体、どう言う料簡《りょうけん》なんだ！

右の踝《くるぶし》に違和感があった。ズボンを捲《めく》ると足首を挫《くじ》いたのだろう、倍以上に膨《ふく》れ上がっていた。岩に腰を掛けて足首を水に浸けるといやに温かかった。心なしか水質にぬめりがあるので鉱泉水《こうせんすい》か何かなのだろう。

伸吾「しかし、焼石連峰《やけいしれんぽう》が見えないな…。ここは水沢じゃないのか？　それに…森の様子が違う。初冬に入ろうかという時節なのに…夏の終わりのような感じだ」

これだけ視界が開けているのに自分の居る場所が分からないなんて…。昨夜の今だから半日ほどしか時間は経過していない筈だ。

伸吾「待てよ…（ジャケットのポケットを探って）チッ！　携帯がない。何処かに落としたか、あるいは村文に盗られたか…」

ＧＰＳ機能を使って位置情報を得ようとしたが、それも適《かな》わないなら自分で当たりを付けるしかない。美幸と結奈を探さなければならないのに、こんな所で無駄な時間を費やす訳にはいかないんだ！　ボクは足を引き摺《ず》りながら下流に向かって歩くことにした。

足を庇《かば》いながら川沿いの岩場を下ってゆく伸吾。やがて釣り糸を垂れているざんばら髪をした老人と出遭《であ》う。

伸吾「良かったぁ、助かった。（老人に呼び掛けて）あのぅ？　すいません、ちょっと良いですか？」

その老人は袖なしの綿入りの半纏《はんてん》を縄《なわ》で締め、褌《ふんどし》姿で水に入っていた。釣り竿も市販されているものではなく、篠竹《しのだけ》に凧糸のような糸を結んだものだ。

伸吾「此処《ここ》はどの辺りでしょう？　道に迷ってしまったようで…」

老人が明らかに一般人とは違った風体《ふうてい》だったので、物腰を低くして訊いた。案《あん》の定《じょう》、老人はボクを見ると酷《ひど》く驚いたような顔をし、黄色い歯を見せてキツイ方言で何事か叫んだ。

老人「××□●△◆◎×！」

伸吾「はい？　何て仰《おっしゃ》ったんですか？」

老人は川から出ると頭陀袋《ずだぶくろ》からロケット花火のようなものを取り出し火を点けた。花火はシュッと音を立ててカラ松の樹を超え、上空でパァ～ンと乾いた音を出した。

伸吾「な？　なん…？」

ボクが老人の行動の意図を訝《いぶか》る間もなく、四方の森の中から屈強そうな、しかし風貌《ふうぼう》は老人の男達がゾロゾロ現れた。先頭を行く老人の手には二足歩行する痩《や》せた緑色の生き物が繋《つな》がれていて、ボクを指差すと鶏《にわとり》のような奇声を発した。

伸吾「これは一体どういうことだ？　それに…何だ？　あの生き物は？」

老人　「○■×！▼□×◎□□×！！」

老人達「オォ～っ！！（伸吾を取り囲むと一斉に飛び掛かる）」

伸吾　「おいっ！　何をする！？　放せ！」

その緑色の生き物が嘴《くちばし》と頭に皿を持つ河童《かっぱ》のような生き物だと分かったのは、抵抗も虚《むな》しく老人達に羽交《はが》い絞《じ》めにされ、後ろ手に括《くく》られて彼等の頭上に担《かつ》ぎ上げられた時だった。

伸吾　「止めろ～っォ！！」

ボクがそれから体験した世界…それはジョナサン・スウィフトの『ガリバー旅行記』のような逆説的な世界観を表したアイロニーに満ち満ちた世界だった！

老人達「□●●△◆××○×」

老人達の言葉はこれまで全く聞いたことのないものだった。彼等の風体はどことなく前近代的で、多くは足首まである猿股《さるまた》の上で着物を端折《はしょ》り、首に手拭《てぬぐ》いを巻いていた。しかも肌は赤銅色に焼け、老人とは思えないほど筋骨隆々《りゅうりゅう》としている。多勢に無勢とは言え、異世界の住人の圧力に足を痛めているボクは成す術《すべ》もなく、捕獲された獲物のように担がれ、森の中に連れ込まれた…。

森の中の一区画。竹の柵《さく》に囲まれた高床式の小屋の前に引き出される伸吾。
老人達が口々に「ヌシ！ ヌシ！」と声を上げる。
長老「オオ、オマエガヌクベクグリヲシタ、イセカイノモノカ？…」

現れたのは真っ赤な顔をした、身の丈《たけ》二メートルはあろうかという大男だった。黒い毛皮を羽織《はお》っているので男の髭面《ひげづら》と相《あい》まって熊と言おうか、生きたナマハゲのようにも見える。男の言葉は聞き慣れなかったが、'たたらぬくべを潜《くぐ》ってやって来た異世界の人間か？'と言ったように聞こえた。

老人「ヌシガオキキダ。コタエルガヨイ（お頭《かしら》がお訊《き》きだ、答えなさい）」

膝《ひざ》を突かされ首根っこを押さえられた状態で何を言えというのだ。そもそもこの状況は現実とは思えない。河童を連れた山岳民族など現代社会にいる筈がないではないか！

伸吾「'たたらぬくべ'の森で消えた妻と娘を探しているんだ…誰かこの辺りで見掛けた者はいないか？ 行方不明になって四日になろうとしているのだ！」

例えこの状況が現実からかけ離れていたとしても、ボクがやるべきことは一つだ。一刻も早く、美幸と結奈の足取りを追い、二人を見つけることだ。

長老「ワラシタロウが送り込んだのがオマエだったのか？」

ワラシタロウ？　送り込んだ？…そう言えば〝ぬくべ潜り〟がどうとかさっき言ったな…。

長老「○■×！▼□×◎□□×！△◇●××…」

一同「ヌオ～ッ！」

大男が宣言するように何か言うとボクは立たされ、縛られていた縄を解かれた。老人達は散って行き、残されたボクは大男に小屋に入るように促《うなが》された。

小屋といっても内部はかなり立派な造りだった。ログ材は檜《ひのき》を使い、中央には囲炉裏を構え、壁面には猪《いのしし》、鹿、熊の剥製壁掛け《ハンティングトロフィー》が飾られていた。

長老「手荒い真似をして済まなかったな。この里に男の異人を迎えるのは柳田翁《やなぎたおう》以来でな、彼此《かれこれ》五〇年ぶりのことなのだ」

伸吾「柳田翁…？　ひょっとして柳田国男《やなぎたくにお》…のことですか？『遠野物語《とおのものがたり》』の？」

長老「翁は伝聞ではなく初めて座敷童子《ざしきわらし》に遭遇してな、その娘ワラシミチコ《コ》を追って〝ぬくべ潜り〟をしたんじゃ。当時は既に文化勲章も授与されていた学者さまだったからな。三日ほどこちらの世界に滞在させた後、お帰り願った。勿論、ワシらのことを発表しないことを条件にな」

伸吾「ワラシミチコ?…ワラシタロウ?…座敷童子だって?」

大男によるとワラシミチコというのは大男の母の少女時代の名前だそうだ。とすると…柳田国男と同じようにボクを'ぬくべ潜り'をさせた村文義人のことをワラシタロウと呼んでいるのだろうか?

長老「ワラシタロウはワシの息子じゃ。村文義人という名前でお前さん方の世界に留《とど》まっている」
伸吾「何ですって!」
長老「一般に大人になった座敷童子が異界に留まることは許されない。物心がついた五歳位から派遣され、一、二年のうちに戻って来る。この村の人間も皆、子供時分に岩手、秋田、宮城県を中心に放たれ、異界の生活を体験して戻って来ている…」

座敷童子という東北地方の民族伝承は知っている。座敷童子が住み着いた家は繁盛し、去った家は没落すると言われている。家の中で遊んだような痕跡《こんせき》を残し、ふとした瞬間に姿を見せたりするので、悪戯《いたずら》好きな子供の妖怪のような部類だと思っていた。

伸吾「あの老人達は元々、座敷童子だったんですか?」
長老「そちら側から見ればそういうことになる。ワシも含めてな」
伸吾「何と…」

ボクが絶句したのを見て大男は、「柳田翁も同じように絶句したよ」と眉尻《まゆじり》を下げた。先ほどまでの熊のような猛々《たけだけ》しさは消え、好々爺《こうこうや》とした雰囲気に変わっていた。

長老「ワシらが座敷童子として〝ぬくべ潜り〟をせにゃならん理由を知るにはワシらの生業《なりわい》を知る必要がある。それを知ればお前さんの妻と娘が〝神隠し〟に遭った理由が明らかになる」

伸吾「美幸がっ！　美幸はココに居るんですか？　結奈は？　結奈も無事なんでしょうね？！」

長老「まあ、待て。無事だということは保証する。ワラシタロウがお前さんを〝ぬくべ潜り〟させたのは何某《なにがし》かの計算があってのことだろう。さぁ、ワシに着いて来るが良い」

美幸と結奈が無事でいると聞いてボクは勇んで立ち上がったが、足首の痛みで腰砕けになった。大男は笑いながら片手で楽々とボクを引き上げ、「お前さんは東京の人間か？」と訊《き》いた。東京で設計屋をしている、と答えると、「社会は随分移り変わった。今度、ワシ等の仲間を東京に派遣してみようかの」と冗談めかして言った。

長老「設計屋なら多少の理解はあろう。鉄には様々な種類があり、製鉄の工法にもそれぞれの発展形態がある。江戸期よりワシ等山王《さんのう》家は砂鉄と餅鉄《べいてつ》を用いた鋼《はがね》作りを得意とし、槙江田《まきえだ》家は磁鉄鉱《じてっこう》を用いた鋳物《いもの》作りを発展させて来たんじゃ…」

ひと口に鉄の産地といっても鉄や不純物の含有量によって採掘法も違えば製鉄法も違う。どうやらこの大男の

家は山王家といい、槙江田家が作る家庭用の鋳物製品とは全く異なるモノを作っているらしい。

伸吾「山王家…？　村文とは違うんですか？」
長老「実は、山王と槙江田の家の確執《かくしつ》は古い。今の槙江田の当主すら山王という名前と因縁があることを知らないだろう。それに…ワラシタロウは山王と言う名前を憎んでおってな」
伸吾「憎む…？」
長老「槙江田の娘と山王の息子が一緒になることの出来ぬ理由がそこにはある…」
伸吾「うム…」

槙江田の娘と山王の息子？　つまり美幸と村文のことを指すのか…。家の確執により結ばれることの出来ないロミオとジュリエット…。あァ、モンタギュー家とキャピュレット家のような政治的な確執がココにもあったと言うのか…。

森の小道を抜け、川沿いに数戸の小屋が並ぶ一区画に出る。
小屋の横では水車が回り、水蒸気らしき白煙が屋根の合間からと立ち昇っている。
鉄の匂いが強い。

長老「ここはたたら場〈※製鉄施設〉だ。（小屋の間を歩きながら）そもそも江戸期に藩より正式の採掘が下りる前、山王と槙江田は同じ山で鉄を採掘する同門だった。ある時、鎌倉時代末期に作風を確立した刀鍛冶《かたなかじ》の一派が山王側に棲《す》みつき、鋼《はがね》を鍛刀《たんとう》して刀を造る技術を伝えた。山城（京都）、美濃（岐阜）、備前（岡山）の名工と名刀は有名だが、この地にその技術が初めて齎《もたら》されたのだ。やがて一塊《いっかい》の岩から採れた鋼からひとふりの名刀が打ち出された。『山響《やまひびき》』…歴史には残らなかった妖刀《ようとう》だ」

伸吾「やまびびき…妖刀？」

妖刀…魔剣…。子供の頃、チャンバラ遊びでそんな言葉を使ったっけ…。徳川家三代の血を吸い、江戸時代末期には禁忌《きんき》の刀とされた妖刀『村正《むらまさ》』などは有名だ。

伸吾「その刀が槙江田との確執の元凶になったと？」

長老「そうだ。これは山王の当主だけに代々伝えられる話でな、我々が苦界に沈んでいるということは、山王家が負わされた呪いが未だに解かれてはおらんということなのだ。唯一、我々が外界の陽の目を見ることが出来るのは、子供時代に‘ぬくべ潜り’をして座敷童子となってお前さん達の住む世界へ派遣される時だけなのだ…」

たたら場をひと通り見回りながら大男は先代から口伝えされたという妖刀『山響』にまつわる話を語って聞かせた。ワラシタロウと呼ばれる大男の息子・村文義人が妻の美幸と娘の結奈を‘ぬくべ潜り’させてまで‘神隠し’した事情を知るべく、ボクは大男の話を黙って聞くことにした…。

～長老が語る先代のおばばの口伝～

おばば「…故《ゆえ》あって田舎に流れて来たその刀工の名前は何と言ったか…。鍛冶の祖である相模国貞国《さがみのくにさだくに》の弟子とも鎌倉鍛冶を継ぐ国宗《くにまさ》の弟子とも諸説あるが、刀鍛冶を鍛人《かぬち》と呼んだことから単にかぬっつぁんと呼ばれていたそうでな。かぬっつぁんはこの地を安住の地と定め、村の娘と所帯を持ち、子供と共に平和に暮らしておったんじゃ（中略）。ところがじゃ、ある日、かぬっつぁんの娘が不幸にも落石事故で死んでしまった。かぬっつぁんの嘆きはその岩を砕くほど大きかったのだが…何とその岩には良質の鋼《はがね》が含まれていたのじゃ。かぬっつぁんは娘を想いながら憑《と》りつかれたように鍛刀すると、ひとふりの刀を打ち出した。その刀身が発する音は凛《りん》として森の樹々の合間を縫《ぬ》って響き、何時までも耳に残ったそうじゃ。（中略）『山響』と命名されたその刀の噂はやがてこの国の殿様の耳にも届いた。目通りを赦《ゆる》すので持参せよと言われれば、それはもう献上せよというお達しに他ならない。だが『山響』に死んだ娘の魂が乗り移っていると信じて疑わぬかぬっつぁんは『山響』を携《たずさ》え妻と共に村を出ることにしたんじゃ。ところが村の者はかぬっつぁんの出奔《しゅっぽん》を許さなかった。殿様の眼に適《かな》い、藩から刀鍛冶の村としての名跡《みょうせき》を賜《たまわ》れば村の経済は潤《うるお》うからの。やがて村の者によって捕らえられたかぬっつぁんと妻は坑道に監禁されてな。『山響』は山王家が預かり、当主自らが城へ出向する準備が整えられたのじゃ。

だが…そのことはかぬっつぁんの一派で後に山向こうの槙江田家に入った同門の元へも届いていた。同門の男は熊蔵《くまぞう》と言ってな、槙江田の人間と共に山を越え、かぬっつぁんを解放すべしと山王家に談判にやって来た。槙江田家側にすれば山を挟《はさ》んだ山王家だけが出世するということに対して忸怩《じくじ》たる思いもあったのだろう。だが槙江田の申し出は一蹴《いっしゅう》され、山王の当主は『山響』を振るって熊蔵等を追い払ったのじゃ（中略）。

　槙江田一門は里へ戻ると、農具で武装し再び山王家に乗り込んだ。しかし、鋤《すき》・鍬《くわ》などでは名刀と呼ばれる『山響』と立ち合える筈もなかったが、そこは一計を案じた熊蔵によってかぬっつぁんと妻は救い出されたんじゃ。

　ところが…森を抜け峠まで逃げて来た熊蔵等の前に山王の当主が立ちはだかった。その時、当主は槙江田一門の血を浴びて赤い悪鬼と化していたらしい。『山響』はあっさりと熊蔵を貫くとかぬっつぁんと妻に向けられたんじゃ。だが、山王の当主がいざ、『山響』を夫婦に振り下ろそうとした時、「きぃいぃ～ん」と娘が鳴いているような高い音を発して空中でピタリと貼りついたように動かなくなったそうな。それは娘への想いを込めて鍛刀した生みの親に振り下ろされてなるものかと『山響』の意志が現れたかのようでもあった。しかし、身の丈《たけ》六尺五寸〈※約百九十五センチ〉はあろうかという山王の当主の渾身《こんしん》の力に抗《あらが》えず『山響』は無常にも振り下ろされたんじゃ…。

　当主の一刀によってかぬっつぁん夫婦の頭は砕け、ふたりは絶命した。山王の当主は里へ戻ったが『山響』はしばらく鳴き続け、どれほど拭《ぬぐ》おうとも刀身の血の曇りが晴れることはなかったそうな…（中略）」


大男の話を聞きながら岩が張り出した川縁《かわべり》まで来ていた。川底と森の緑を水面に映す清々とした水の流れが、

所々で砕けて白銀の輝きを作っていた。

長老「血洗いの岩じゃよ。先祖はここで『山響』の血の曇りを取ろうと洗ったんじゃ。曇ったままでは殿様に献上が出来ないからな」

伸吾「湧水《わきみず》のようですね。（覗き込んで）魚はいないんですか？」

長老「鉄分が多いのだ。生き物は棲《す》んでおらんよ。先人がこの水を飲み続けたことが原因でこの里の人間の血中鉄分は生まれながら異常に高くてな…」

伸吾「そんな…体質的な変異が…」

長老「『山響』を洗って以来、水源に鉄が混じり始めたのだ。やがて大きな地震が起きた。この山の森全体を震わすほどの地震だった。全ては火山活動の一連の動きだったが、以来、里の人間に突飛《とっぴ》な症状が現れ始めたのだ…」

大男は大きな顔をヌッと近付けると、「ワシは幾つに見える？」と突然、訊《き》いた。真っ赤に塗られた顔料の下には皺《しわ》だらけの顔があった。世辞《せじ》を言う謂われもないので正直に、「六〇は超えているでしょう」と応えると大男はガハハと大声で笑い、「まだ五〇には届いておらん。最もタロウを授かったのは十五の歳だったが…」と磊落《らいらく》に言った。

伸吾「そんな、バカなっ！」

長老「君も見た通り、里の者に見掛けが若い者はおらん。ワシ等は老化が早いのだ。恐らく血中鉄分が過多な為、肉体の酸化が激しいのだ。人生五十年…昔の人間の寿命ほど生きることも難しい」

伸吾「むぅ…」

絶句するしかなかった。確かにボクを捕らえた男達も力はあったが姿は老人だった。しかし…そんな地域が現代に存在するのだろうか？　いや待て、ここは異界だった。'たたらぬくべ'の森からボクは'ぬくべ潜り'をしてこの世界に連れて来られたのだ！

長老「老化が起きると我々里の者はこの山から出ることが適《かな》わなくなってな。森を抜けようにもまた同じ場所に戻ってしまうのだ。どうやら強力な磁場によって方向を狂わされ、一帯の境界まで来ると一歩たりとも足を踏み出すことが出来なくなってしまったのだ。かぬっつぁん夫婦を手に掛けた先祖の当主など、『山響』の鳴き声に精神を狂わされ、『山響』を己の身体を突き刺すと蹈鞴炉《たたらろ》〈※鉄を溶かす炉〉に身を投じてしまったのだよ…」

伸吾「全て『山響』の呪い…？」

長老「ウム…。以来、代々の山王の当主はこうして顔料で顔を赤く染めておる。かぬっつぁん夫婦と槙江田一門の血を浴びた赤い悪鬼に二度となるまいという自戒《じかい》と呪《まじな》いの意味を込めてな」

妖刀に呪われた里…。血の歴史がこの里の住人を現代から遮断《しゃだん》している。山王家と槙江田家の間には拭《ぬぐ》えない

確執があると言った以上の凄惨《せいさん》な過去が両家の間には存在している…。

長老「これが『山響』が妖刀と呼ばれる所以《ゆえん》だ…。唯一の救いは，ぬくべ潜り，を見つけたことだ。血中鉄分の異常が顕著になる前の一時期だけ、外界の世界に座敷童子として渡ることが出来る…」

伸吾「しかし…待って下さい、村文は？　ワラシタロウはこの里の人間でしょう？　それなのに大人になった今も外界の世界に渡っていられる。第一、カレは老人の姿をしていない」

長老「そこなんじゃ。ワラシタロウが他の者のように老化しない理由…。もしかしたら『山響』の呪いが解かれる時期が来ているのではと期待しているのだが…未《いま》だはっきりせんのだ」

伸吾「ウム…。カレが美幸と結奈を，ぬくべ潜り，させたこととそのことと何か関係があるんでしょうか？」

長老「ワラシタロウが外界に渡った時、あやつは子供ながらに確執のある槙江田家にいたずらをして困らせてやろうという思いから槙江田の本家に入ったんじゃ。ところがいたずらをしている所を美幸に見つかり、あろうことかふたりは友達になってしまった。だがワラシタロウはいずれはこちらの世界に戻らねばならん。実際、その通り、帰還したが、美幸が別れるのが嫌でワラシタロウの後を追い，ぬくべ潜り，をしてしまったのだ。幸い、気を失っていたので目覚める前に送り返したんだが…」

何と、美幸は子供の時に，ぬくべ潜り，をしていた！

一方、外界から戻ったワラシタロウは里の者とは違って老化が早まることがなかった。これまで槙江田の家に

潜入した者も何人かいたので槙江田の家に入ったことが原因とは思えない。ワラシタロウだけがどうして老化のスピードが治まったのか…その因果関係を探る為に再び、村文義人としてカレは美幸の元へ遣《つか》わされた…。

長老「大学で知り合ったふたりは…（伸吾を少し気にして）ごく自然の流れで付き合うようになった。美幸は父親にも紹介し、槙江田の家にも村文義人として出入りした。だが卒業を間近に控《ひか》えても一向に老化のスピードが治まった理由が分からない。里では五〇歳を待たぬうちにバタバタと人が寿命を終えてゆく。とうとうワラシタロウは美幸に槙江田と山王両家の因縁の歴史を説明し、自分は子供時代に槙江田の家にいた座敷童子だったこと、ふたりは対立する家系の人間だということを打ち明けたのだ…」

そんなお伽噺《とぎばなし》を知性の塊《かたまり》のような現代人の美幸が信用する筈がなかった。だが村文に‘たたらぬくべ’の森に連れて行かれ、友情の証《あかし》として子供時代に美幸から貰ったという絹製のお手玉を見せられて、あながち作り話でもないと納得せざるを得なくなった。

長老「…だが、彼女は東京へ去った。世迷言《よまいごと》とは言えないとしても余りに現実から掛け離れた話に自分は力になれないし、もし本当に自分達が対立する家の人間なら、ロミオとジュリエットのように悲しい結末が待つだけだからと言い残してな…。ワラシタロウは彼女を諦《あきら》めざるを得なかったが、老化の謎を解明する為に槙江田の会社に残って…そして今回の事件が起きた」

村文義人が美幸と結奈を〝神隠し〟し、ボクを〝ぬくべ潜り〟させてこの異界へ連れて来た理由…。運命めいた何らかの理由があるのは確かなのだ、四百年の時空を超えて存在する何かが…。

長老「さぁ、見えてきた。あそこが目的地だ」

たたら場を離れ、山を回り込むようにして森を抜けて行った所に廃坑《はいこう》があった。坑道の入り口には注連縄《しめなわ》が張られ、紙垂《しで》が風に棚引《たなび》いていた。どうやら坑道の中から温かい風が吹き出しているらしい。

長老「この季節、ここが一番、暖かくて過ごし易《やす》い。（案内して）さあ、こっちだ。奥さんとお子さんはこの中にいる」

伸吾「あぁ…」

この異界で遭遇した突飛な出来事に現実感を失いかけていたが、大男の言葉に我を取り戻した。美幸と結奈がこの廃坑の中にいる。ボクにとってその事実だけがこの異界での全てであり、河童や座敷童子や老化を止められない村人の話など知ったことではないのだ。

ボクは足首の痛みを忘れて廃坑の中に駆け込んだが、すぐに行く手を遮《さえぎ》られて立ち往生《おうじょう》した。それは夥《おびただ》しい数の抜き身を晒《さら》した…刀だった。

伸吾「何です?…これは?」
長老「四百年の間に山王の鍛人達《かぬち》が拵《こしら》えた刀だ。『山響』が妖刀ならそれ以上の妖力を持った刀によって呪いを断ち切ることが出来る筈《はず》…と今でも信じられておるのだ。だが残念ながら今尚《いまなお》、『山響』以上の刀を作ることが適《かな》わないでいる…」

「あう…あう…」と赤ん坊のムズがる声が反響して聞こえる。
それをあやす女の歌声…。

伸吾「(ハッとして) 美幸か?! ボクだっ! 結奈はそこにいるのか?」
美幸「(坑道の奥の方から) あぁっ! あなたなの?! こっちよ! 結奈も一緒よ」

針のように突き立った刀の山の脇を抜け、美幸の声を追うように坑道を進んだ。背後で大男の照らすカンテラの灯りがボクの影を放射状に見せて岩盤を這う蜘蛛《はくも》のように見せていた。

坑道の中の自然侵食された巨大空間。五メートルほどの高さに廃材で出来たロフトが組まれている。
ロフトの上に浮かぶ懐かしい白いふたつの顔。

伸吾「あぁ美幸…良かったァ。今、下ろしてやるから待ってろ。(長老に向かって) 良いですよね?」

長老「勿論だよ。（美幸に）ワラシタロウ…いや、村文義人は姿を見せていないかね？」
美幸「朝食を届けたきりです。何でもやらなければならないことがあるんだとか…急いだ様子で…」

大男と二人掛かりで梯子《はしご》を掛け、結奈を受け取り、美幸が下ろされた。ふたりとも至って元気そうで、ふたりを捜して東奔西走《とうほんせいそう》したボクの方が結奈を支え切れずに大男に抱き抱《かか》えられる始末だった。

伸吾「（結奈を美幸に預けて）さぁ、帰ろう。お義父さんも皆、心配している。（美幸の顔を見て）んっ？　どうした？」
美幸「あたし、あなたにお願いしなければならないことがあるの。こんなこと…あなたに頼むのは筋違いなのだけれど…」
伸吾「それは…ここに連れて来られた理由と関係があるってことか…？」
美幸「（頷《うなず》き）正直に言うワ。義人の…村文クンの助けに…なりたくて…あたし結奈を連れてここに来たの…」
伸吾「そう…だったの…か…」

大男に美幸の無事を告げられた時に何となくそうではないかと思っていた。元カレと田舎で偶然に再会したとしても次の待ち合わせの場所に幼い結奈まで連れて行く必要などない。自分の子供を連れて行くということは元カレとの逢瀬を楽しむ為ではなく、何らかの意図があった筈なのだ。

今、こうして美幸の決意に満ちた態度に接して、ふたりは‛神隠し’に遭ったのではなく、自らの意思でこの

この異界の地へ来たことを理解した。

伸吾「（大男に）あなたはいずれワラシタロウに説明させると言っていたが、カレの目論見《もくろみ》をもともと知っていたんですか？」

長老「スマン。そこまでは知らされておらんのだ。ただお前さんがこの地へ‘ぬくべ潜り’して来たということは、奥さんとお子さんを迎える為に遣《つか》わされたのだろうということだけは分かる。つまり、ワラシタロウが里へ掛けられた呪いを解く何らかの手立てを掴《つか》み、計算が立ったからだと踏んではいるんだが…」

伸吾「（少し焦《じ》れて）彼は今、どこに？！」

村文「ボクは…此処《ここ》です！」

朗《ろう》とした声が坑道内に響いた。振り返るとそこには村文義人…ワラシタロウが影となってくっきりと立っていた。

村文「鳴海さん、頭は大丈夫ですか？」

伸吾「（思い出したように殴られた箇所を触って）あ、あぁ…瘤《こぶ》にはなっているがね」

村文「外界の人間が‘ぬくべ潜り’する時の脳のダメージを回避する為に仕方なく…。美ぃちゃんの時は予《あらかじ》めクロロホルムを用意していたんですが…」

村文はそう言ってから、「すいません…。美幸さんでした」と言い直した。

伸吾「いちいち話の腰を折るつもりはないよ。美ぃちゃんで良い。ボク等一家をちゃんと元の世界に戻して呉れさえすればね…」

村文「はい…。それは約束します。命を賭けてもふたりを探し出すと言った鳴海さんの言葉は裏切れません…」

美幸「あなた、そんなことを…。心配掛けさせて本当にゴメンなさい…」

伸吾「当たり前だろ？　君と結奈のいない人生などボクには考えられない」

美幸「う…うぅ…（下腕の中の結奈を強く抱く）」

伸吾「（改めて村文に）君の目的は…結奈…だったんじゃないのか？」

村文「はい。お祭しの通りです。結奈ちゃん…槙江田一族の系譜を継ぐ幼い女の子の力を借りたかったのです」

里帰りしていた美幸が押すベビーカーの中の結奈が村文にある天啓《てんけい》を与えたのだと言う。この偶然の再会は、美幸と良く似た結奈の幸せそうな寝顔の中にある槙江田一族の血の系譜によって齎《もたら》されたのではないかと…。

村文「山王と槙江田…。このふたつの家は『山響』という刀を巡る先人達の因縁によって決して交わることのない宿命を負わされました。美ぃちゃんが就職の為に上京したのも、山王の血を引くボクを遠ざけるという運命の成り行きだったのかも知れません…」

美幸「（伸吾に）確かにあたしはタロウ君という男の子と友達になった覚えがあった。何分、子供の頃の出来事だから、その子が座敷童子だって認識していた訳ではなく、どこかの家の子が、大人達の目に触れないようにちょくちょく遊びに来ていたという認識だったんだけれど…。それが…村文義人という名で大人の男性となってあたしの前に現れた。（言いにくそうに）あたし達はごく普通の恋人同士になり…正直、結婚も考えたの。父も、'あいつは鉄を知っている。すぐにでも工房を任せても良い位だ'って賛成して呉れてね。でも…そんな時、'自分は君の子供時代の座敷童子で、ずっと君を想い続けて来た。これは運命だったんだ'と改めて告白されて…あたし…義人のことが怖くなって…それで、東京に就職口を見つけて…別れたのよ…」

村文「焦《あせ》っていたんです。里の者と違いボクだけが老化しなかった理由を見つけられなくて…。その理由を探る為に美ぃちゃんに近付いた訳ですが…ボクは…本当に恋に落ちてしまって…本来の目的を忘れそうになってしまうほど…」

ふたりはお互いを見ずに当時のことを語った。ソレはボクに理解を求めようとする為のものだったが、その語感にはお互いを求めても別れざるを得ない已《や》むに已まれない事情の深さが付いて回っていた…。あぁ…暑い…この熱気は坑道内の湿度以上のものだ。嘗《かつ》ての恋人達はボクを挟《はさ》んで距離を取っているが…家の確執という宿命の磁場の中で…まさか愛の炎を燻《くすぶ》らせているんじゃ…。

結奈「（伸吾に向かって）あぅ…あぅ…」
伸吾「（ハッとして）おお…よしよし…」

あぁ…ボクがあらぬ妄想で惑わされてどうする。結奈の存在が何よりボクと美幸の繋《つな》がりを絶対的なものにしているではないか。人には皆、過去がある。その過去の経験があってこその現在なのだ…それは、勿論、ボク自身にだって当て嵌《は》まることなのだ。

美幸「そして、偶然にあたしはカレと再会した。街の通りで見掛けた位なら声を掛けることなどしなかったと思う。でも…買い物に出たスーパーで鉢合《はちあ》わせしてしまって…」
村文「それは本当です。その再会に運命を感じたのはボクの方だったんです…。結奈ちゃんが…乳母車の中からボクを見て…指を差すと突然、泣き出したのでボクは慌ててその場を去ろうとして…陳列してあったリンゴの山を崩してしまい…」

ちょっとした騒動になり…店の人間と一緒になってふたりはリンゴを拾う羽目《はめ》になった。だが…最後のリンゴを拾い終えた時、村文はどうしても聞いて欲しい話があるんだと美幸に話を振った。

美幸「店から出ると義人…は、'二度と君の前には姿を現さないと誓っても良いから、ボクの話を聞いて呉れないか?' と言ったワ。カレは学生時代の告白の時より悲壮《ひそう》感に満ちた顔をしていた。カレの元を去ったのはあたしが臆病《おくびょう》だったからという引け目もあって、話を聞くことにしたの。あたしは結婚して子供もいる…もう昔とは違うんだから、どんな告白をされても受け止めて上げようって…そんな思いでね」
村文「スーパーの駐車場で美ぃちゃんはボクの話を真摯《しんし》に聞いて呉れたんです。じっと…何ひとつ言い返すことなく…」
美幸「昔、伝説の妖刀『山響』の呪いによって封じ込められた山王家と外界の槙江田家の因縁話を聞かされて、あたし達は別れたんだけど…実はあたし…上京した時に気になって郷土資料を調べたことがあったの。実際、江戸時代の文献に山王家と槙江田家という名前があったワ。義人が本当にその山王家の人間であるなら、子供時代にあたしと遊んだタロウ君という座敷童人だったという記憶を含めて、カレの話は満更《まんざら》、嘘でもなかったんだ、という思いはあったの…。でもね、当時のあたしは自分のキャリアを磨くことに必死だったし、終わったことを引き摺《ず》ったってしょうがなかったしね。あたしがカレの話を聞いてあげようと思ったのは、町中で顔を合わせた時に、気まずい思いをしたくなかったというのが本音だったワ…」
村文「ボクは更に突っ込んだ話をしました。今、現在も『山響』の呪いによって、山王の一族は文明から隔絶した異界の中で沈んだまま、出口の見えない老化現象に喘《あえ》いでいる…。一方で、槙江田の血は粛々《しゅくしゅく》と表世界で受け継がれて、彼女似のこんなにも可愛い子供がいる…。ボクは里の者のことを想うと涙を抑えることが出来なくなってしまい…」
美幸「…あたしは…義人の…カレの言葉に強く心を突き動かされたワ…。それは槙江田と山王という反発しあう血の系譜を継ぐ者の運命のような気がして…」

村文「…と、それまで乳母車の中で大人しくしていた結奈ちゃんがボクを呼ぶ仕草《しぐさ》をしたんです。ボクが顔を近付けると…頭を…」
美幸「驚いたわ。結奈…カレの頭を、'いいこ、いいこ'って言いながら撫でたのよ」

その時、村文の中で昂《たか》ぶっていた血が一気に鎮《しず》まったのだと言う。それは鉄を含んでぬめりを帯びた山王の血が浄化されて滑《なめ》らかに流れ始めたようでもあった。

村文「結奈ちゃんを最初に見た時の情動が確信に変わりました。その時はまだ形にはなっていませんでしたけれど…この可能性に掛けてみる価値があると思ったんです」
美幸「カレの結奈を見る目を見てあたしも感じるところがあったの。この再会はもしかしたら両家を継ぐ者達に与えられた最後のチャンスなのかも知れないって…」
伸吾「それでカレに従い…結奈を連れて'たたらぬくべ'の森へ行ったんだな?」
美幸「(頷《うなず》き)『山響』を巡《めぐ》る槙江田家と山王家の血の歴史。『山響』に籠められた幼い娘へのかぬっつぁんの想い。そのふたつが呪いとなって山王の里に降り掛かっているとしたら…あたし達の代でこの不幸を終わりにすることが出来るのなら、あたしに出来ることがあればやらせてって…」
長老「ありがたい…実に…ありがたい…ことだ(ト涙ぐむ)」
伸吾「…うぅム」

村文義人だけが里に掛けられた呪いを免《まぬが》れているなら、四百年の呪いの終焉《しゅうえん》を託《たく》されたとも言える。四百年間、異空間に閉じ込められた里の罪は、長い時を経て、いよいよ赦《ゆる》される時が来たのだろうか？

廃坑の外で歓声が上がる…。

「ヨイショ、ヨイショ！」という掛け声が地響きのように伝わって来る。

村文「里の人間全員を集めました。そして、父さん、ボクの一存で『山響』を持ち出しました」

長老「ウム…」

伸吾「『山響』だって！？」

長老「当時の当主は『山響』と共に蹈鞴炉《たたらろ》〈※鉄を溶かす炉〉に身を投じたが、『山響』だけは回収されて保管されのだ。おそらく四百年の間、一度たりとも陽の目を浴びたことはあるまい…」

村文「さあ、外へ…。鳴海さん、美ぃちゃんと結奈ちゃんをお願いします」

伸吾「あ…あぁ」

廃坑の外には見覚えのある里の人間の顔と…そして河童が待っていた。男も女も一様に老人の姿をしており、その風貌もボク等の住む世界とは全く異なっていた。同じ日本に住みながら、本当に長い間、現代文明から隔絶されて細々と生き永らえて来たこの里の人間をどうにかして救って上げたいという気持ちが募《つの》った。

村文「（長老に）いいですか？」
長老「ワラシタロウ、お前に全てを任せておる」
村文「ありがとうございます。（里の者に向かって）●□△×◎▼××！」
一同「オゥオ～！！」

村文の一声で錆《さ》びついた鉄の箱が八人掛かりで引き出された。村文は河童から手渡された大きなバールのようなもので鉄の箱の蓋《ふた》をあちこち叩き、合わせ目に差し込むと力を込めて引き上げた。

村文「（力を込めて）うおおおおっ！」

ガキンッと鈍い音がして箱と蓋の間に隙間《すきま》が出来た。里の者が数人取りついて指を入れ、錆びた蓋をゆっくりと持ち上げる。箱の中には茶色に変色した綿布団が敷かれており、棒状の油紙が寝かされていた。村文は緊張した面持ちで油紙を取り出し、箱の縁《ふち》と垂直になるように置くと紐《ひも》を解いて油紙を開いた。

一同「ホゥ～…」

その場にいた全員の口から声にもならない息が漏《も》れた。村文は油紙に包まれていた真っ黒な物体を押し頂くと皆に見えるように頭上に翳《かざ》して見せた。

『山響』は炭化と腐食が進んでいた。嘗《かっ》てその刀身が発する音が凛《りん》として森の樹々の合間を縫《ぬ》って響いたとい

う面影は全くなく、長年に渡って里の人間の血を吸い寄せたかのような異形な塊《かたまり》と化していた。

村文「（森一帯に響き渡るように）山王の代々の当主によって『山響』は受け伝えられてきた。その意味を考えた時、果たすべき役割が見えて来る！」

村文は当主の父親のように大男ではなく至って現代的な細身の人間だ。その村文が『山響』を振りかぶり、気合を込めて振り下ろした。切っ先がドスンと土を叩き、その反動で村文はたたらを踏む。心なしか、坑道の中から、びぃいんと鉄が震えるような音が聞こえたような気がした。

村文「（謳《うた》い上げる様に）幼子の命を奪った岩の鋼《はがね》から生まれた刀よ。お前が鳴くのは娘が父を恋い慕う想い唄か、父が娘を偲《しの》んで洩《も》らす慚愧《ざんき》の嗚咽《おえつ》か…」

村文は土にめり込んだ切っ先を引き上げると渾身《こんしん》の力を込めて二度三度振り下ろした。その都度《つど》、土は鈍い音を立て、坑道の中から、びぃいんという鉄の震えるような音がはっきりと聞こえるようになった。

伸吾「（自分に言い聞かすように）坑道の中の刀だ…。針の山のように突き立てられた夥《おびただ》しい数の刀に『山響』を振り下ろした振動が伝わっているんだ…」

村文「…無慈悲な山王の先祖が今生《こんじょう》との一切の因縁を断ち切ったとするなら、今、その血を継ぐ者がその因縁

伸吾「(自分に言い聞かすように)何をするつもりなのだ、村文は？　因縁を紡ぎ直すとはどういうことなのだ？
　を紡《つむ》ぎ直そう…」

村文が『山響』を振り下ろす度に廃坑の中の夥《おびただ》しい数の刀の刀身を震わす音が坑道に反響して一層、大きくなった。

…びぃぃん…びぃぃん…びびびぃん…。

あぁ、そうか！　共鳴を始めたのだ！　ひと振りでは『山響』に及ばない刀達が音を合わせ始めている。かぬっつぁんが伝えた刀鍛冶の技術は里の者にも確かに受け継がれていたのだ！

…ぎぃぃぃ～ん…きゅぃぃ～ん…きぃぃぃぃ～ん…。

あぁ、刀達が発する鈍い共鳴音が…どんどん研《と》ぎ澄《す》まされてゆく。その音には空間すらも両断するかのような硬質さがある。その音が一帯の梢《こずえ》を震わし、幹《みき》を通して、地面に細動を伝え始めた時、村文は…本当に…本当に…せつなそうな顔を美幸に向け、「サヨウナラ…美ぃちゃんと出逢えて本当に幸せだった…」と言った。

伸吾「あぁっ！！！」

長老「ワラシタロウっ！！」

やおら村文は地に突き立てた『山響』に向かって身体を投げ出した。それを見た美幸が悲鳴を上げ、驚いた結奈が大声で泣き出した。

美幸「い…いやああアアアっ！！」
結奈「うわ〜ん…うわ〜ん…うわ〜ん…」
美幸「義人、ヨシト〜ォッ！！」
伸吾「（美幸を支えて）いいか、しっかりと目に焼き付けるんだ、山王家の末裔《まつえい》の最期を！　これが…これが、カレが出した答えなんだ！」
美幸「あぁ…そんな…そんな…」

あぁ…坑道の中から虹色の光が走り出し、刀達の硬質な共鳴音が山に響き渡る。地鳴りに跳《は》ね上げられた石が、胸を『山響』で貫《つらぬ》いて絶命した村文の姿を取り巻き始める。
あぁ…風景が歪《ゆが》み始める…『山響』を中心に世界が回る。空が回る…森が回る…大男の赤い顔が幾重にも揺れて見える…地面に這《は》い蹲《つくば》る里の者達…河童が鳴きながら空に飛ばされてゆく…。

伸吾「まずいっ！　絶対、離れるなよ！」

そこまで見たボクは美幸と結奈を守るように覆い被《かぶ》さると空に吹き飛ばされないように踏ん張った。
結奈の鳴き声が…空を駆け登るように…響いて聞こえた。まるで『山響』の残響とシンクロするように…どこまでも…どこまでも…。

三年後…。
槙江田の家を出る伸吾の車。後部座席に美幸と結奈の姿がある。
槙江田武雄と淑恵が車を見送っている。

伸吾「じゃお義父さん、お義母さん、失礼します」
武雄「ウム、気を付けてな。次に来るのは来月の『鍛人《かぬち》の里』ホテルの落成式になるのだな？」
伸吾「そうです。結奈をお預けして美幸とパーティーに出席します」
武雄「それは結構。実は結奈の為に雛人形を新調したのだ。少し早いが飾って置こう」
美幸「まだお正月が明けたばかりよ、お父さん」
武雄「ははは。可愛い孫の為だ。ジィジも待てないんじゃ、なっ、結奈」
淑恵「（笑って）まぁま、とんだ爺《じじ》バカね」

伸吾の車が有料自動車道路に向かって、国道を下って行く…。

伸吾「（運転しながら）お義父さんもすっかり好々爺《こうこうや》になられたな。以前の面影が微塵《みじん》もない」
美幸「さすがにあたし達の失踪事件が堪《こた》えたのね、きっと」

伸吾「そりゃそうさ。'たたらぬくべ'の森に現代まで誰にも知られていなかったもうひとつの井戸があったなんてね。お義父さん、行政を動かして井戸を埋めて一帯を立ち入り禁止にしたのは正解だよ。ボク等は失踪時の記憶を失っていたし、あそこは本当に妖《あや》しの森だよ」
美幸「それも地熱とガスの作用がなかったら、あたし達、命が無かっただなんて…」
伸吾「うん。ガスを吸い込んだことによる代謝異常で昏睡《こんすい》状態に陥《おちい》っていたから、地熱によって体温が維持されていなかったら三人とも凍死《とうし》していたそうだ」
美幸「結奈の泣き声で、あたし達発見されたんですものね…。（隣で眠りかけている娘を見て）この子はあたし達ふたりの命の恩人だワ…」
伸吾「そうだね。幸い、ガスを吸引したことによるボク等の記憶障害は失踪前後に限定されているし、結奈にも影響はないだろうということだしね…」
美幸「でも何となくだけど…」
伸吾「何だい？」
美幸「『鍛人《かぬち》の里』に温泉が出たという話とあたし達の失踪が繋《つな》がっているような気がしてならないんだけど…」
伸吾「まぁ、『鍛人の里』と'たたらぬくべ'の森は山をひとつ隔てた距離だし、地質学状は同じ断層の上にあるそうだから、地熱とガスのことで言えば繋がっているんだろうけど…」
美幸「でしょう？　あたしと結奈が'神隠し'に遭わなかったら本格的な地質調査が始まらなかった訳だし。あなたが『鍛人の里』の開発プロジェクトリーダーになったことも偶然とは思えないんだなぁ…」

伸吾「ははは。それを言うなら地権者の山王太郎《さんのうたろう》さんが美幸の小学校時代の同級生だったたっていう事実の方が大きいよ。ご本人もこれも何かのご縁ですね、と言っていた位だし…」
美幸「その人、そんなにヤリ手なの？」
伸吾「何せ、人知れぬ土地の鉱脈調査をし、良質な温泉を掘り当て、会社を興《おこ》したのはカレの手腕だからね。リゾート経営学を勉強したと言っていたけど、どうしてなかなかのセンスだよ」
美幸「山王太郎クンねぇ…う〜ん、本当に記憶にないのよね。当時のアルバムを見ても写っていないし…まるで座敷童子《ざしきわらし》みたい…」
伸吾「パーティの時に会わせるけど、そんなこと言っちゃ駄目だよ。地元の人間と地域の活性化を第一に考えている温情に厚いヒトなんだから」
美幸「そうね…楽しみだわ。久し振りに少女時代に帰ってみようかな？」
伸吾「そうだね、昔のこと訊《き》いてみるといい。後で初恋のヒトだった、だなんてオチはナシだぜ…ははは…」

（終わり）

君の唄が聞こえる

主な登場人物……杉下浩介《すぎしたこうすけ》　記憶を失い、'一郎' と名乗る中学生
宮前《みやまえ》ミレイ　村に住む白拍子《しらびょうし》
宮前《みやまえ》コトノ　ミレイの娘
真行寺《しんぎょうじ》悟《さとる》　成人した浩介の息子
その他　浩介の父親、村人達、八十吉《やそきち》・富子《とみこ》、加瀬敏夫《かせとしお》（TVプロデューサー）

昭和四十年…中学二年の夏休み、ボクが野球部の練習を終えて帰宅すると、替えの洋服や靴といった身の回りのモノをビニール袋に詰《つ》め込んだ父親が待っていて、「これで忘れ物はないか？　なければトラックに乗れ」と言った。

父親が汗だくになって、荷台に積んだ家財道具に掛けた縄を締め直している間、ボクは下駄箱《げたばこ》の隅《すみ》で潰れていた体育館シューズから五百円札を抜いてポケットにねじ込むと、去年の夏、庭の柘植《つげ》の木の下に埋めた犬のクロにサヨナラを言ってトラックの助手席に乗り込んだ。

父親「（運転しながら袋を取り出し）握り飯だ。水筒に水が入っている…」

浩介「うん…」

父親「ザマあない。（ハンドルを叩き）コイツまで取られちゃ商売も出来んしな…」

父親が借金を返す為に村の寺で開かれていた賭場《とば》に通い詰めていたのは知っていた。だが借金どころか手持ちの金も軽トラックも形《かた》に取られて、いよいよ村を出ざるを得なくなったのだ。

浩介「（五百円札をダッシュボードの上に出して）コレ…」
父親「おっ、スマンな。軽油代が助かる」

父親に何処へ行くのか訊《き》くと、ボクを産んですぐ亡くなった母親の里に行くと言う。そこが何処か知る由《よし》もなく、ボク等は半分に割ったインスタントラーメンで食い繋《つな》ぎながら、車の中で二晩明かした。

泥にタイヤを取られながら山道を進むトラック。

浩介「靄《もや》が急に出てきたね。これじゃ先が見えないや…」
父親「（運転しながら）十八年前に母さんを迎えに来た時以来だからな。この先に目印の地蔵があって、道が分岐してる。そこを左に行くんだが…。お前も見逃さないように目を凝《こ》らして見ていて呉れ」

だが…靄は深くなる一方で視界は殆《ほとん》ど効かなくなった。父親はハンドルを抱くようにして前方を見ていたが、まるで雲の中を進んでいるような感じで、車体がガタガタと揺れなかったら前進しているのかも分からないほど

だった。

…ト、何処からか歌声のようなものが聞こえたような気がした。女の声…そう…甲高い女の歌声だ。ソレは雲海のように湧《わ》き出す靄に遮《さえぎ》られて、地上に落ちて来たかのようにボクの耳に留まった。

浩介「（耳を欹《そばだ》てて）歌が…聞こえない？」

父親「歌だって？　否《いや》…聞こえないな」

浩介「誰か近くにいるんだよ、きっと。（ドアを開けかけて）歩いて先を見てこようか？」

父親「待て！（目印を見つけたらしく）あぁ…あった！　あれだ…（目印の地蔵を通り過ぎながら）こっちの道が里に向かって下る道なんだ」

浩介「ちょっ…気を付けて！　何だか道になってないよ…あっ！！」

父親の声をボクは聞いただろうか？　突然、地面が消え、軽トラックはバチバチと木の枝を弾《はじ》きながら一気に駆け下りていき…そしてボクは空中に投げ出された！

浩介「（血だらけになって）ん…ん…ン（…意識を失う）」

ボクが命を取り留めたのはトラックのドアが半ドアになっていたからで、落下の反動でドアが開かなかったら父親と同じように川床《かわどこ》の岩に潰《つぶ》されていただろう。トラックから放り出されたボクは樹の枝から枝を伝って、奇跡的に川の水溜まりの中に落ちたのだった…。

…………………………………………………………

女の声「はぁぁ…はっはっ…（激しい息遣《づか》い）」

ヒトは死に直面すると恐怖をやり過ごそうとして幻覚を見るものなのだろうか？ ボクが意識を取り戻した時に見たものは、半裸の女のヒトがボクに跨《また》がって胸を揺らしながら腰を擦《こす》り付けている姿だった。

浩介「うわぁ〜わ…わぁ〜っ！」

ボクは驚いて大声を出した。その女のヒトが何者でココが何処なのか分からなかったこともあるが、女のヒトの動物のような喘《あえ》ぎ声に合わせるように声を出すことで、得《え》も言われない下腹部への快感を更に求めたのだ。ボクは半身を起こすとなりふり構わず女のヒトにしがみ付き、朧豆腐《おぼろどうふ》のように滑らかな両の乳房に顔を埋めて悶《もん》絶《ぜつ》した…。

…タタタタッ…。

廊下を走る音がしたかと思うと、蚊帳《かや》が引き上げられた。「お母さん、ここにいたの？ さあ、もうあちらに行きましょうね」という少女の声がし、直ぐに女のヒトは引き離された。少女は蚊帳の外から湯呑《ゆのみ》茶碗に入った水

を差し出し、「大丈夫。怖くないわよ、はい、お水。ソレ飲んだら出てらっしゃい」と言い残すと、半裸の女のヒトを連れて一度、下がり、ボクが湯呑の水をひと口含んで咳《せ》き込んでいる間に再び戻って来た。

コトノ「（蚊帳の中に入ると浩介の背を摩《さす》りながら）わたしの名前は宮前《みやまえ》コトノ。ここは村の神社よ。あなたは谷で倒れていたところを村の炭職人の権蔵《ごんぞう》さんに助けられたの」

浩介「コトノさん…？ ボクは…ボクの名前は…（頭を押さえ）あぁ…ダメだ…自分の名前が…出て来ない…」

コトノ「そうなの？…大丈夫、焦ることないわ。いずれ思い出すわよ、きっと。それよりお腹が空いていない？あなたはここに運び込まれてから丸二日、ずっと寝ていたんだから」

そう言われた途端、腹が鳴った。少女は笑うと、ボクを賄所《まかないじょ》に連れて行き、「残りもので悪いのだけれど…」と言って、囲炉裏鍋《いろりなべ》から田舎汁を注《つ》いで呉れた。

それにしても…なんてことだ。大根も里芋も野菜の名称は分かるのだが自分の名前やどうしてここに居るのか全く思い出せない。甕《かめ》に張った水に映った自分の顔を見ても、これが自分の顔だという実感が湧《わ》いて来ないのだ…。

翌日、ボクは少女と一緒にボクを助けて呉れた権蔵という炭職人の所に行って、発見時の状況を聞いたが、軽トラックやそれに乗って亡くなっていたという男について何ら思い当たることがなかった。

浩介「（帰りの道すがら）権蔵さんもそうだったけど、村の家の表札は『裏里《うらさと》』が多いね。村の人は皆、同じ苗字《みょうじ》なんだね」

コトノ「この村は元々は平家の落人《おちゅうど》が定住して作った村だという話。裏里以外の苗字を持つ家は、最近になって村にやって来た人達なの。あたし達みたいにね」

宮前コトノの一家は元は旅芸人の一座で全国を転々としていたそうだ。それが五年前にこの村を訪れた際、一座の座頭である父親が病で倒れてしまい、神職不在の村の社《やしろ》に住み着いたのだと言う。父親が一年もしない内に他界すると、村長等氏子《うじこ》達から神社に留《とど》まって神職の役を司《つかさど》ってみないかという申し出があった。それも全てコトノの母・ミレイの存在があったからだと言う。

コトノ「お母さんは狂っているの」

浩介　「えっ？」

コトノ「父は地方の町で頭のオカシイ女を拾い一座に加えたの。時代物では白拍子《しらびょうし》のような神掛かった役を、現代物では魔法使いのような役どころを与えて自分の女にしたのね。そのうちあたしが生まれた訳だけど、さすがにあたしのことは自分の子供だと分かってるみたい」

ボクが意識を取り戻した時、裸でボクの上に馬乗りになっていた女のヒト。確かにあの目の中には真っ当な人間の意思の光というものが宿っていなかった…。

コトノ「村の氏子達はお母さんの演じる白拍子を見て、その神掛かった様子に驚いたらしく、そのまま神社に押し留めたの。やがて父親が死ぬと年老いた二人とあたしを残して一座は解散し、お母さんは本物の巫女《みこ》として迎え入れられたの。お母さんが裸になってあなたの上に乗っていたのも神に憑《つ》かれた女がしたことだと思って気にしないでね…」

目の前にあった少女の母親の肌は雪のように白く、菓子の素甘《すあま》のようにサラサラとした触り心地だった。その身体の重さにボクは耐え切れなくなって、しっとりと温かい彼女の内股に精を迸《ほとばし》らせてしまったんだ…。

浩介「あの…これからボクはどうしたら良いんだろう？」

ボクは昨日の事を思い出し、股間が固くなったのを誤魔化《ごまか》すように訊《き》いた。記憶のないボクからすると、谷で大破していた軽トラックや乗っていた人間のことは、川だまりに降って涌《わ》いたウスバカゲロウのような朧《おぼろ》げな存在でしかなかった。

コトノ「駐在《ちゅうざい》さんには事故のことを届けてあるから、亡くなっていたヒトとあなたとの繋がりはいずれ分かると思う。今、私達が出来ることはあなたがこの村に来た理由を探すことね」

自分の年齢が分からないので何とも言えないが彼女はボクと同じ位の歳だろう。にも拘《かかわ》らず大人顔負けにそ

つ無く何でも出来るのは、旅回り芸人の一家として社会の荒波に揉《も》まれて生きて来たからに違いない。

村人「…あぁ、谷で発見された子供ってのはアンさんけぇ？　さぁ、ウチは子供がおらんから、アンさんのような歳の男の子とは縁がございやせんなぁ…」

ボクがこの村にやって来た理由を探して、二日掛かりで村中の家を回ったが、ボクを知る人間は一人もおらず、記憶もなく何処《どこ》その馬の骨にもなれないボクは、ただただ途方に暮れるしかなかった…。

コトノ「…二学期が始まる迄まだ時間はあるワ。そのうち村長さんや駐在さんから情報が入るだろうし、記憶も戻るかも知れない。それまでは神社の仕事を手伝って頂戴《ちょうだい》。建物の修理とか色々男手が必要なの」

ボクは取り敢《あ》えず‘一郎’という名前を与えられ、社務所の玄関脇の書生部屋で寝起きした。一座の人間だったという耳の遠い八十吉《やそきち》さんという老人と一緒に本殿《ほんでん》の柱を塗《ぬ》り直したり、ひと冬分の薪割《まきわ》りをしたり、やはり一座の人間だった富子《とみこ》さんという老婆とリヤカーを曳《ひ》いて近所の畑の手伝いなどに出た。

始めのうちは仕事に慣れないこともあって布団に倒れ込んだら一番鶏《どり》が鳴くまで起きなかったが、その内、部の隅の書架で埃《ほこり》を被《かぶ》っていた文庫本を読むくらいの余裕が出て来た。その日は読書でつい夜更《よふ》かしをし、気が付くと午前零時を回っていた。スタンドの灯りを切り、横になってはみたものの、窓の外から差し込む月光が眩《まぶ》しくてなかなか寝付けない…。ト、拝殿《はいでん》の裏手からヒトの話声が聞こえたような気がした。

一郎 「…気のせいかな?…（耳を澄《す》まして） いや、やっぱり人の声がする…神楽殿《かぐらでん》の方からみたいだ」

神楽殿は秋祭りに使う神輿《みこし》や雅楽《ががく》で使われる笛や太鼓が仕舞われているだけで、滅多に開けられることのない社殿だった。こんな夜遅い時間に一体、誰が何の用事があって出入りしているんだろうか?

一郎 「こんな時間に何だろう? 何か集まりでもあるのかな?」

拝殿と神楽殿の鍵はコトノと彼女の母親のミレイと八十吉爺さんと富子婆さんが寝泊まりする母屋で管理しているので勝手に開けることは出来ない。こんな月明りの晩に大人数で泥棒でもあるまいし…あぁ、気になる…こんなんじゃ眠れやしない! ボクはゴム草履《ぞうり》を突っ掛けると神楽殿の様子を窺《うかが》いに外に出た。

満月が煌々《こうこう》と夜の闇を明るく見せていた。月光を纏《まと》うように神楽殿の中からも明かりが漏れているのがはっきりと分かった。ザワザワザワ…確かにヒトの気配がした。ボクは足音を忍ばせて神楽殿に近付き、扉の鍵穴から中の様子を窺《うかが》った。

ミレイ 「萌《も》え出づるも枯るるも同じ野辺の花　いずれか秋にあはで果つべき…♪」

そこには百目蝋燭《ひゃくめろうそく》の虚《うつ》ろな灯りの中で、この上なく美しい声で間延びした唄を歌いながら踊るミレイの姿があった。赤袴《あかばかま》に白の水干《すいかん》を身に着け、腰まである髪を解いて舞う姿は、この世のものとは思えないほど妖《あや》しく映

った。

ミレイ「…いずれも仏性具《ぐ》せる身を　へだつるのみこそ　悲しけれ…」

その歌が平家物語の『祇王《ぎおう》』の中の和歌だということなど知る筈《はず》もなく、扇を指しながら明かりと陰の間を行き交《か》うミレイの舞にただただ見惚《みと》れた。ト、あろうことか、彼女は…唄に合わせるように着物を脱ぎ始めた。それまで固唾《かたず》を呑《の》んで見守っていた村の男衆の空気が動き、室内が一気に熱を帯びた。朧《おぼろ》の中に曝《さら》されたミレイの裸身…それこそ、ボクの性の目覚めそのものであり、男としての情動の発露の記憶でもあった。

男達　「おぅ〜…」

感嘆とも吐息ともつかないざわめきが深夜に男衆だけで執り行う儀式の意図を気付かせる。この‘寄合’は…村の女達に秘匿《ひとく》された禁忌《きんき》の集まりに違いなかった。

ミレイ「ウ〜ヤフタ〜アレッ!」

ミレイはこの場に居る男達の性の情動を受け止めるかのように両手を広げると意味不明な言葉を発した。すると男達は一斉に両手を差し伸べ、何かを乞うような仕草《しぐさ》をした。ミレイは「ソゥク〜ドナッ」とまたしても意味不明な言葉を発し、一人の男を指差した。

男達の間から、失意と羨望《せんぼう》が入り混じった吐息が漏《も》れる。指を差された男はミレイの扇の先に釣られるように立ち上がると舞台を仕切る神社幕の奥へ引かれて行った。あの幕の向こうでこれから何が行われるんだろう？ボクの脳裏《のうり》に村で目覚めた時のミレイの痴態《ちたい》が蘇《よみがえ》った…。

ト、いきなり鍵穴が塞《ふさ》がれた。それは大きな目らしきもので、ボクが何をする間もなく、扉の内側の閂《かんぬき》がゴリゴリと引き抜かれた！

一郎「不味《まず》い！見つかった！」

反射的にボクは階段を飛び降り、殿舎の床下に隠れた。見てはならないものを覗き見てしまったという罪悪感から咄嗟《とっさ》に出た行動だった。

…ギギギギ…ドンドンドン…。扉が開き、男達が一斉に神楽殿から出て来た。十人、二十人…足元を数えただけでも村の男衆の殆《ほとん》どが揃《そろ》った数だ。ボクは息を殺してジッと身を固くして皆が去るのを見送った。男達は誰一人言葉を発することなく、列を成して拝殿の向こう側へ吸い込まれるようにして去って行った…。

一郎「ミレイさんとあの男はまだ残っているみたいだ…」

床下を移動し、床板の隙間から中を覗こうとしたが、灯りが消されて視界が利かなくなった。それでもジッと聞き耳を立てていると、バシャバシャと水を撒《ま》いたような音がして、ペタペタと餅《もち》を突くような音が聞こえた。

一郎　「あのふたりは何をしてるんだ？」

それからしばらく暗闇の中で息を殺して中の様子を窺《うかが》ったが、藪蚊《やぶか》の波状攻撃に抗《あらが》い切れず、後ろ髪を引かれる思いで退散せざるを得なかった…。

翌日の朝…。

洗面所で一郎とコトノが行き会う。

一郎　「あっ、おはよう。あの、昨夜さ…神楽殿で村の寄合《よりあい》でもあったのかな？」

コトノ「寄合？　さあ、なかったと思うけど。どうして？」

一郎　「いや…大したことじゃないんだ。何か音を聞いた気がしたんだけど、気のせいだったんだろう…」

コトノに母親のミレイのことを訊《き》くことは憚《はばか》れた。コトノだけではなく八十吉さんや富子さんにもミレイが男達の前で裸になって官能的な踊りを舞っていたなどと言えるもんじゃない。ミレイは狂女かも知れないが、彼女が白拍子の勤めを果たしているからこそ、彼等はこの村で居住を許されているのだから、ボクごときが大人同士で取り決めたことに口を挿《はさ》むことは差し出がましいという思いがあった…。

ある日の午前…。

駐在所で村長と一郎が駐在の話を聞いている…。

駐在「…落下していたトラックの登録ナンバーからトラックの持ち主は長野県笹篠村字《あざ》五の三に住む杉下俊三《すぎしたとしぞう》だと分かった。杉下は一か月前、借金を残したまま村から姿を消したそうで、遺体の顔写真から当人に間違いないと断定された。尚、俊三には十四歳になる杉下浩介という中学二年の息子がいるが、こちらも同じく消息不明になっている、と言うのが県警本部からの報告だ」

村長「どうだい？　一郎君、杉下俊三と杉下浩介という名前を聞いて何か思い出さないかの？」

一郎「すぎした…としぞう…こうすけ…」

こうすけ…コウスケ…浩介…そう呼ばれていたようでもあり、ないようでもある。それは一郎と呼ばれていることと何ら変わりがないほど漠然《ばくぜん》とした響きだった。

駐在「杉下浩介に関しては中学入学時の写真を取り寄せているそうだ。ソレが回ってくれば君が杉下浩介と同一人物であることがはっきりするだろう。それまで待ってみるしかないな」

一郎「はい…宜しくお願いします」

駐在に頭を下げ、駐在所を出る村長と一郎…。

一郎「（村長を呼び止めて）あのぅ…村長さん」
村長「うん？　何かの？」
一郎「コトノちゃんの母親のミレイさんのことなんですけど…」
村長「ミレイがどうかしたか？」
一郎「ミレイさんには何か特別な力みたいなものがあるんでしょうか？　神社を任せられたのも、ミレイさんの神掛かった力があるからだって、コトノちゃんから聞いたものですから…」

どうしてそんな事を今更、訊いたのかと言うと村の男達が集《つど》う神楽殿での集会のことが気になって仕方がなかったからだ。母親が村の男達と関係を持っていることを娘のコトノは知っているのか、また、村の男達がミレイとあのような前近代的なことをすることに何の意味があるのか遠回しに探ろうとしたのだ。

村長「（考え澱《よど》んで）うぅん…コトノはそう言ったかも知れないが、新蔵《しんぞう》さんの、コトノの父親の病後が思わしくなかったこともあって、当時、廃社に近い状態だった神社の管理をさせるという名目で母屋を一家に貸し与えたのは村民の好意から決めたことでの。確かに村祭りで踊ったミレイの白拍子がこの世のものとは思えないほど美しかったことは事実じゃが…」

神楽殿の男達の‚おぅ〜っ‚という欲望の籠《こも》った溜息とも思えない息遣《いきづか》いが思い起こされた。村長の好々然《こうこうぜん》とした言葉の裏にある釈然《しゃくぜん》としないもの…。コトノの‚お母さんは狂ってるの‚という言葉がボクに大人達の

厭《いや》らしい目論《もくろ》みを気付かせる…。

一郎「そうですか…」

村長「まぁ、君の身元がはっきりすれば君の居場所も自然と決まって来るだろう。それまではコトノの所で精々気張って呉れよ」

一郎「あ…はい…」

完全にはぐらかされた形でその話は終わりになりボクは村長と別れた。確かに座頭《ざがしら》を喪《うしな》った旅回りの一座に定住する機会を与えたのは村人達の好意だったかも知れないが…ミレイが村の男達の慰《なぐさ》み者となることが代償になっているとしたら…。満月の晩に神楽殿で繰り返されている行為を見てしまったボクの口の中に苦い味が広がっていった…。

ミレイ「…♪ふわつる〜いえのかみし〜♪…」

ミレイの唄声が風に乗って聞こえて来た。見るとミレイが田んぼの畦道《あぜみち》でハシドイの枝を振りながら唄を歌っていた。枝先に付いた白い花が神事に神主が降る大幣《おおぬさ》にも見え、白い着物に赤い帯を垂らしたしどけない姿が一層、人智を超えた別の世界の住人のように見せている。声は甲高く言葉の意味など分からないが、コトノに言わせると、ああやって唄を歌っている時の母親は、天と繋《つな》がっているような感じがするそうで、その澄《す》み切った歌

声は野で働く者の手を休ませるほど清々と聞こえた。

一郎「…あぁ…あの唄声に誘われて空の雲の彼方《かなた》から天女が舞い降りて来ても不思議じゃないかも…」

地上と天界を繋《つな》ぐ唄は真っ白な雲海へ深深と滲《にじ》んでゆき…唄に誘われて天界から下向してきた天女等は靄《もや》に覆われた森の緑の中で羽衣《はごろも》の衣擦《きぬず》れを鳴らすだろう…。

一郎「村長さんは、ミレイさんには神掛かった力はないと言ったけど、あの唄声にはヒトを惑わす魔力があるような気がする…」

靄に覆われた森の中で遊ぶ天女達の姿を想像していたら、頭の奥の方で何かが引っ掛かった。靄の向こう側から…唄…が…？　あぁ、ダメだ…何かを思い出しそうなんだけど…ズキズキ頭が痛い。

その日の昼時…。

コトノに駐在の話を報告する一郎。

コトノ「それは残念だったわね…。ねえ、身元がはっきりしたら一郎君はどうするつもり？」

一郎「杉下浩介という人物の写真がボクの顔だったとしても記憶が戻らなければ意味がないよ。杉下浩介の記憶を求めて一度は故郷の村に帰ることにはなるだろうけど…」

コトノ「そうよね、そうなるわよね…」
一郎　「（コトノの寂しそうな横顔を見て）でも記憶が戻るかどうか分からないし…もし記憶が戻ったとしても
　　　ここへは顔を出すよ。これだけ世話になったんだしね」
コトノ「そう…。二学期が始まる頃には全てがはっきりしているわね、きっと…」

コトノの浮かない表情を見て、ボクは少し嬉しかった。コトノは母親のこともあり、自分がしっかりしなくてはという使命感みたいなものがあるので、ボクなんかより大人びていたし、ミレイの美しい容姿を受け継いでいるので、ボクからすれば高嶺《たかね》の花だ。毎日顔を合わせていても挨拶の他は特に会話らしい会話もなく、いつもスケッチブックを抱えて村の風景をデッサンしているような娘《コ》だったし、ボクのことを心配して寂しそうな顔をして呉れるなんて思いも寄らなかったのだ。

コトノ「（突然）あたし達…この村から出ることは出来ないの…」
一郎　「えっ？　突然、どうしたんだい？」
コトノ「………」

コトノが村を出ることが出来ないというのは気の触れた母親から独立することは出来ないということを言ったのだと思った。旅芸人の一座の人間として日本国中を旅して歩いたコトノからすれば、今更、ボクのように都会の生活に憧《あこが》れを持つこともないだろうから、この村で母親の面倒を見ながら、ゆくゆくは村の男と結婚して

この地で骨を埋めるということなのだろう。

**　でも何でそんなことをボクに言ったのだろうか？　男子として自惚《うぬぼ》れされて貰えるなら、この言葉の裏には、〝あたしと結婚したらこの村に住まなければならないのよ〟と仄《ほの》めかされたようでもあった…。**

コトノ「一郎君…もし…もしもだけど…近いうちにお母さんとあたしの身に何かが起こったら助けて呉れる？」

一郎「助けてって…。そりゃ、助けるけど、何が起きるって言うんだい？」

コトノ「ううん…そんな予感がするだけ。お母さんみたいな神通力《じんつうりき》がある訳じゃないから、あたし…」

コトノはミレイには何か特別な力があると信じているようだったが、村長は神掛かった力などないと言っていた。この際、どっちが正しいということなんかどうでも良い、「ボク達は家族も同然だろ？　何かあったらボクは出来るだけのことはするよ」とコトノに言うと彼女は心底安心したように微笑んだ。そう…あの笑顔を見れば男子なら誰だって…腹を括《くく》ってコトノ親子を守ってやろうって気になるさ。

　それから四日後…。

　駐在所からの呼び出しで村長と共に話を聞く一郎。

駐在「…県警の方から写真が回されて来たよ。これが杉下浩介の写真だ。本官が見ても君とは全くの別人だな」

村長「（写真を見て）うむ。確かにな…見てご覧（ト一郎に写真を渡す）」

夏休みも残り僅《わず》かになった頃、'杉下浩介'という人物の写真が村の駐在所に届いたが、それはボクと似ても似つかない男子のものだった。

村長「二学期が始まる頃には素姓《すじょう》が分かるだろうと思っていたが、違ったとなると…学校のことも考えねばならんし…保護者を立ててしばらく村に留《とど》まって貰《もら》うしかないの」

一郎「あ…はぁ…」

これで谷に落ちたトラックを運転していた男とボクが親子ではないことがはっきりしたことになる。どういう経緯であのトラックにボクが同乗していたのか不明のまま、ボクは今迄通り、神社の仕事を手伝いながら、新学期から村の学校に通うことになった。コトノを守ると約束をしたあの日からボク達の距離は少しずつ縮まっていたこともあり、当分の間、コトノの側に居られることにボクは少なからず安堵していた。

やがて夏休みが終わり、ボクは学校に通い始めた。村立の学校は小中学校が併合《へいごう》されており、校長と教頭が八名の生徒を交互に教えていて、高校に進む場合は村を出ることになるのだと言う。一度村を出ると、帰村する若者も少ない為、村には若い働き手がいない。だから、ボクは週末になると働き手が足らない農家の手伝いをしたり、役場から頼まれれば道路や橋の補修といった土木作業にも従事した。ボクをこの村に留め置いて呉れた村の人達への恩に報いる為だったが、何より、コトノと生活を共にしているということが毎日を楽しくしていた。

一郎　「登下校も授業も住居も一緒。ボク等、兄弟みたいな感じになっちゃったね」
コトノ「小さな村だから顔を知らないヒトはいないから、村のヒトみんなが家族みたいだし…。こうして一郎君が村に居つくことを許されたのはあたし達以来だから、五年振りのことよ」
一郎　「えぇ？　そうなの？」
コトノ「ヒトの出入りが滅多《めった》にない所なの。村を出た若いヒトで戻って来たって話はあたしが知る限りではいないわ」
一郎　「それで…お年寄りが多いのか…」
コトノ「この村はね、地図にも載っていないし…」
一郎　「えっ？　それはどういう…？」
コトノ「あっ！（耳を澄《す》まして）…お母さんが唄ってる…」
一郎　「えっ？…あぁ…本当だ」
コトノ「あたしもあの唄を歌うようになるのかな？」
一郎　「？？」
コトノ「運命…か。一郎君、あなた、ウチのお母さんに見込まれたのよ」
一郎　「えっ？（全く訳が分からない）」
コトノ「だから今は兄弟みたいでも…いずれあたし達…夫婦になる運命なのよ（ト言って走り出す）」
一郎　「ちょっと…待って！　（呆気《あっけ》に取られて）夫婦って…」

思春期に気になっている女のコから、‘あたし達は夫婦になる運命なのよ’と告げられて有頂天《うちょうてん》にならない訳はない。ボクは自分の素性が定かでないことを忘れ、コトノとずっと居られるならこの村で骨を埋めても構わないと本気で思った。

だが…秋祭りの準備に追われていたある日の午後、そんなボクの浮《うわ》ついた足元をさらうような事態がやって来たのだ…。

富子「（祭りの提灯の数合わせをする手を止めて）椋鳥《むくどり》の大群が朝からうるさいの。あの時と同じではないかの？」

八十吉「ああ。しかも今夜は満月になる…。ミレイ様の様子もいつもとは違うようじゃ」

富子「またあの赤い月が…」

八十吉「出るかも知れんな。今日は早々に布団に潜るに越したことはないゾ」

その日、神楽殿で祭りの準備をしていた富子《とみこ》婆さんと八十吉《やそきち》爺さんの会話をボクは祭用の幟《のぼり》を取りに戻った際に偶々《たまたま》聞いてしまったのだ。

一郎「八十吉さん、富子さん、何なの？赤い月って？何か起きるの？」

八十吉「ああ、聞いておったんかいな。寄合《よりあい》じゃ。村長さんから寄合を開くからココを開けとくよう連絡があったっちゅうことじゃ。だから一郎も今日は早く社務所の戸締《とじま》りをして寝ることじゃ」

一郎「いやそうじゃなくて」

八十吉「ええなっ！（トきつく言い残して去る）」

一郎「は…はい」

富子「爺さんも気が短くなっとるんじゃ。五年前、座頭《ざがしら》が亡くなった時と同じことが起きるんじゃないかと心配しとるんじゃ。悪いようには言わん。一郎も村に居つくことになったんなら目と耳を塞《ふさ》いで知らぬ存ぜぬで通すことじゃ」

一郎「う…うん…」

五年前と同じだって…？　五年前、コトノの父親は亡くなったが、その死因をボクは病死だと思っていた。コトノから父親は病に倒れて死んだと聞いていたからだが、父親の死因は実は絞殺《こうさつ》だったと後に村長から聞かされていたのだ…。

……………………………

二学期の始まる一週間ほど前…。

村長の家で書類を前に畏《かしこ》まっている一郎。

村長「（書類に印鑑を押して）ヨシ…と。これでワシが一郎の身元引受人じゃ。学校にも通えるゾ」

一郎「はい、ありがとうございます。御恩に報いるよう一生懸命頑張ります」
村長「うム。しっかり頼んだよ。ところで、一郎も村の一員となる訳じゃから知っといても良いだろう。コトノの父親は病死ということになっているが実はそうではない。絞殺《こうさつ》じゃ…首を絞《し》められて殺されたんじゃ」
一郎「殺された…？」
村長「おそらく母親のミレイの手によるものだ」
一郎「そ…そんな…」
村長「座頭は病状回復後、一座を率いて村を出るつもりだったのだ。が、ミレイは言うことを聞かなかった。この村というより、あの神社が気に入ったんじゃろう。座頭の話に耳を貸さず、最後まで駄々《だだ》を捏《こ》ねていたようだ。ある日、ミレイは神楽殿に引き籠《こも》ってしまってな、座頭はミレイを諭《さと》しに中へ入ったそうな。しばらくしてミレイの悲鳴が上がってな。八十吉っあんが何事かと中へ入ると舞台の真ん中で座頭が倒れ、その隣でミレイが笑っていたそうだ。首を絞めた痕《あと》があり、ミレイが持っていた腰紐《こしひも》が凶器だと目《もく》された」
一郎「ミレイ…さんはどうして捕まらなかったんですか？」
村長「コトノが不憫《ふびん》でな…。ミレイはあの通り精神を病んでおるし、母親が逮捕となればこれから先ひとりで生きて行かねばならん。それならミレイを村から出ないよう監視し、我々の庇護《ひご》下《か》に置けば誰も悲しまずに済む、というのが氏子《うじこ》達が出した結論じゃ」
一郎「そのことをコトノちゃんは…？」
村長「知らん筈じゃ。尤《もっと》も勘の良いあのコのことだ。父親の死因を知りながらも生きる為に我々の意に沿うことにしたのかもしれんな…」

……………………………………………………………

コトノが自分達一家は村から出ることが出来ないと言った時の寂しそうな横顔を思い出した。あれには他人には決して洩《も》らせない事情が秘められていたのだ。あの時の、コトノとボクは夫婦になることが運命付けられているという彼女の言葉にボクはのぼせ上がったが、ミレイが父親を手に掛けたという村長の話が本当なら、両親の業《ごう》を背負《しょ》い込んだ少女を果たしてボクは守ってやれるのか、生半可《なまはんか》な気持ちではいられないことを肝《きも》に命じたのだ…。

その五年前と同じ忌《い》まわしい夜がやって来ると聞かされて、ボクの心臓は早鐘《はやがね》のように打ち始めた。コトノもきっと五年前と同じ空気を察していたのだろう、その晩の賄所《まかないじょ》には姿を見せなかった。ボクは黙々と夕飯を済ませるとさっさと自室に籠《こも》り、何が起ころうともコトノだけは守ってやらねば、とまんじりともせずにその夜を見守ることにした。

群青色《ぐんじょういろ》の空に掛かる赤い月…。
森には息を潜めたような静寂がある…。
やがて、ザッザッと玉砂利《たまじゃり》を踏む足音がやって来る。
その足音は規則正しく行進をしているかのようだ。

‘寄合’と称して、村の男衆によって執り行われている風習が、前近代的な村にあった‘夜這《よば》い’のようなものだとボクは理解していた。子供の生存率が低かった時代、男と女の交わりは比較的、自由に認められていた。生まれた子供は村の将来を担《にな》う働き手として、村全体で大切に育てられた。村をひとつの共同体とする考えは、この村の苗字に『裏里《うらさと》』が多いことからも窺《うかが》い知れる。村そのものがひとつの大家族だという精神は、相互扶助を掟《おきて》としており、全てが平等に分けられるが原則だ。それが、例え白拍子の狂女であったとしても…だ。

一郎「（灯を落とした部屋から外を窺《うかが》って）村長さん達は分かっているのだろうか？　今夜は特別な夜だってこと…」

村長には恩義を感じていた。何処の馬の骨とも分からない人間に住む場所を与え、身元引受人になって学校まで通わせて呉れた。もし記憶が戻らなかったら、いつかはコトノと結婚し、この土地に根を下ろすことになるかも知れない。八十吉さんの忠告を無視して外に飛び出し、村長の姿を探したのは、そんな子供なりの処世術《しょせいじゅつ》とも言えるものだった。

一郎「（忍ぶように）村長さん、居ますか？　ボクに手伝えることがあったら何でも申し付けて下さ…」

その場に居た全員が同時に立ち止まり、振り返ってこっちを見た。
何だ？　この顔は？　村人の成りをしているが…知った顔ではない。卵のような白い肌に異様な大きさの黒目が

二つ並び、鼻も口も小さく、顎《あご》も尖《とが》って…人間の顔の形を呈《てい》していないじゃないか！

一郎「（声にならない声で）そ…村長…さ…」

…キィイィ〜ン…。

突然、ガラスを擦《す》るような耳に障《さわ》る音がしたかと思うと身体の自由が利《き》かなくなった。ボクは水面でエサを求める金魚のようにただ口をぱくぱくて、その場で固まった。

…キィィーキューキューピューシィ〜…。

ガラスを擦るような音がラジオのチューニングをしている時のような音に変わった。すると電波の波長が合うかのようにヒトの声に代わって聞こえた。

「さあ、一緒に行こう」「今日はお前にとって記念の日になる」「楽しいことが始まるぞ」「何をしている、早くこっちに来ないか！」

それらは駐在さんの声だったり、学校の先生の声だったり、郵便配達員のシゲルさんの声だったりした。

村長「一郎、お前も一緒に来るんじゃや。これからお前もワシ等と一緒に、この村の秘密を守ってゆくことになるんじゃからな」

一郎「…村長…さん…くそっ…身体が…」

ボクは見えない鎖《くさり》に引っ張られるようにして彼等の最後尾に付かされた。声を上げて抵抗しようにも、身体の自由を完全に奪われ、口を開けることもままならなかった。

一郎「《何だ?…村の男衆は…みっ、みんな、化け物に憑《と》り付かれでもしてしまったのか?》」

彼等に続いて、神楽殿の中に引き込まれた。背後で閂《かんぬき》が掛けられ、見えない力に抑え込まれるようにその場に座らされた。燭台の百目蝋燭《ひゃくめろうそく》が、車座に座った男達の影を水面に澱《よど》む魚影のようにゆらゆらと見せ、いつか見た〝寄合〟の光景を思い起こさせた。

ボクはあの晩以来、夜の〝寄合〟を覗くようなことはしなかった。ミレイが〝寄合〟の度に違う男と夜を過ごしていることをコトノに言う訳にもいかなかったし、村長からミレイが夫を絞殺したと聞かされて、大人の社会には秘匿《ひとく》しなければならない事情が存在するということを学んだからだ。

…八十吉爺さんの言う通り、部屋でじっとしているべきたった…。

今更ながら自分の軽率な行動を悔いていると、「ド〜ン…」と太鼓が打ち鳴らされた。神社幕が揺らめき、金の立烏帽子《たてえぼし》が滑るように舞台に罷《まか》り出た。白の水干《すいかん》に紅袴《あかばかま》…白粉《おしろい》に紅を叩いた顔はミレイだと分からないが、神楽鈴を振りながら、「萌えいづるも　枯るるもおなじ野辺の草いづれか秋にあはではつべき…」と歌う美しい声は確かにミレイのものだった。

男達「ほぉ〜」

感嘆とも溜息ともつかぬ男達の声が上がった。寡默《かもく》な男達の歓喜は渦を巻いて地に引き込まれるかのようにその場の空気を更に重く熱くさせた。

ミレイ「ウ～ヤフタ～アレ…」

唄なのか祝詞《のりと》なのか、意味不明な言葉を口遊《くちずさ》みながら、ミレイは着物を脱ぎ始めた。ミレイの裸身は蝋燭の炎のゆらめきに合わせて、神々《こうごう》しいほどの照りを放った。ミレイの肌から噴き出す汗の甘い香りが、室内に籠《こも》る熱い空気を更に濃密なものにしていった。

ミレイ「ア～…タレヤ！」

何かの合図なのか、一斉に男達は身体を揺すり始めた。隣の男に視線を走らせると芒《すすき》の穂《ほ》のようなものを腹に抱いていた。それは股間から伸び、鳩尾《みぞおち》の辺りでイソギンチャクの触手《しょくしゅ》のようにパクパクと蠢《うごめ》いていた。

一郎「《な…なんだっ？　あれは？　身体から生えているのか？》」

その生殖器のような、アンテナのような薄桃色のモノはミレイの動きに合わせて、まるで意志を持つかのように動いていた。あぁ、何という事だ！　こいつらは人間じゃないのか！？

村長「□●◇◆×△◆×〔我らの救いの巫女《みこ》をコレへ〕」

村長の服を着た、もはや村長の顔をしていない生き物が立ち上がって言った。口を開けて言葉を発した訳ではないのに、そんなようなことを言ったのだと何故か理解出来た。村長が合図をすると葛篭《つづら》〈※大型の衣類箱〉が男達によって運び込まれ、その中から後ろ手に縛られた女が引き出された。

一郎「《あれは？　コトノじゃないか？　どうして彼女が？》」

舞台に寝かされたコトノは起き上がろうとしたが、意識が朦朧《もうろう》としているのか、力なく横になり、それでも頭を振って抵抗する素振りを見せていた。

一郎「《コトノっ！　大丈夫か？　何をされたんだ？》」

何を言おうにもボクの言葉は音にならない。ただ、うぐぐ…と唸《うな》り声を上げているだけだ。それでも「〔コトノに何をしようと言うんだ！　これはあんたが指図したことか？〕」と怒りの声をミレイにぶつけた。彼女は…神社幕の陰で…これまで見せたことのない怒りに満ちた表情で…村長を睨《にら》んでいた。

村長「○×□●◇△◆□×！〔これから…儀式を始める！〕」

村長の合図でコトノの縄が解かれると、男達の手はコトノの着衣を脱がしに掛かった！

コトノ「…あ…ぁ…やめ…て」

一郎　「《止めろ〜っ！！！》」

ボクは言葉にならない声を張り上げると、'身体よ、動け！'とばかりに踏ん張って歯を喰いしばった。口の中に血の味が広がり、ポタポタと鼻血が足元に落ちた。

一郎　「《うぐぐ…ぐッ…コトノを絶対に助けてやる！　あいつ等にこれ以上、手を触れさせてなるもんか！》」

頭の中の血管が切れんばかりに怒りを込め、押さえ付ける見えない力に抵抗するように、ボクは立ち上がった！

ミレイ「私の娘に手を出すことはならん！！」

ソレは降臨した神の声かと思えるほど凛《りん》とした正義の声だった。熱の籠《こも》った社内の空気は一瞬にして凍《こお》り付き、その場に居た全員が何が起こったのか分からない様子で呆気《あっけ》に取られた。

ミレイ「ええい！　下がれっ！」

ミレイはコトノの着衣に手を掛けていた男達に決然と言い放つと、彼等の首根っこを掴《つか》んで右に左に投げ飛ば

した。それからコトノの着衣を直し、仁王のように一同に睨《にら》みを利かせた。そこには浮世離れして見えたこれまでのミレイとは違い、正義の鉄槌《てっつい》を下す厳然《げんぜん》とした正気があった。

村長「×●△◆□◎×！〔邪魔をするな！〕」

村長の成りをした生き物はミレイを威嚇《いかく》するように腰のイソギンチャクを突き出すと、カ～ッと目を剥《む》いた。キィ～ンという耳を劈《つんざ》く金属音で大太鼓の皮がビリビリと震え、百目蝋燭の炎が大きく吹き上がった。だがミレイは臆《おく》することなく村長の腹に蹴りを放った。バシャリとヨーヨーが破裂するような破裂音がして、村長はその場に蹲《うずくま》った。

ミレイはコトノの手を取ると、瞬時の出来事で事態が呑み込めずにいる男達の間を割って、ボクの所までやって来ると、コトノの掌《てのひら》をボクの手に重ねた。

ミレイ「（封書を取り出し）ここに全てを書いておきました。この娘《コ》を連れて村を出るのです、今すぐに！」

一郎「《…ミレイさん…一体…何…が？》」

ミレイ「（コトノの頬《ほお》に触れ）さよなら、コトノ。お母さんはここに残るわ。一郎君、どんなことがあってもコトノを放さないって約束出来る？」

一郎「（何度も頷《うなず》くだけ）」

ミレイ「裏山にある二本松を目指して、行きなさい！　そこからなら村を出られます。（一郎の額に手を当てて）

キィ〜エイっ！　さあ！」

ミレイがボクの額《ひたい》に掌《てのひら》を当て圧を加えるとボクの身体は自由を取り戻した。彼女は行く手を阻《はば》もうと迫る男達の腹を蹴り上げながら、「早く行きなさいっ！」と怒鳴《どな》った。ボクは扉の閂《かんぬき》を外すと、コトノの腕を取って表に出た。ミレイは襲い掛かろうとする男達を牽制《けんせい》しながら扉に手を掛け、最後にもう一度、コトノに「幸せになるのよ」と言って扉を閉めた。

コトノ「あ…あぁ…お母さん…が…」

一郎「もう中には戻れない！　ほらっ、あっちからもやって来た！」

村の女達が鳥居《とりい》の向こう側からザワザワとやって来るのが見えた。もはやぐずぐずしてなどいられなかった。ボク等は社殿の裏手から裏山に入った。所々の木の枝にミレイが残したと思われる、蹴出《けだ》しを裂いたような布切れが結んであり、それを目印に懸命に斜面を駆け上って行った。

目印の二本松に辿り着いた時、眼下の神楽殿で火の手が上がるのが見えた。ボクは胸の内で、「コトノを守って生きていきます。どんなことがあっても絶対にこの手を放しません」と誓うと、開け始めた東の空の下を目指して山を下って行った…。

……………………………………………………

三十五年後…。
ロケバスの中でメイクを落としている真行寺《しんぎょうじ》 悟《さとる》 の元へ番組プロデューサーの加瀬敏夫《かせとしお》が挨拶に訪れる。

加瀬「先生、お疲れさまでした。今、警察が到着して現場検証に入りました」
悟「ご主人の山岡さんは落ち着かれましたか？」
加瀬「ええ。今、警察立ち会いの下《もと》、遺体の所持品確認を行っています」
悟「そうですか。辛《つら》い結果になりました…」
加瀬「何処かで生きているという希望は潰《つい》えましたが、行方不明だった奥さんを探し続けて十年。山岡さんも納得しているようです。人助けになったといって良いんじゃないですか？ じゃ、先生、次回も宜しくお願いします」
悟「こちらこそ…お疲れさまでした」

春と秋のスペシャル枠《わく》で放送される、『木曜特番！ COSMIC PSYCHICER《コズミックサイキッカー》 真行寺悟の追跡簿！』というボクの名前を冠した失踪者捜索番組も今回で五回目になる。第一回目の放送が終わると、その捜査能力は推理か霊視か、はたまたヤラせか、など多様な意見が寄せられたが、今ではボクの予知能力は或る程度本物であるという評価で落ち着きつつある。これはプロデューサーの加瀬敏夫の考えに沿ったもので、番組内で事件を完璧に解決してみせる必要はない、という構成上の演出によるものだった。

加瀬「コレはエンターテイメント番組なんです。番組の性質に適《かな》った依頼しか引き受けませんし、捜索を打ち切らざるを得ない、といった結末でも良いんです。先生の霊視の力は私が十分承知してますが、ここは当たるも八卦《はっけ》、当たらぬも八卦でいきましょう…」

確かに家族が集《つど》う日曜日の夕食時に、最初から最後まで難しい顔をして他人の身に起きた不幸を詳《つまび》らかにすることはないだろう。タレントや文化人がスタジオで盛り上がる中で、ほんのひと匙《さじ》の真実を紛《まぎ》れさせて、捜索現場の臨場感を楽しめさえすれば良いのだ。

その日の夜更け…。
ロケ地から熱海の別荘に向かう車を運転する悟…。

昨日、父から、「新しいカードが出来たから取りに来なさい」と連絡があった。ソレは母の頭の中に浮かぶ風景を描いたもので、イメージや物語が描かれたカードを解釈するタロット占いに使われる画に近いモノだ。ボクの霊視はこの母親の描く画のイメージから得るもので、ボクが六歳の頃、母と一緒に画を描いているうちに芽生《めば》えた力だった。この力はボクだけのもので、父が母のカードに触れても、父曰《いわ》く、'ウンともスンとも言わない'のだそうだ。

そう…真行寺悟ことボク、杉下悟《すぎしたさとる》が『COSMIC PSYCHICER』としてヒトが持つ運命を読み解く力を発揮するには、母が描くカードはなくてはならないものだった…。

…………………………………………

ある夏の夜の杉下家の風景…。

小学校二年生の悟が父親の杉下浩介と縁側《えんがわ》でスイカを食べている。

夫婦の部屋から母親のコトノの唄声が聞こえている…。

コトノ「♪…萌えいづるも　枯るるもおなじ　野辺の草　いづれか秋にあはではつべき…♪」

悟　「…お母さん、今日は気分が良いみたいだね」

浩介　「うん。体調が良いんだろう。あの唄はお母さんのお母さん、お前のお婆ちゃんが良く唄っていた唄だよ」

悟　「お婆ちゃんかぁ…どんなヒトだったの？」

浩介　「お母さん以上に綺麗なヒトだったぞ。しかも勇気のある立派な人だった…」

二〇数年前、'悟にもお婆ちゃんのことをそろそろ話して置くべきだな' と言って父は母との出逢いの話をして呉れた。その話の内容はボクの目を輝かせるのに十分空想的で、ボクは布団に潜る時間を忘れて、父の話に聞き入った…。

浩介　「…そこは地図にも載っていない村だったんだ。お婆ちゃんがそれからどうなったか知りたくて、記憶を頼りに何度か行こうとしたんだが、とうとう辿《たど》り着くことは出来なかった…」

それは、顔の尖《とが》った、目が異様に大きい、腹からイソギンチャクのような触手《しょくしゅ》が生えている種族が支配する村の話だった。漫画や映画みたいな話の内容にボクは興奮したが、心の中で最後には父が、'さあ、お伽噺《とぎばなし》は終わりだ。もう寝なさい'と笑って終わるに違いないと思っていた。

だが、父は真面目な顔をして、話に出て来たお婆ちゃんが父に託したという手紙を持ち出して読み聞かせた。その手紙には母親というものは子供の為なら如何《いか》なる犠牲も払うことを厭《いと》わない、という強い意志と愛情が溢《あふ》れており、当時の父と母の境遇を考えると、その話はきっと本当のことなんだと納得するのに十分な真実味があった…。

～ミレイから当時の'一郎'へ宛てた手紙～

『一郎君へ

私はあなたに謝らなければなりません。と言うのもあなたをこの村に呼び込んだのは私だからです。実はこの村は結界で守られていて、外部の人間の侵入を許さないのです。あなたとあなたのお父さんが乗った車の音を偶然聞いた私が唄で呼び込んだのです…。（中略）

この村の人間の実体は私も良く分かりません。神社に残されていた『村家数人別付牛馬員数帳《むらいえすうにんべつづけたりぎゅうばいんずうちょう》』によると明和《めいわ》元年、一七六四年以降の記録がぷつりと途絶えていることから、彼等が村に定住したのはその頃だと思われます。では彼等は果たして何者なのか？　彼等の形状から分かる通り、彼等は地球上の人間とは別の生き物であることは間違いありません。これは私の推測なのだけれど、彼等はその昔、地球に漂着した異星人の末裔《まつえい》で、今尚以《いまなおもっ》て故郷の星からの迎えを待っているのではないかと思うのです…。(中略)

彼等は通常は地上の人間と変わらない生活をして暮らしています。ただ満月の夜の時だけ神楽殿《かぐらでん》に集まり、彼等の中の一人を私に選ばせます。何故か私には彼等の中で弱っている者の発するオーラが見えるので、その者を回復させる行為の手伝いをするのです。彼等は私の頭に腹から生えた触手《しょくしゅ》を被《かぶ》せ横たわります。それは私という媒体《ばいたい》を通して宇宙からエネルギーを得ているようでもあります。私の横で彼等の腹が膨《ふく》れていき、触手から水を大量に吐き出した時点で終わりになるのですが、それは身体に溜め込んだ毒素と宇宙からのエネルギーを交換することで、元気を取り戻しているようでした。その晩、私が相手した男の家庭から往々にして子供が生まれることから、男を通して女達にも何らかの影響を与えているとも思えるのです。つまり彼等が私をこの村に留め置く理由…それは彼等がこの地球上で生息する為のエネルギーの浄化作用の手伝いをさせる為なのです…。(中略)

では何故、私がそんな異様な行為に加担《かたん》しているのか。それは私自身もこの村にいることで精神の正常を保っていられるようになったからなのです。それはもしかしたらこの村のガスがもたらす特殊な作用なのかも知れません。私はガスの出所を探して、村を囲む山に何度か入りましたが、その都度《つど》、道に迷っては戻って来るという繰り返しでした。しかし、ある時、台風の影響で風の流れが変わり、ガスが晴れた日が一日だけありました。私は山に入り、とうとうガスの出所を突き止めたのです。そこは小さな噴火口のような場所で、中には気泡がボコボコと音を立てている池がありました。良く見ると水中には銀色の丸い飛行機のような物体が沈んでいるのが分かります。ガスは池の水面から湧き出しており、その物体の影響を受けて水蒸気が発生し、この村の山々を覆う

果たしていたのです…。(中略)

靄《もや》となっていたのです。このガスこそ、村に入ろうとするヒトの方向を狂わせ、村と外界を遮断する壁の役割を果たしていたのです…。(中略)

私が彼等と共存する道を敢えて選んだのは、村に居る限り、精神的な平常を保ちながら娘のコトノの成長を見守ることが出来たからです。それは私にとって何事にも代え難い喜びでした。しかし、コトノが成長するにつれ、私は娘の身を案じなければならなくなりました。コトノの中にも私と同じ因子(それは白拍子として神と繋がる力のことを言うのですが)があるなら、彼等はきっとコトノを私と同じように使うようになるという恐れでした。もしその時が巡って来た時、コトノを助ける人間の手が欲しかった…。私があなたをこの土地に呼び寄せた理由はそこにあったのです。しかし、「あの少年を村に住まわせよ。これは白拍子のお告げである」と言ったところで、彼等は外部の人間を安易に受け入れようとはしません。にも拘《かかわ》らず、あなたがこの村に受け入れられた理由…それはあなたにも彼等と同じ血が流れているということが分かったからなのです。そう、あなたのお母様はこの村の出身だったのです。昔、山に迷い込んだあなたのお父様を追って、村を抜けた人間だったことが巡査の調べで明らかになると、村長はあなたを受け入れることに同意したのです。

あぁ、まもなく赤い月の夜がやって来ます。この夜は彼等が一番、狂暴になる日でもあります。五年前の晩、彼等は私をこの地に留める為に、コトノの父親を手に掛けました…。(中略)

もし、この手紙を読む機会があるとしたら、それはあなたがコトノと一緒にこの村を脱出した時です。村を出たなら、あなたはきっと記憶を取り戻しているかも知れません。一方、コトノには私と同じような精神の病を発症する日がやって来ないとも限りません。でも、どうかお願い…コトノを見放さないで。私にはあなたにコトノの未来を託《たく》すことしか術《すべ》がないのです。私は…命を賭《か》けてあなた達ふたりの幸せをずっと見守っていますから…
だから…どうか…あの子を守ってやって…』

……………………………………

再び、現在…。
悟の車が別荘の敷地に入る。
車の音を聞いた父親（杉下浩介）が悟を迎える。

浩介「よお。遅かったな」
悟「（車から降りて）ウン。道路が混んでた。母さんは？」
浩介「もう休んだよ。お前が来るというので頑張っていたが、さっきな」

この別荘はボクが両親にプレゼントした家ではない。父は苦労して大手建設会社の管理職まで昇《のぼ》り詰めていたし、母は画廊から請《こ》われて個展を開くほどの画家なのだ。

悟「カードは？」
浩介「ああ、出来ているよ。アトリエに飾ってある」
悟「飾ってある…？」

母親のアトリエに入るふたり。
イーゼルに十二枚に分断されたカードが並べられている。

悟　「これって？」
浩介「今回は趣向が少し違うようだ」
悟　「（細部を観察して）カード一枚一枚は独立した画になっているんだけど…こうして並べると一枚の地図になるんだね」
浩介「そうなんだ。この地図に父さんは覚えがある。これは…昔、お婆ちゃんと母さんが住んでいた村の地図になっているようだ」
悟　「何だって？」
浩介「良く見ると地形はそのままなんだが村の様子が様変わりしている。昔とは違って近代的になっているんだ…そして、ココを見てご覧（下村の東の外れを指す）」
悟　「あっ、神社だ。野外に組んだ舞台で舞が舞われている様子が描かれている」
浩介「舞を舞っているのは白拍子《しらびょうし》だよ。神楽殿《かぐらでん》がないから、野外で舞っているんだ」
悟　「ふ～ん…この白拍子《しらびょうし》、立烏帽子《たてえぼし》の下の髪が真っ白になってるネ…」
浩介「悟…この絵から何か見えて来るものがあるか？」
悟　「うん…やってみるよ…（掌《てのひら》を翳《かざ》すとじっと画を見る）」

浩介「…どうだ？」
悟「ああ…ビンビン感じる…。数字だね、これは。どうやら緯度と経度みたいだ」
浩介「地図の場所を表しているのか…とすると、この風景は母さんがお婆ちゃんから受け取ったメッセージを画に起こしたものかも知れない…」
悟「メッセージを受け取ったって！　お婆ちゃんは生きているってこと？」

♪…萌えいづるも　枯るるもおなじ　野辺の草　いづれか秋にあはではつべき…♪
二階のコトノの部屋から唄が聞こえる…。

浩介「（二階を見上げて）この画を書いている間もああやってずっと歌っていたんだ。まだ交信が続いているのかも知れない…」
悟「交信って…お婆ちゃんが…送っている…？」
浩介「もしそうだとしたら…どうだ？　行ってみないか？　お婆ちゃんに会いに、母さんを連れて…」
悟「えっ！！」
浩介「お婆ちゃんが交信を始めたってことは…あのヒトのことだ、今はあの村を治《おさ》めているんじゃないかと思うんだ。母さんと父さん、そしてもしかしたら居るであろう孫の顔を見たくて場所を特定出来る情報を送っているんだよ。ウン、きっとそうに違いない。お婆ちゃんほどのヒトなら村の盟主《めいしゅ》になっていてもおかしくない…」
悟「…父さん、会いに行きたいんだね、お婆ちゃんに…」
浩介「そうさ。お婆ちゃんは母さんの幸せを願って狂女のフリを続け、身を挺《てい》して父さんと母さんを逃がして呉れたんだ。父さんがこれまであらゆる苦難に打ち勝って、ここ迄やって来られたのもお婆ちゃんの勇気に応《こた》えたいという想いがあったからなんだ…（つと頬《ほほ》に涙が伝う）」
悟「…そう…。（決心したように）行こうよ、父さん、母さんを連れて。そこに行けばお婆ちゃんがそうだったように母さんも正常を取り戻すかも知れないよ。お婆ちゃんと一緒にそこで暮らしたって良いじゃないか。ボク達、何も失うものなんかないさ…」

♪…萌えいづるも　枯るるもおなじ　野辺の草　いづれか秋にあはではつべき…♪
悟の言葉に応《こた》えるようにコトノの歌唄が…遠い空を目指すように…細く高く…舞い昇って…。

（終わり）

愛と魔の在処《ありか》にて

主な登場人物……渡辺多美《わたなべたみ》　渡辺家　四女（十六歳）
渡辺繁美《しげみ》　渡辺家　三女（二十三歳）
渡辺亜美《あみ》　渡辺家　次女（二十九歳）
渡辺豊美《とよみ》　渡辺家　長女（三十三歳）
イアン＝ホワイトリー　旧外国人居留地の相続人
その他　多美の母親・友人・レストラン神戸亭の主人／女給・市の関係者など

街の外れに位置する大岡山公園《おおおかやま》の正門を出たところに瀟洒《しょうしゃ》なフレンチレストランがある。厳密に言うと大岡山公園の敷地の中になるのだろうが、どういったいきさつで市の土地に建てられたのかは不明だ。レストランは神戸亭《こうべてい》と言い、夕方になると大岡山の森の陰で、趣《おもむき》のある雰囲気を醸《かも》し出し、この街のデートスポットになっていた。

いつの頃か、神戸亭でディナーを食べた後、大岡山の頂上まで上り、夜景を見ながらキスをすればその恋は成就するという話が学生の間でまことしやかに語られるようになった。男子学生がアルバイトを始め出したら、それは気になる娘《コ》を神戸亭に誘う為に違いないとやっかまれたものだ。それが…今春、大岡山公園の頂上に街を見下ろす大観覧車が出来たことで状況が一変した。他の街からやって来るカップル達で十八席という店内はいつも

満席になり、ディナーメニューはコースのみという大人向けの価格に設定されてしまったのだ。これではお金のない学生にとって神戸亭での食事は更に高嶺《たかね》の花になり、この街の学生達の夢と希望は一気に萎《しぼ》んでしまったのだった。

多美「…ええっ？　真逆《まぎゃく》の結果…？」
友達「うん。タウン誌のアンケート調査で過去一〇年遡《さかのぼ》って調べてみたら、神戸亭でディナーを食べ、大岡山公園でキスをしたカップルがゴールインした例は殆《ほとん》どないんだって…」
多美「嘘お〜。殆どないって言ったって…ウチのお姉ちゃんふたりはちゃんと結婚したし、すぐ上のお姉ちゃんだって彼氏作ったし…」

あたしが晴れて高校生になった時、タウン誌に『大岡山カップル伝説の検証』という記事が掲載された。これでは、高嶺の花どころが神戸亭で食事をする理由の根幹が壊れてしまったも同然だ。

多美「（溜息を吐《つ》いて）はあぁ…何の為にコツコツとお年玉を貯めて来たんだろ…」

あたしは四人姉妹の末っ子で、上の二人のお姉ちゃん達は皆、高校在学中に神戸亭で食事をして、大岡山公園でキスをするという王道デートをして結婚まで漕《こ》ぎ着けた。これは極めて平凡な顔立ちをした渡辺家の姉妹にとって奇跡的なことで、大岡山公園で告白してキス出来るかどうかによって人生設計が大きく変わると、あたし達

姉妹の間で申し伝えられて来たことだったのだ…。

繁美「（電話で話を聞いて）…神戸亭がオープンした時はちょっとしたブームになったもんねェ。豊美ちゃんは超が付くほどの人見知りでしょ、亜美ちゃんは潔癖症で、あたしは何でも理詰めで考えないと気が済まない性質《たち》だし。そんなあたし達が高校時代に彼氏を作ることが出来たことは確かに奇跡的なことだったわ。あぁ、初カレと食べた神戸亭のカツレツの味が今でも忘れられないワ…」

長女も次女も家庭持ちなので、あたしの話を聞いて貰《もら》うのは静岡の大学で研究を続けている三女の繁美姉《ねえ》になる。彼女は高二の夏、興味本位から彼氏を求め、年明けには大学受験に彼氏はいらないと切って捨てたエゴイスティックな女だったけど、静岡に引っ越してからもモテ期は続いているみたいだ。

繁美「…とするとこんな都市伝説めいた話、あたし達三姉妹の為にあったようなものね。大岡山を港が見渡せる公園にしたのが豊美ちゃんの時、それから亜美ちゃん、あたしと続き、多美ちゃんの時に観覧車が出来て、終止符が打たれちゃった訳か…」

多美「ウチからゴールインしたカップルが現に二組も出たって言うのに。何よ、あの記事…」

繁美「（少し考えて）ねえ、そのタウン誌って神戸亭の広告とか入ってない？」

多美「うん、見開き半ページで広告出てるよ」

繁美「結構、大きいわね…それって、あるいは…捏造《ねつぞう》記事なんじゃないかな?」
多美「捏造記事って? ヤラセってこと?」
繁美「そう。あたしの頃は学生の客は二割くらいだったけど…それが段々、学生カップル御用達のレストランみたくなっちゃったし、ディナーメニューもコース料金だけにしたのも学生客を排除する為だったのかも。元々は静かで落ち着いた雰囲気の隠れ家的なレストランだったんだし…神戸亭の店主が一計を案じたって事もあり得るワ…」
多美「う〜ん。あの神戸亭のご主人が…そんなことするかなぁ…。若いお客さんを締《し》め出すようなこと…」
繁美「少なくとも売上優先の店でないことは確かね。シェフのお爺《じい》さんと愛想《あいそ》のない給仕のオバさんのふたりだけの店だもの」

あたしは神戸亭で二度食事をしたことがある。豊美姉、亜美姉の結婚相手を囲んで家族全員で食事会が催《もよお》された時で、厨房《ちゅうぼう》から品の良さそうなお爺さんが出て来て、店からお祝いにと赤ワインをサービスして呉れたのだ。繁美姉が言う愛想のない給仕のオバサンは、お爺さんの奥さんとかではなく、長い間一緒に働いている同僚《どうりょう》といった感じのヒトだ…。

多美「ねえ、大岡山カップル伝説って、ディナーを食べるのは神戸亭じゃないと成立しないのかな? 街のファミレスや他のレストランじゃ駄目なのかな?」

繁美「あはは。二〇〇メートル走でゼロコンマ何秒のタイムを縮めることに身を削《けず》っている'部活の女'としては尤《もっと》もな意見ね。やっぱり神戸亭のあの立地が効いているのよ。食事の後で風に当りながら坂をのんびり歩くってことから伝説は始まるんだなぁ…。こう…指と指が触れちゃたりして…お互いにどんなタイミングで手を繋《つな》ぐんだろう、なんてね。そのドキドキ感が堪《たま》らないんだなぁ」
多美「う〜ん、実際、繁美姉の場合はど〜なの？　あの時のマサヒコ…君だっけ？…受験の為だからってフッちゃってさ、元を辿《たど》れば、そもそもあれから大岡山の神通力《じんつうりき》にケチが付いたんじゃない？」
繁美「ええ？　全部あたしの所為《せい》？　面白いこと言うわねぇ…神通力かぁ…（ト何かを思いあぐねる）」
多美「…もしもし？　どうしちゃったの？　何かマズいこと言っちゃった？」
繁美「いえ…そうじゃなくて…。そのマサヒコがさ、ＳＮＳで連絡して来たのよね」
多美「ええ〜っ？　それってまさか…焼《や》け木杭《ぼっくい》に火って奴？　神通力は活きてるってこと？」
繁美「（笑って）こらこら、早まらない早まらない。その予定はないから…。ただ大岡山のパワースポット説は検証してみる必要があるかもね」
多美「パワースポット？」
繁美「日本の場合、民間信仰の対象になっている神社仏閣や山岳を言うことが多いんだけど、ヒトの信仰を集める場所って地磁気《ちじき》が強かったりするのよね」
多美「ふ〜ん、そうなんだ」

それからパワーストーンとか占星術とか果ては方位除《ほういよ》けの話まで繁美姉の話は及んだ。このヒト、バリバリの理数学者で地震予知研究所というトコに籍を置いているんだけど、よくもまあこんなことまでって思うほど色々なことに精通《せいつう》していて…二〇〇の短距離走でゼロコンマ何秒のタイムを縮めることに身を削っている'部活の女'としては、「へぇ〜」と気の抜けたような相槌《あいづち》を打つことしか出来ない訳で…。

繁美「…断層の形状の繋がりから言うと…磁場を形成する単位エルステッド値が…ちょっとォ、起きてるぅ？」
多美「（寝呆《ねぼ》けて）あう？　あっ…ひィ」
繁美「もう、これだから全身筋肉女はァ。モテる気配ゼロね。とにかく亜美ちゃんに大岡山の歴史について訊《き》いてみることね。パワースポットについてヒントになるようなこと知っているかもヨ…」

次女の亜美姉は地元の市役所の職員だった。大岡山に観覧車を建てる計画が興《おこ》った時には、都市整備課に配属されていたし、確かに亜美姉に訊いてみるのが一番なのかも知れない…。あれっ？　あたしにどうやったら彼氏が出来るんだろう？って話からどんどん遠ざかっていくような気がするんだけど…。

亜美「（電話に出て）多美ちゃん、どうしたの？　お婆ちゃんがどうかした？」

あたしが電話すると次女の亜美姉は決まって挨拶のようにこう言う。祖母の竹子《たけこ》は亜美姉の勧めで市が提供する「徘徊高齢者位置情報サービス《はいかいこうれいしゃいちじょうほうサービス》」を受けていてＧＰＳ端末機を持たされていた。

多美「ううん、お婆ちゃん、最近、落ち着いているから大丈夫。あのさ、大岡山のことなんだけどさ…」

あたしの話が祖母の竹子の話ではないと分かると亜美姉は、「ちょっと待って、コーヒー持って来るから…」と言って携帯を置いた。さすが、姉妹同士…あたしの話が長くなるのを疾《と》うに察しているのだ。

亜美「…パワースポット？　大岡山が？　繁美がそう言ったの？」

多美「神戸亭で食事をして大岡山公園に上るとカップルになれるって言うのがちょっとした都市伝説になってたでしょ？　そういった伝説には何か理由がある筈《はず》だって言うのが繁美姉の考えで…。市役所の都市整備課にいた亜美姉なら何か知ってるんじゃない？ってことなんだけど…」

亜美「パワースポット…か。バリバリの理数系なのに昔からオカルト好きなトコがあったからなァ、繁美って」

多美「神戸亭が駄目なら彼氏を作る新しい方法を見つけなきゃならないし…」

亜美「（考えて）ううん…。確かに、あたし達姉妹の中で多美ちゃんだけに寂しい思いをさせるのも可哀相《かわいそう》ね。（思い切って）これは絶対に他言無用よ、豊美ちゃんにも繁美にも言っていないって言うか、役所の中でもほんのひと握りの人間しか知らない話だから…約束出来る？」

多美「（ちょっと引いて）う…うん、勿論」

潔癖症の亜美姉との約束を破ったらどんなに恐ろしいことが待ち受けていることか…。同じ屋根の下で生活し

ていたら三か月は口を利《き》いて貰《もら》えなくなる。その繁美姉が噛んで含めるようにして教えて呉れた話とは…大岡山が市の公園として造成された経緯と今春開業された観覧車にまつわるものだった。

亜美「大岡山は元々、イギリス人貿易商B・H＝ホワイトリー氏の持ち物だったてことは知ってるでしょ？」

多美「ウン。公園の入り口にある看板に大岡山の歴史が説明してあるもん…」

イギリス人貿易商バートラム・H＝ホワイトリーは戦前に活躍した地元の名士で、大岡山の邸宅はホワイトリー氏の住居として昭和六年に設計された。第二次世界大戦前まで住宅として使用されたが、戦後、遺族より宗教法人カトリック・フランチェスコ会に移譲《いじょう》され、セント・フランチェスコ・インターナショナル・スクールの寄宿舎となった。平成十六年に市の区画整理事業の一環として土地の三分の二が市に返還、街を見下ろす大岡山公園として造成され、平成二十五年に建物を含む残りの三分の一が拡張区域として買収された。

亜美「あたしは四年前に市役所の都市整備課の職員として部長ともども建物の移譲に立ち会ったのだけど…」

アメリカ人建築家R・J＝モルガンの設計による、ふたつの青い尖塔《せんとう》を持つ歴史的にも貴重な木造建築を市側は、建築当初の状態に復元・改修して一般公開する予定だったが、宗教法人カトリック・フランチェスコ会の代理人でB・H＝ホワイトリー氏の孫でもあるニコライ・ホワイトリーは移譲に際して、意外な条件を提示した…。

亜美「…ニコライさんが出した条件というのは…建物を壊すこと。そしてその跡地には観覧車を建てること…だっだの」
多美「ええ？　あの観覧車は持ち主の方から出た話だった訳？　普通、建物を残して欲しいと言って来るのは先方の方だと思うんだけど…」
亜美「それが言うに言われぬ事情があったの。実は…（ト言い掛けて）やはり止めましょう。ちょっと多美ちゃんには刺激が強すぎるし、興味本位で語る話ではないから」
多美「そんなぁ、そこまで言い掛けて置いて…」
亜美「ゴメンね。ただ、観覧車を建てて欲しいという故人の意思が働いたということは知って置いてもいいわ」
多美「故人の意思って…。観覧車は亡くなったヒトの遺言か何かで建てられたってこと？」
亜美「まあそう言うことね」
多美「とすると…そこに繁美姉が言うオカルティックな要素が入り込む余地がありそう。神戸亭で食事をしなくても、観覧車に乗って告白すればカップルになれるとか…」
亜美「（呆《あき》れて）やれやれ…恋したい乙女の想像力には付いて行けないわネ。まあ、大岡山公園で告白してゴールインした数少ないカップルの代表として、渡辺家の四女に街の若者達の未来を託《たく》しましょ」

大岡山公園の閉門時間は夜の一〇時だ。観覧車の営業は夜の九時迄で、搭乗受付は八時四十五分の回が最終になる。閉門と同時に観覧車のイルミネーションが落とされると、街を見下ろす山の中腹《ちゅうふく》は森の陰に埋もれ、正

門横にある神戸亭の灯りさえ、海上の漁火《いさりび》のように心もとなさそうに瞬《またた》いて見える…。亜美姉の話を聞いたら喧《けん》騒《そう》を解かれた公園の風情が、余計に曰《いわ》く有り気に思えてしまったんですけど…。

それから暫《しばら》く経ったある日曜の午後…。

多美「ねえ、高津クン。明日って練習休みじゃない？　どう？　学校帰りに大岡山の観覧車に乗ってみない？」

あたしが陸上部の同級生の高津孝臣《たかつたかおみ》を観覧車に誘ったのは、秋季地区大会が終わった帰りの電車の中だった。あたしは二〇〇の短距離走で自己記録を更新して入賞したこともあり、いつにも増して気が大きくなっていたのだ。

高津「えっ？　何だい？　いきなり…。ンなことしたら、周りの連中から付き合ってると思われないか？」

多美「（焦って）ははは。あたしと高津クンの間でソレはないでしょ。チケット代はあたしが持つからさ、向学《こうがく》の為に乗ってみない？　今や、大岡山の観覧車はカップルのメッカになってるし…。それとももう乗っちゃったとか？」

高津「いや、練習でそんな暇なかったよ」

多美「だったら良いじゃない？　ほら、例の彼女との予行練習のつもりでさ」

高津「言って呉れるよな…。ウ～ン、どうしようかな？　そうだな、行ってみるかな」

高津クンは同じ陸上部の幅跳びの選手で、気性が合うと言おうか、気兼ねなく話せる同志みたいな存在で、本人から同じクラスの伊東亜矢子に片想いしているという話も聞いていた。そこで、練習という言葉に否《いや》も応《おう》もなく従ってしまう部活の人間の習性を利用して、観覧車に付き合って貰うことにしたのだ。

多美「じゃ、明日の夕方六時に観覧車乗り場で。よろしくね」

豊美姉や亜美姉の夫君《おっときみ》である義理の兄達が言うには、大岡山でデートする前はそれほど盛り上がらなかった気持ちが、デート後には二人の出逢いが運命的なもののように思えたんだそうだ。とすると…明日の高津クンとのデートでひょっとするとひょっとするかも知れないということもあり得る訳で…。

多美「（自分に言い聞かせるように）もしかしたら、高津クン、あたしを好きになっちゃったりして…」

ぶっちゃけ高津クンはイケメンの部類だし、もしそうなったら結構、満更《まんざら》でもない訳で…なんて、大岡山のパワースポット検証という目的はどこへやら、その夜は初デートの前の日の乙女よろしく妄想が膨《ふく》らんで眠れなくなっちゃったんだけどね…。

翌日の午後六時を過ぎた頃合い…雲が低く垂れ込めた夕刻。

人気のない観覧車乗り場で高津を待つ多美。

多美「やっだなぁ、アイツ。忘れちゃってんのかな？」

いきなり出端《ではな》をくじかれた。乙女からの誘いを放っぽり出すなんてあの高津クンがするだろうか？　悪いことに、メルアドもＳＮＳのアカウントも交換していないので連絡の取りようもない。イライラしながら三〇分待ったが高津クンはおろか一般客もやって来る気配がなかった。

多美「まさか、すっぽかされたってこと？　もう最悪！　伝説がどうとかいう前にあっさり撃沈《げきちん》じゃん…」

あとで聞いたトコによると高津クンはちゃんと大岡山公園の正門まで来たそうだ。けど『本日施設点検の為、観覧車休止致します』という案内の貼り紙がしてあって門が閉じていたから引き返したんだそうだ。え〜、あたしが六時二〇分前に通った時は、そんな貼り紙なかったたし、いつも通り門は開いていたんだけど…。

多美「あ〜あ、今更帰るのも寂し過ぎるし、せっかくだから乗っていこうかな…」

発券機でチケットを買い、プラットフォームの鉄階段を上る多美…。

多美「お客さん一人でも動かして呉れるのかな？　ってか、誰もいないんですけど…」

監視ＢＯＸに常駐スタッフが居るもんだとばかり思っていた。でも誰も出て来る気配もなく、人影だけが曇り

ガラス越しに見えていた。

多美「（監視ＢＯＸを覗き込んで）あのう、すいませ…あっ！！」

ヒトの姿に見えたのはハンガーに掛かった雨合羽《あまがっぱ》だった。客がいないのでトイレ休憩にでも行ってるのだろうか？　観覧車を動かす人もいないし、客もいないんじゃ、話にならない！　しかもサ〜という音を立てて小糠雨《こぬかあめ》までが降り始めて…。

ブーンと電流の流れる音がして観覧車の照明がバチンと音を立てて点《つ》く。

ガコンガコンとゆっくり回り始める観覧車…。

多美「やだ、何？　動いた？　（仰《の》け反《ぞ》るようにして見上げて）んっ？　ヒトがいる？」

上昇するゴンドラの中に白いワイシャツが垣間《かいま》見えた。あたし以外に客はいないし…もしかして、先乗りしたヒトがずっと閉じ込められていたとか？

多美「スタッフがいないんじゃ、乗りようもないし…。あのヒトが下りてくるまで待ってみようかな？」

大岡山の森から湧き出したように靄《もや》が周囲を包み込み始めていた。肌寒くなって来たし、今日はもう帰りたか

ったけど、あの白いワイシャツのヒトがここのスタッフなら、チケット代四五〇円を返金して貰えるかも知れない。そう思って、ゴンドラが下りて来るのを待っていたのだが…。

多美「ん？　まだ下りて来ない…。（目を凝《こ》らして）あれっ？　まだあんな所にいる…」

一番上の黄色い色のゴンドラに白いワイシャツ姿の背中が映っていた。早く下りて来ないかな、と目を離さないでいたが、観覧車は動いているにも関わらず、白いワイシャツは一番上のゴンドラから動くことはなかった。

多美「おっかしいな？　雨合羽がヒトに見えたみたいにゴンドラの窓に何か映り込んでいるのかな？　あ〜もう〜雨と靄で視界がどんどん悪くなってゆく…」

靄は観覧車の鉄塔の半分ほどの高さにまでなっていた。煙《けぶ》る雨靄で森の梢《こずえ》の間から見える街の灯りも心細そうに瞬《またた》いて見える。ところで神戸亭の灯りは何処だろ？　ああ、ここからだと見えないのか…ってか、神戸亭って月曜日が定休日だったっけ？　ウキウキ気分で来たから、神戸亭のこと全く気にしていなかった…。

多美「亜美姉に文句言ってやろ。観覧車の管理が全然なっていないって！」

不平たらたらで観覧車乗り場から出る多美。
バリバリバリと雷が空を叩き、蛍光灯のように空を明るくする。

多美「ギャッ！　やばいっ！」

もう、観覧車デートが神戸亭に代わる伝説のデートコースになるかどうかという検証どころの話じゃなくなった。観覧車の鉄塔に落雷するんじゃないかと思えるくらいの稲妻にあたしはその場から逃げ出した。稲妻の閃光《せんこう》が一番上のゴンドラの中に居る白いワイシャツ姿の人間をもう一度映し出したが、坂道ダッシュし始めた自分の足を止めることなど出来なかった…。

翌週末の夜…。

自室で三女の繁美に電話で報告している多美…。

繁美「…ええ？　その高津クンってコ、陸上部を辞めたの？」

多美「うん。この間の大会で入賞逃がしちゃって…。限界感じたんだってサ」

繁美「ありゃ、脈ありそうだったのに残念だったわね」

多美「（焦って）そんなんじゃないんだってば！」

繁美「（笑って）まあまあ。で…その日、カレ、施設点検で門が閉まって入れなかったたって言うのね」

多美「そうなの。あたしと高津クンが公園の正門に行った時間は一〇分と違わないから、その間に閉まっちゃったってことになるんだけど…」

繁美「多美ちゃんが帰る時は閉まっていたのね？」

多美「うん。通用門も閉まってたから、よじ登って飛び越えたワ、そういうの得意だし。で、神戸亭の軒下で少し休んでから帰ったんだけど…（ト歯切れが悪い）」
繁美「なぁに？ 最悪の月曜日にはまだ続きがありそうね？」
多美「うん。高津クンが言うには、自分が行った時には神戸亭に電気が点いていたんだって。あたしが神戸亭に立ち寄った時は、定休日の看板が掛かっていて電気は勿論、消えていたワ…」
繁美「う〜ん、神戸亭が定休日だってことを考えると電気が点いていたっていうのは変だし、多美ちゃんが通過した後に門が閉められたってこともあるだろうし…。何か気持ち悪いわね」
多美「嘘を吐《つ》くようなコじゃないし、第一、そんな嘘が約束の時間に行かなかった言い訳にもならないし…。で、観覧車の業務について一言《ひとこと》言ってやるつもりで、亜美姉に電話して、あの日、観覧車が施設点検日だったかどうか確認して貰った訳」
繁美「それで…？」
亜美「（市役所の電話口で）…ちょっと待って。調べてみる…。（間を置いて）それ本当？ 市の予定には施設点検の予定は入ってないわヨ」

繁美「それって…。誰かのいたずらだったって可能性あり？ 門を閉めて、施設点検の貼り紙を貼った、とか…」
多美「分からない…。でも何か変だった。スタッフだっていなかったんだから…。なのに観覧車の照明が点いて

　動き出したんだよ…」
繁美「スタッフがいないのに…動いたの…？」
多美「うん。ただ…天辺のゴンドラに白いワイシャツを着たヒトの姿を見たんだけど…靄に稲妻が反射してそう
　見えたのかも知れないし…はっきりしないのよね」
繁美「…稲妻ねえ…」
多美「何？　どうしたの？」
繁美「パワースポットに雷って気になるトコなのよね。何かあたしの直感に引っ掛かるんだなぁ…」
多美「そ…そうなの？」
繁美「雷の発生メカニズムには色々な説があってね、その一つに磁場が発生する地磁気の上を上昇気流が横切った時に、正と負の電荷イオンに分離され、その電荷が積乱雲の上部と下部に蓄えられてスパークして雷を発生させるという‘ローレンツ力《りき》’説というのがあるの。もし大岡山に特異な磁場が存在していたとしたら、雷が大岡山の磁場形成に何らかの影響を与えても不思議じゃないんじゃないかと…。スタッフがいないのに観覧車が動いたとか、照明が点いたとか、ゴンドラに白いワイシャツ姿のヒトの姿が見えたとか…。
　これらのオカルト的な現象こそ、大岡山パワースポット説を証明するものとも言えなくはないワ」
多美「オカルトって？　まさか…あのゴンドラの白いワイシャツのヒト…って、幽霊だったとか？」
繁美「ふふふ…（からかうように）そうかもよ？　って、幽霊話までいっちゃうとさすがに飛躍し過ぎネ」
多美「あっ！」

繁美「何？ 突然、何よ」

多美「亜美姉、言い掛けて止めたのよ…。移譲手続をしに大岡山の持ち主のホワイトリーさん宅を訪問した時のこと…。あの時、亜美姉の口振りにはオカルトめいた感じが確かにあった…。うん、ありがとう、繁美姉、亜美姉に訊《き》いてみるっ（ト電話を切る）」

繁美「おおいっ！…（呆《あき》れたように）もう…あのコったら…本当、忙しいんだから…」

亜美姉に電話すると、ホワイトリー宅訪問時のことは話せない、と突っぱねられたけど、先週、大岡山で体験したことを話すと、「…白いワイシャツを来た人間？…ふぅむ…」と考え込み、大阪にいる豊美姉と繁美姉の都合が付けば四人で会い、その時に当時の様子を話しても良いと言った。

多美「ええ〜、豊美姉もこの件に関係があるの？」

亜美「大いにね。あたしが縁づくことが出来たのも豊美姉あってのことだから」

「全てはその時に話すことになるわ」と言われたが、そんな思わせ振りなことを言われていつになるか分からない期日まであたしが我慢出来る訳がなく、あたしは繁美姉に折り返し電話すると、もう一度観覧車に乗りに行ってみるから、と息巻《ま》いた。

繁美「…観覧車が建つ前と後では大岡山のパワースポットとしての性質が変わった、ってことかも。亜美姉はその事情を知っているのかもね。まあ、多美ちゃんが焦る気持ちも分からないでもないからどうぞ行ってらっしゃい。あたしからのアドバイスとしては…そうね…前回と同じ条件の時に行ってみるのが良いかもね」

前回と同じ条件、って。データ解析魔の繁美姉としては理詰めで考えるんだろうけど、なかなか雨で部活が休みになるなんて日なんか来なくて…。ト…そうこうするうちに十月も終わりになったある日、季節外れの台風が近付いて来て、空高い秋の青空に灰色の雲が重苦しく立ち込めた放課後がやって来た…。

高津「…（校門で多美を見掛けて）あれっ？　早いね、この天気で部活、休みってことか？」
多美「あらっ？　久しぶり…うん、そういう事。元気そうじゃない？」
高津「まあね。そのぅ…良かったら、一緒に帰らないか？」
多美「う…うん？　ちょっと用があるんだ、またね、バイバイ」

ああ、こういう時に限ってこういう展開になるんだなぁ。本来なら一緒に大岡山に行って、観覧車に乗りたかったのに…。でも前回と同じ条件という繁美姉の指定があるから、高津クンと一緒って訳にはいかなくて…。ああ、高津クン、間が悪いゾ！

多美「あぁ〜もう〜。あの日と同じ条件って、どこまで同じ状態じゃないといけないんだろ？」

彼氏を作る為の大岡山パワースポット検証なのに、本末転倒感が否《いな》めない。その上、大岡山の正門まで来ると、

神戸亭の主人が表に出て、雲行きが悪くなり始めた空を見上げていた。知らない間柄でもないので、挨拶くらいするべきなんだろうけど、あたしは知らないフリをして正門を抜けた。とにかく今は、寄り道せずにあの日に近い条件で頂上に辿《たど》り着かなければならない。学校から大岡山まで約二キロ…台風の湿気と風で頂上の観覧車乗り場に到着した時には、トレーニングシャツの下は汗びっしょりになっていた…。

　観覧車乗り場。チェーンを掛けて、『本日の営業は終了しました』の看板を出しているスタッフ。

多美　「えっ！　えぇ～！」

業務員「いやぁ、ゴメンね。台風が来ているからね、観覧車はもうお終いなんだ」

多美　「そんなぁ～」

業務員「これから公園のゲートも閉めるからまた別の日に来て下さいね」

　そうこうしている間にぽつぽつ雨粒が落ちて来た。前回と違うのはスタッフのオジさんが居て、靄と雷の気配がないことだ。どこにも白いワイシャツを着たヒトはおろか、ゴンドラに人影はなく、あたしが目を皿のようにしてゴンドラを見上げているのを見て、オジさんは、「誰かと待ち合わせでもしてるのかな？」と訊《き》いた。

多美　「そういう訳じゃないんですけど…あの、こんな時って、正門ゲートに『台風の影響で観覧車休止します』
　　　とか貼り紙するんですか？」

業務員「ははは、風で飛ばされちゃうから、意味ないよ。今日みたいな時は市のホームページやアプリって言うの？　それに告知して、正門ゲートは通用扉を残して閉めてしまうんだ」
多美「そうなんですかぁ…施設点検日なんかでも同じですか？」
業務員「そうだよ。さあ、本格的に降り出す前にお嬢さんも帰りなさい。私も帰り支度《じたく》をするから」

もう少し粘《ねば》って、繁美姉に報告出来そうな確証を得たかったけど、人の好《よ》さそうなオジさんに急《せ》かされて退散せざるを得なくなった。

前回の煙るような雨と違い、大きな雨粒が落ちて来て、バラバラと山の葉を一斉に叩き始めた。見る見るうちにアスファルトに黒い点々が並び、森の梢《こずえ》が切れて空が見える所とそうでない所を色分けし始める。あたしは四〇〇メートルほど続く坂を一気に下り、森が切れた場所で折り畳み傘を広げる為に一旦立ち止まった。ト、「ド～ン…」と打ち上げ花火のような音がして空が真っ白になった。あたしは傘を鷲掴《わしづか》みしたまま、神戸亭のテントの中に駆け込んだ。

主人「（扉を開けて）いやぁ、凄《すご》いことになったねぇ。入りなさい、豪雨になりそうだ」
多美「あ…ありがとうございます…」

神戸亭の主人はあたしを招き入れると、「あなたは渡辺さんのトコの一番下のお嬢さんですね？」とふわふわのタオルを寄越しながら言った。

多美「（受け取って）ありがとうございます。そうです。良く分かりましたね？」
主人「ちゃんと覚えていますよ。おふたりのお姉さんのお相手のお披露目会《ひろめ》をウチでさせて頂きましたから」
多美「一番上の姉などふたりの子供がいます。家族皆でここのタンシチューは絶品だよね、って言ってるんです」
主人「ははは。それはありがとう。いずれはあなたもここでお披露目するようになるのかな？」
多美「（顔を赤くして）えっ？ヤダ、あたしが…ですか？」
主人「ははは。私も歳だからそれまでやって行けるかどうか…」

神戸亭の主人はパッと見《み》七十歳位だろうか…あれだけ美味しい料理を作るのだから、もう少し自分の料理を食べて太っていても良さそうなのに、と思うほど痩《や》せていた。

女給「（カップを近くのテーブルに置いて）良かったらどうぞ」
主人「（多美に）まだ火の入り時間が足りないからサービスだよ」
多美「わっ！いただきます！（カップに口を付けて）ん～…美味しいコンソメスープ…」
主人「しかし何でこんな日に…。ウチも今日は客もないし、早目に閉めようかと思っているんだ」
多美「えへへへ…。実はちょっとした訳がありまして」
女給「訳？どんな？」
多美「ん～と…実は、まだヒトさまに話せるほどのことではなくて…。この街の若者の未来に関することって言うか…」
主人「未来か…。良いね、夢を見ることは若者の特権だからね」
多美「ところで、ひとつお聞きしたいことがあるんですけれど…」
主人「何だい？」
多美「昔はあたし達みたいな学生も予約取れたのに、今はメニューも変わって、敷居が高くなっちゃった感があるんですけど、何か理由があるんですか？」

高校新聞の記者のように単刀直入《たんとうちょくにゅう》に訊《き》いてみた。若者の夢保存の会代表のような使命感を持ってね…。

主人「ウン…それはね、警察の方から依頼があったんだよ」
多美「警察？」
女給「不良の温床《おんしょう》になっているんじゃないかという市民からの通報が数件あったそうなの」
多美「ええ〜？　そんなぁ…」
主人「ひと頃、地元の学生さんだけではなく、他県からの予約も増えてね。連れの女性に色目を使ったとか、ちょっとしたいざこざが起きたことも事実なんだけどね…」

地元の学生と他県の学生が顔を合わせれば中には血の気の多い連中も居ただろう…。ちょっとしたいざこざが風評となったこともあって、観覧車の建築計画に併《あわ》せ、十八歳未満の予約は受け付けないことにしたそうだ。

多美「では、もうひとつ。先月の中旬の月曜日なんですけど、その日もこんな天気の日で…観覧車が止まって正門ゲートが閉められた日なんです。その日ってこのお店、開いていましたか？ お店の電気が点いていたって言う友人がいて…」

主人「月曜日は定休日だけど、仕入れやら仕込みをする時もあるからね。先月の中旬の月曜日？ さあ、どうだったかな…そんな日もあったような…」

高津クンの言ったことはやはり本当だったんだ。仕込みをしていたとしたら、店内に灯りは点いていただろうし…。問題は貼り紙の件か…観覧車のオジさんはそんな紙は貼らないって言っていたけど…。

女給「（外を見て）あらっ、柳田さんだわ。正門ゲートを閉めて帰るのね」

主人「（外を見て）予報より台風が近付くのが早まったからね」

外を見ると雨合羽を着た先ほどの観覧車のオジさんが鉄のゲートをガラガラと押していた。オジさんはゲートを閉じると乗って来た軽乗用車に乗り込み、クラクションをひとつ鳴らして出て行った。聞くと観覧車の業務に就《つ》いたばかりの頃、家族と一緒にランチを食べに来たそうだ。

多美「あっ、そろそろあたしも帰ります。すいません、ご馳走さまでした…」

主人「そうかい？ ウチの傘を持って行きなさい。そんな折り畳み傘じゃ心もとないだろう…」

やっぱり話をしないとヒトというのは分からない。利益の上がらない若者を締め出す為にタウン誌を買収しただなんて変な誤解をして悪かったと思う。あたしは何度も礼を述べると男モノの大きな傘を持って店を出た。大分、雨は治まっていたけど気温が下がってかなり肌寒くなっていた。

多美「あれっ？　観覧車が動いてる…？」

ふと見上げた空に聳《そび》える観覧車のゴンドラが動いているような錯覚を覚えた。上空の雲の動きが速いので、風の影響で煽《あお》られたのかも知れない。何となく気になって正門ゲートまで戻り、鉄柱の隙間からもう一度、観覧車の動きを追った。大岡山の森に靄《もや》が立ち始めていて、その隙間から色違いのゴンドラが交互に顔を出していた。

多美「…これって…あの日と一緒だ…。同じ条件が揃《そろ》ったんだ…」

神戸亭のふたりは店の奥に引っ込んだんだろうか？　店の灯りは消えていた。あたしは通用門の閂《かんぬき》を外して中に入ると、頂上を目指して坂を再び駆け上がって行った…。

…………………………………………………………

…………………………………………………………

「多美…多美ちゃん…」「おい、渡辺…大丈夫か？…」「病院に連れて行った方がいいんじゃ…」

あれっ？　あたしどうしたんだろう？　ぼんやりとした視界にはママと…誰だろ？…ああ、高津クンだ。何で高

津クンが…ママと一緒なんだろう？

母親「あぁ…目を醒《さ》ました…」
高津「良かったですね。安心しました」
母親「全くもう…この娘《コ》…何であんなトコで倒れていたんだか…」
高津「じゃあ、もう遅いのでボクはこれで…」
母親「本当にありがとう。おウチのヒトは大丈夫？」
高津「心配しないように連絡入れてから帰りますから、大丈夫です。それじゃ失礼します」
母親「助かったワ、気を付けてね」

「多美ちゃん、立てる？ 取り敢《あ》えずリビングで落ち着きましょう。お父さん、今日は仕事で遅くなると言っていたからまだ帰ってないのよ」というママの言葉を他人事のように聞きながら、あたしは居間のソファまで手を引かれていった。

多美「（ぼんやりとして）あれっ？ 学校は？ 今日は休みなんだっけ？」
母親「いやだ、多美ちゃん、何も覚えていないの？」

ママはこの時、正直かなりビビったらしい。だって神戸亭の主人の運転する車が家の前に横付けされ、同乗し

ていた高津クンがあたしを抱いて玄関をピンポンし、やっと目を醒ました娘は突然、トンチンカンなことを言い出したんだから…。

多美「神戸亭のご主人が?…ああ、そうだ。あたし、神戸亭でコンソメスープをご馳走になったんだ…」

母親「ご馳走になったって、どういうことなの？　多美ちゃん、大岡山まで何しに行ったの?」

何となくぼんやりと思い出して来た。放課後、高津クンと校門のトコで会って、あたし、ひとりで大岡山へ向かったんだっけ。繁美姉が助言して呉れた通り、一か月前と同じ空模様になったから、大岡山パワースポット説の検証をしようと思って…。

「ハックションっ!」とクシャミをすると、「シャワーを浴びて頭をスッキリさせたら、ご飯を食べなさい」とママが言った。ママの言ってることにいちいち応えることが億劫《おっくう》で、適当に相槌《あいづち》を打って部屋に戻ったんだけど…もうその日のことは…。

翌日の夜…。

多美に電話をしている繁美。

繁美「(電話口で)…ママから大目玉を喰《く》らったワ。あたしが多美ちゃんに変な事を吹き込んだからだって」

多美「ごめんね。どうやらあたし、大岡山のゲートの中で倒れていたらしいの…。何となく胸騒ぎを感じた高津クンがあたしを発見して、神戸亭に駆け込んだって訳。神戸亭のご主人が顧客リストにあった番号に電話してママから住所を訊《き》き出し、送り届けて呉れたんだって」

繁美「でも、その高津クン、胸騒ぎを感じて大岡山に来てくれたなんてね」

多美「前回、あたしとの約束を果たせなくて帰っちゃったことをずっと気にしていたんだって。ひと月前と同じ空模様だったし、勘が働いたって言うか…」

繁美「それだけでわざわざ行くかな？　これもひとつの大岡山パワースポット説の実証結果じゃない？　カレ、多美ちゃんに気があるんじゃないの？」

多美「（焦って）ないないない！　でも、ママはお礼かたがた神戸亭で高津クンを招いて食事をしようって言い出してるの…」

繁美「さすが陸上部同志。ホップステップジャンプね…」

多美「ってか、カレは元陸上部だけどね…」

確かに高津クンがあたしを心配してあの雨の中を大岡山まで来て呉れたこと、ママ同伴だけど神戸亭で食事をしようって話になったこと…これらは大岡山が舞台だったからこその結末であり、渡辺家の四姉妹全員が(勿論、まだ確定はしていないが）大岡山のパワーを得て彼氏を得たことになるのだけれど…。でも、そこには街のあらゆるカップルに当て嵌《は》まる普遍性《ふへんせい》はないし、観覧車が台風で止まった日にしか効力が発揮されないなんて、初デートとしては幸先《さいさき》良いとも思えないし…。あ～ぁ、果たしてこんな消化不良のような結果で良いのかしら？

繁美「…十一月の連休に豊美姉がそっちに行くそうだから、亜美姉とあたしも都合《つごう》付けるわ。ふたりが神戸亭で驕《おご》って呉れるだろうから、高津クンとご飯した時にでも予約しておいて…」

繁美姉は簡単に言ったが、あたしが学校で高津クンにママの申し出を伝えるとあっさり断られた。

高津「え〜、たとえ助けたのがカノジョだとしても親の誘いを受けてノコノコ出て行くなんてマジあり得ないし…。気持ちだけで十分だって伝えて呉れヨ」

…ってなもんで、実際、そうだろうと思うよ。あたしだってママが居る席で高津クンと何喋《しゃべ》って良いのか分からないし、そもそもそんな堅苦しい席で、相手の親から根掘り葉掘り質問されたって、答える材料がない訳だし…。高津クンに断られたことは残念というより案《あん》の定《じょう》という感じだったし、カノジョという言葉が聞けただけでも満更《まんざら》でもない気持ちになれたから良しとしよう。

結局、この街の人間ならちょっとした訪問時に持参するのが定番の山吹屋《やまぶきや》の高級最中《もなか》を買って、先日のお礼がてら、十一月の連休の席の予約をしにあたしは神戸亭に行くことになった…。

多美「（扉を開けて）こんばんは、あの、渡辺です。先日は…」

月曜だから神戸亭は定休日だけど、ママが電話したら仕込みで午後六時まで店に居ると言っていたんだけど…。

多美「ご主人、いらっしゃいませんか？（卜奥に向かって言い掛けて、窓際の客に気付いて）あっ、どうも…」

てっきり客はいないとばかり思っていたから、白いワイシャツを着た外国人の男性が居たので少し驚いた。金髪の癖のある前髪を指でクルクル回して手元のハードカバーの本に視線を落とした男性は、まるであたしの存在なんか全く気に留めていない様子だった。

多美「（奥の厨房《ちゅうぼう》に向かって）こんばんは、渡辺多美です。この間は家まで送って頂いてありがとうございました ぁ！」

背後でチリンと扉が開いた音がしたので振り返った。あれっ？ 外国人の男性の姿が消えている…。

主人「（奥から現れて）ああ、渡辺さん…。裏庭でハーブを採ってました。あれから風邪など引きませんでしたか？」
多美「あっ、はい。あのぅ…今日、お休みですよね」
主人「そうですよ。‘CLOSE’の札も出てたと思いますが…」
多美「それが…あの…外国人のお客さんが居ましたよ…」
主人「外国人の方が…？」
多美「ええ。今、出て行きましたけど」

主人「あれえ？　渡辺さんが来ると思って鍵を掛けていなかったから、入って来てしまったのかな？（卜表玄関を開けて）どこにも居ないですね。（看板札に気付いて）あれっ？」
多美「どうしました？」
主人「いや看板が，OPEN，になってる…」
多美「本当ですか？　ん〜入る時、看板どうだったっけかなぁ？」

神戸亭の主人も忙しそうだったので、その話は適当に切り上げ、改めて先日のお礼を述べ、十一月の予約を入れた。山吹屋の最中を渡すと、「好物なんです」と主人は大層喜び、来月の来店を楽しみにしていると言って呉れた。

秋の陽は釣瓶落《つるべ》としと言うが、神戸亭を出た時、大岡山の空は暮れていた。チカチカと音を立てて街路灯に灯りが点き、秋虫の鳴き声が一気に高まっていた。ふと頂上に目を遣《や》るとうっすらと残る茜色《あかねいろ》の雲を映して観覧車が回っていた。お使いの序《つい》でだったけど、ノリで行っちゃうのも手なのかな？という気になった。

多美「この際だから行ってみようかな？」

山吹屋で最中を買ったお釣りがポケットにあったし、三度目の正直なんだから、今日こそは乗れるだろうと気負ったんだけど…。

多美「あれ？　何かおかしいな…。三度目の正直じゃないワ、台風の時に二回と今だから、やっぱり三度目か……
何で三度目じゃないって思ったんだろう？」

何か地に足が付いていないような不思議な感じがした。現実感がないと言おうか、頂上まで続く坂道を歩いている自分が他人事のように思えてならないのだ。ト、一台の軽トラックが下りて来た。ドアに『山田造園』と書かれた軽トラックの荷台には伐採《ばっさい》した枝が山のように積まれていた。

観覧車乗り場まで来た時、正門の方からガラガラという鉄のゲートが閉められるような音がした。まさか？と思い、展望台まで上がって確認すると、案《あん》の定《じょう》、ゲートが閉められていて、さっきの軽トラックが国道の信号が青になるのを待って左折していく様子が見えた。

多美「閉園にされた…。どういうこと？　白日夢《デジャヴ》を見てるみたい…」

その時だ！　観覧車の照明がバチンと音を立てて点いた。まさか、また前回みたいな…？　おそるおそる観覧車を見上げると、ゴンドラの中に白いワイシャツを着たヒトが…。

多美「あ…あの人…神戸亭に居たヒトだ…」

そう思った瞬間、あたしの視界の中から全てが消えた…。

……………………………………………………

前回の台風の時の多美の記憶…。

雨靄《あまもや》の中で、ガコンガコンと鉄がノックするような音を出しながら観覧車が動いている。靄《もや》を吸ったトレーニングシャツは肌にピッタリとくっ付いて気持ちが悪い。あたしは…観覧車乗り場のプラットフォームの上で二時の方向から下りてくる黄色いゴンドラを待っていた…。

男「…やあ、前にも一度、会ったかな？」

ゴンドラから降りた男が言った。男が降りると観覧車は停止し、あたしが返答に窮《きゅう》している間に観覧車を飾る照明が三段階に分けて落とされた。

男「公園のベンチに移らないか？　お気に入りの場所があるんだ」

白いワイシャツに痩《や》せた肩、クセのある金髪が湿気を含んで重そうだ。男は滑るように鉄の階段を下りると振り向き、小首を傾《かし》げて、〝さあ、こっちだ〟と誘うように小さく微笑んだ。扱《こ》けた頬にはほうれい線が切り込んだように入っているので、二十代ではないように思える。外国人の年齢など端《はな》から分からないので、概《がい》して少女漫画に出て来るイケメンのオジサマのようだと言えば良いだろうか？　あたしは夢遊病に掛かったように男の後ろに付いてゆき、見晴らし台から少し離れた花壇《かだん》にあるベンチに座った…。

男　「この位置からの見晴らしは全く変わらない。こうしているとあの頃の情景が目に浮かぶよ」
多美「あな…た…は…？（口が重くて思うように言葉が出ない）」

このヒト、高津クンにすっぽかされた日にも観覧車に乗っていたヒトに違いない。ひょっとして…お客が居ない時に限り、観覧車を貸し切りに出来る特別な権限でも持っているとか？

男　「ボクを見つけたということは…？系家の女魔は君」
多美「は…ぁ…？」
男　「ねだんる居だ未もに街のこ」
多美「あ…え？…」

あたしの口からは肯定とも否定とも言えない音しか出て来なかった。あ〜ぁ、もう、初めて外国人と会話して緊張して口が強張《こわば》ってしまっているんだ。

男　「君に頼みたいことがあるんだ。エリーゼに伝え…いし欲て。君の為に建てた観覧車だ。だから早く戻って…ねといし欲て来…」

このヒト、どこの国の人なんだろう？　日本語を話しているんだけど、所々の言葉が変だ。ヨーロッパ系だから、

英語が通じそうなんだけど…。確かこういう時、'I Beg your pardon?（すみませんがもう一度おっしゃってください）' って言うんだっけ…。

多美「ア…イ…ベ…」

男「ああ、寒くなって来たね…。ひとりで帰れるかな？　正門ゲートまで送ってあげたいんだが、そうもいかなくてね」

多美「ック…ユア…パ…」

男「くれぐれも、じゃよだん頼」

そのヒトは突然、あたしの唇に人差し指を宛《あて》がうと、じっとあたしの顔を見た。何て深い藍《あい》色の瞳…深海の中から太陽を見上げているように瞳の奥が揺らめいて見える。

男の眼差しに囚《とら》われたままキスされる多美…。避《よ》けようにも身体が硬直して動かない。

多美「（心のうちで）…ひぇ…ぇ…ぇ…」

そのヒトとのキスはあたしのファーストキスだったけど、'うわぁ、こんな外国人のオジンに…' と言うような厭《いや》な気持が起きなかった。小学校の頃からずっと憧《あこが》れていたファーストキスの感触は、冷たくなったお餅《もち》を

唇に宛《あて》がわれたようだった。'これって外国人特有の挨拶なんだ、だからキスだと思っちゃいけないんだ' とあたしは自分に言い聞かせ、目をぎゅっと瞑《つむ》って…それから…。

…………………………………………………………

現在…『山田造園』の軽トラックを見送った後…。

多美の頭上で照明が付いた観覧車がゆっくり動いている。

多美「(ハッと我に返って) 何? この記憶…。これって…正門前で気を失った日の記憶だ…。あたしは高津クンに発見され、神戸亭のご主人に家まで送って貰った日…」

それにしても…こんなに記憶が飛ぶなんてことあるのだろうか? それともこれはありもしない夢なんだろうか? 変だ…あたし気を失って倒れた時に頭でも打ったのかな?

多美「(観覧車を見上げて) あぁ…ヒトが乗ってる…外人さんだ。あのヒト、あたしのファーストキスの相手…?」

グン…グン…と観覧車のゴンドラがゆっくり降りて来た。心臓が早鐘《はやがね》のように鳴り、背筋に冷たい感触が走った。白いワイシャツの男を乗せたゴンドラを迎えるように…あたしの足が…勝手にプラットフォームの階段を上ってゆく…。

男　「やあ、来て呉れた。嬉しいよ。（手を出して）さあ、中にお入り」
多美「ええ?…あっ、はい…（とゴンドラに乗り込む）」

どうして簡単に男の誘いに乗ってしまったのかって？　キスした相手だから心を許したというより、ゴンドラがプラットフォームに横付けされた瞬間の事だったから迷う時間がなかったし、何より差し出された指がとても綺麗だったからとしか言いようがない。

多美「（思い切って）あたし観覧車に乗るの今日が初めてなんです。オープン時は行列が出来てたし、最初は彼氏になるヒトと一緒に乗ろう、って決めてたこともあって…」
男　「…オレ達…もうキスした仲だろ?」
多美「えっ？　それ…は」

男の投げ遣《や》りな物言いに思わず引いた。さっきまでの紳士的な態度とは明らかに違い、野卑《やひ》な不良少年のような態度だった。

多美「（惚《とぼ》けて）そ…そォでした…っけ?」
男　「フン。忘れただなんて言わせないゼ。巷《ちまた》には、この地でキスしたカップルは永遠に結ばれる、っていう伝説があるそうじゃないか」

男は物憂《ものう》げに髪を掻《か》き上げるとぷいと視線を外に移した。ゴンドラの上昇に併せて変化する緑色の照明が男の横顔を一気に老けさせて見せた。ガコンガゴン…観覧車の機械音がゴンドラ内の空気を重苦しいものに変えていた。場の空気を和《なご》ませようとあたしは敢《あ》えて明るい声で、「実はあたし、その伝説を検証する為にやって来たんです」と言った。

男「へえ、検証だって？ そんなことして何の得がある」

多美「いえ…ただ…お姉ちゃん達がここでデートして…その…結婚出来たから…」

男が眉間を寄せて言い返して来たので、あたしは口を噤《つぐ》むしかなくなった。キスした相手とはいえ、誘われるままゴンドラに乗ったことを後悔し始めていた。

ト、照明がピンク色に変わった。男はピンク色の中で、「結婚か…」とボソリと呟《つぶや》いた。消沈《しょうちん》したような声にあたしが顔を上げると、そこには柔和な表情をした男の顔があった。ふんわりした金髪の巻き髪とキリリとした目元が男を童話に登場する王子さまのように見せていた。

男「見えぬ未来だからこそ輝いて見えるものがある。その未来を生涯の恋人と一緒に歩んでいけたなら、どんなに幸せだろう。互いに慈しみ合う精神さえあれば二人の絆《きずな》は永遠になるんだ…」

多美「わあ、素敵な言葉…。ひょっとして神父さまか何かでいらっしゃるんですか？」

男　「ははは。神を求めた僕《しもべ》だった、と言うべきかな…」
多美「しも…べ…？」

再び緑の照明が男の顔を照らすと、頬が扱《こ》けて口角《こうかく》が上がった別人の顔になった。光の変化でこれほど人相が変わって見えるなんて…まるで人格が入れ替わっているかのようだ。

男　「（身を乗り出して）ところでエリーゼの情報を何か掴《つか》んだんじゃないのか？　だったら、早く教えて呉れ」
多美「（男の剣幕《けんまく》に押され）えっ？　あの…その…」

その時、観覧車の照明がいきなり全部落ちた。ヒュ～ンというモーターが終息する音がすると、ゴンドラは一番高い位置で停止した。

多美「あっ！　停電！って…訳ないか…。（眼下を見て）街の灯は点いたままだし…」
男　「ぐふぅ…うぅ…」

あたしを掴《つか》みかからんばかりだった男は、胸を掻《か》き毟《むし》ると苦しそうな息を吐いた。暗闇の中に浮かぶ男の姿は一回りほど小さくなったように見えた。

多美「だ…大丈夫です…か？」

男「ああ…ちょっと…疲れたよ…」
多美「あの…観覧車止まってしまったんですけど…すぐ動きますよね」
男「大丈夫…心配…ない。少し…休むよ」
多美「あ…はぁ」

神戸亭を辞してからここに至るまでのことが酷《ひど》く曖昧《あいまい》になっていた。気を失った日のことと今日のことがごちゃまぜになっていたし、照明が変わる度に刻々と変わる男の様子に現実感が伴《ともな》っていなかった。

多美「でも…何て綺麗な夜景。ここからだと街の外《はず》れまで見渡せるんだ。正門前の大通りから展望台まで、大岡山全体をジオラマのように全部見渡せる…」
男「…エリー…ゼ…」
多美「えっ?」

額《ひたい》をアクリルの窓に預け、目を閉じてじっと項垂《うなだ》れている男の唇が動いた。エリーゼ…って…さっきも言っていたけど誰かの名前なのだろうか? あたしが知るエリーゼと言えば、ベートーヴェンの『エリーゼのために』位なものだ。

男「(つと目を醒《さ》まして)…あぁ…つい眠ってしまった。いつもこうなんだ…。これではココにいる意味がな

　いというのに…」
多美「ココにいる意味？ですか…」
男「ココからなら彼女がやって来るのが一目瞭然《いちもくりょうぜん》だからね」
多美「彼女？って…」
男「やだな。かいなやじゃるいてっま決にゼーリエ」

またしても意味不明のことを男が言った時、ゴンドラが動き始めた。少し寝たせいで生気を取り戻したのか、男は『エリーゼのために』をハミングし始めた。

男「もうしばらくボクは残るよ。今日は付き合ってくれてありがとう。あのキスのお陰《かげ》かな？」

ゴンドラがプラットフォームに着くとスタッフがいないにもかかわらず扉が開いた。あたしがゴンドラから降りると同時に扉が閉まり、レバーがガチャリとロックされた。

白いワイシャツの男を乗せたゴンドラが再び宙に浮いてゆく…。巨大な鉄のアームの流れを目で送っていると、あたしは突如として現実に引き戻された。あたしは言いようのない淋しさから逃げるようにプラットフォームから下りると、家に電話しようと携帯電話を取り出したが、どういじっても画面が立ち上がらなかった。

多美「何で？今朝、充電した筈なのに…？今、何時なんだろう？ママに叱られる…」

携帯電話を握り締めたまま、正門ゲートを目指して走った。『山田造園』の軽トラックがゲートを閉めていたので通用門から出ようとしたが、閂《かんぬき》が固くて動かない。仕方なく前回同様、ゲートをよじ登り飛び降りると、何がどうなったのか、電話が着信した。

母親「（電話口で）…も…し、多美ちゃん？　神戸亭さんのお礼済んだの？　あのね、悪いけど、帰りがてらマルオカに寄ってお酢を買って来て頂戴《ちょうだい》」
多美「えっ？　う…うん…了解。急いで帰る」
母親「（笑って）急がなくて良いから、気を付けて帰ってらっしゃい」

携帯電話の画面の時刻が神戸亭を辞した時から一〇分しか経っていなかった。正門ゲートから観覧車乗り場まで歩いて約五分、観覧車の乗車時間は十五分…途中、停電があったから、少なくても三〇分は乗っていた筈なのに、観覧車までの往復の時間しか経過していなかった！

多美「（広場の時計塔を見て）確かに六時二十三分…。あの外人さん、まさか狐だったとか？」

外国人に対して狐に化かされるという日本的な表現はミスマッチだったけどそうとしか思えなかった。観覧車は照明を落としたまま止まっており、暮れなずむ空に巨大な風車のように浮かんでいる。ポケットを探ると山吹屋のレシートが確かにあるし、今更、神戸亭に顔を出す理由もない…。う～ん、お婆ちゃんが徘徊《はいかい》する時って、

こんな風に地に足が付かない感じなのだろうか？　ああ、こんなこと誰に話せば分かって貰えるんだろう…。やっぱ繁美姉しかいないか…。

繁美「（電話口で）…多美ちゃんの話、亜美姉に話したら絶句してしまって…。特に‘エリーゼ’という言葉に動揺を隠せずって感じだったワ。それから豊美姉から電話があってね、神戸亭での集まりでそれ等を含めて話をするから、多美ちゃんにはそれまで大岡山には行かないように伝えて、って。あたしにも変な事を吹き込まないようにって釘を刺されたワ。豊美姉と亜美姉…あたし達の知らない大岡山の何かを知っているみたいよ…」

繁美姉にあたしの不思議体験を話したら、姉達の間であたしの話が回り、今度の神戸亭の食事会まで大岡山に近付かないようにというお達しが出た。それが何を意味するか想像も付かなかったけど、あたしの話をまともに取り合って呉れただけ、ありがたいと思ってその日を待つことにした…。

十一月某祝日…。神戸亭のテーブルに付く渡辺家の豊美・亜美・繁美・多美の四姉妹。
玄関扉には‘CLOSE’の看板が下がっている。

多美「今日は月曜じゃないのに…貸切《かしき》りなの？」
繁美「どうやら豊美姉と亜美姉が知る話というのはあたし達だけに関わる話ではないようね」

多美「えっ？　あたし達の他にも誰が関係しているの？」
亜美「相変わらずね、繁美の解析魔ぶりは」
豊美「（少し笑って）本当に、そうね。繁美に話さないで済めばそれに越したことはないと思ったんだけど…。
　　多美ちゃんにアレを見られたんじゃね」
多美「何？　何？　アレって…あたしに見られたモノって…それって…（ふと窓際に視線を走らせ）あぁ…」

窓際のテーブルはレースのカーテンを通した日差しの中で琥珀《こはく》色に埋まっていた。出窓に置かれたリヤドロの陶器の人形は表情を失っていて、テーブルの上に並ぶ塩と胡椒のグラインダーと同じ影を作っていた。そこに…頬杖《ほおづえ》を突いて座っている男が見えた。男の線の細さがあの日の白いワイシャツの男であることを教えていた。

多美「あ…あ…」
豊美「…見えるのね？」
多美「う…うん…」
繁美「何よ…（亜美に顎《あご》をしゃくられて）あ…誰かいる…の？」
亜美「イアン＝ホワイトリー…。繁美にも見える？」
繁美「う…ん。うっすらとだけど…。多美ちゃん、どうなの？」

多美「あたしにはっきり見える。繁美姉に話した例のあの外人さんだよ」
亜美「（奥に声を掛けて）ご主人、今、イアンさんが来ていますよ」
　奥から現れる神戸亭の主人と女給。
主人「あぁ…イアンさまはどんなご様子で…？」
豊美「（多美に）教えて上げなさい」
多美「（主人の登場に戸惑《とまど》いながら）こちらのことは気にしていない感じで頬杖を突いて外を見ています。あっ…今、前髪を指で絡《から》めてクルクルと回しています…」
女給「ああ…坊ちゃま…（ト、目頭《めがしら》を押さえる）」
繁美「（豊美に）どういうことなの？　ふたりにはあのヒトが見えないの？」
豊美「カレはあたし達だけに見えるのよ」
繁美「つまり…あたし達だけに見えるエネルギー体ってこと？」
亜美「平たく言えば霊魂《れいこん》ね。豊美姉とあたしでイアンさんのことは伏せて置こうと思ったの。理由は簡単、（繁美と多美を見て）ふたりを巻き込みたくなかったから。でもそうはいかなくなってしまったみたい」
多美「全然、分かんない！　そもそもあの外人さんと神戸亭のご主人達とは…」
亜美「ご主人の磐井《いわい》さんとウェイトレスの清水《しみず》さんは大岡山にあったニコライ・ホワイトリー邸でシェフとメイ

ドをなさっていた方なの」

多美「あの…昔、頂上に建っていた青い屋根の屋敷で働いていたの?」

あたしが姉達に倣《なら》ってカレ氏を作る為に持ち出した大岡山カップル伝説が意外な方向に展開し始めた。少なくとも大岡山であたしが遭遇した不思議な体験を公表する場所としてこの神戸亭が選ばれたのは意味があるらしい。

主人「私もこの清水もイアンさまには良く泣かされましてね。それはもう活発《かっぱつ》な坊ちゃんでした…」

チリンと音がして扉が閉じる音がした。振り返るとそれまで見えていた白いワイシャツの男の姿が消えていた。音を聞いて顔を上げた女給の清水は鼻頭を押さえ、「うぅ…」と嗚咽《おえつ》を洩《も》らした。

主人「幼稚園からスイスへ留学なさる十六歳まで足掛け十一年、イアンさまは私共にとって太陽のような存在でした…」

繁美「そのイア…」

繁美姉が口を挟《はさ》もうとするのを豊美姉が制した。解析魔の繁美姉にしてみればイアン=ホワイトリーが四姉妹だけに見えると聞かされて、さっき自分の眼で見た実体をどう分析したら良いのか判じ兼ねているのだ。でも、あたしには何となくだけどあの白いワイシャツの外国人…あたしのファーストキスを奪った男…イアン=ホワイトリーがこの世とあの世の狭間《はざま》で流離《さすら》わなければならない理由が分かるような気がした。この大岡山には彼を留

め置く某《なにがし》かの力が確かにあるということなのだ。

主人「…イアンさまの留学に伴いまして旦那さまと奥さまは屋敷をカトリック・フランチェスコ会に移譲《いじょう》し、英国へ帰国なさいました。その際、大岡山の敷地の大半を市に寄贈《きぞう》なさったのは、ホワイトリー一族が日本に大恩を感じていたからです。明治から大正、昭和に渡って貿易商として莫大《ばくだい》な富を築いたホワイトリー家は、北イングランドに広大な土地を所有するまでになりました。大岡山のお屋敷の今後はイアンさまが将来をどう見据《みす》えるかで決めることとし、お暇《いとま》を頂戴《ちょうだい》した私共には慰労金としてこの神戸亭をお与え下さいました。それもイアンさまがいつお戻りになっても良いようにという旦那さまなりの心遣《こころづか》いだったと理解しております」

そのイアン＝ホワイトリーが大岡山に戻って来たのは留学してから一〇年後のことだったそうだ。子供の頃と同じように、突然、店に現れてふたりを驚かせたのだと言う。

女給「…あれはそろそろクリスマスのディナーを考えなければという時期でした。サンタクロースとトナカイの扮装《ふんそう》をした男女が閉店間際《まぎわ》に訪ねて来たんです…」

…………………………

八年前の十二月に入ったト或る日の午後一〇時頃。神戸亭。

男　「(扉を開けながら) タンシチューが絶品らしいよ、ココは…」
女給「申し訳ないですね、生憎《あいにく》、ラストオーダーは終わりました…」
男　「(後ろを向いたまま) この寒空を飛んでやって来たっていうのに客を凍え死にさせるつもりかい？　シミズ！」
女給「へっ？…その呼び方…ああ…まさか…坊ちゃま？」

トナカイの扮装をしたイアン＝ホワイトリーは女給に呼ばれて顔を出した主人に抱き付くと「イワイ！　おじいちゃんになっちゃったなあ！」と親愛の情を込めて言った。

イアン　「こちらのサンタはエリーゼ＝シンプソン。ボクの婚約者《フィアンセ》だ。ボクの生まれ故郷を見たいと言うから連れて来たんだ」
エリーゼ「初めまして。おふたりのことは道中、ずっと聞かされていました」

サンタの帽子を脱ぎ、髭《ひげ》を取ったエリーゼ＝シンプソンはイアン＝ホワイトリーと顔立ちが似ていた。ふたりで並んでいると双子の兄弟ではないかと思えるほどだったそうだ。

………………………

多美「外人さんが度々口にしていたエリーゼというのは婚約者の名前だったんだ…」
繁美「なるほど…。あたし達が見た窓際の男こそイアン＝ホワイトリーであり、多美ちゃんが話して呉れた状況から推測すると、そのエリーゼ＝シンプソンを待ち続けているみたいね。ここは一概《いちがい》に幽霊話で済ませる訳にはいかない深い事情がありそうね」
多美「でもどうして神戸亭のおふたりにイアンさんの姿が見えなくてあたし達姉妹に見えるの？」
亜美「それは、イアンさんとエリーゼさんが別れることになった経緯から話さなければならないの。イアンさんがどうして亡くなったかという理由を知る為にもね」
繁美「亜美姉が四年前に建物の移譲で屋敷を訪問した際に何かが起こったのね…」

さすが繁美姉、亜美姉の話からどんどん状況を組み立ててゆく。あたしなどあたし達四姉妹だけがどうしてイアン＝ホワイトリーの霊を見ることが出来るかということにまだ拘《こだわ》っているというのに…。

主人「…身贔屓《みびいき》であると重々承知で言わせて頂ければ、ひと目お会いした時からエリーゼさまはイアンさまとは不釣り合いな方だと感じました。こう言ってはなんですが、割れ鍋《なべ》に綴《と》じ蓋《ぶた》過ぎたと言おうか…」
多美「（小声で）われなべにとじぶた…？」
豊美「（小声で）割れたお鍋には修理した蓋が一番合うってことから、似た者同士ってことを言うの」
女給「勿論、我々使用人からそんなこと申し上げる訳には参りません。我々はイアンさまが大岡山に戻ることがあったら、何かと面倒を見てやって呉れという旦那さまの言い付けを守るだけでしたから…」

……………………

イアン「（テーブルの上にネックレスを広げて）…なあ、シミズ。コレをエリーゼに贈ろうと思うんだけど…」
女給「これは…？」
イアン「グランマ（祖母）のネックレスさ。あんまり見掛けは良くないけど一応、家宝なんだ。何でも隕石《いんせき》を使ってるらしくて生前、'ウチの一族が繁栄したのはこの石のお陰《かげ》だ' って言っていたらしくてさ…。屋敷の金庫にずっと仕舞《しま》われていたモノなんだ」

英国で広大な領地を持つ古城を買い取り改修してホテル経営していたエドナ＝ホワイトリーは、イアンが一歳の時に亡くなっていた。その祖母の形見のネックレスをイアンはエリーゼに贈ろうと考えていたのだ。

女給「お婆さまの…そんな大切なものを…。余程愛してらっしゃるんですね」
イアン「勿論だよ。我が愛《いと》しのジュリエットさ」

だがふたりの蜜月《みつげつ》は長くは続かなかった。磐井と清水の心配通り、キリスト教宗教法人下のインターナショナル・スクールの寄宿舎の運営事業になどエリーゼは全く興味がなく、友人達との気儘《きまま》な旅行と散財に明け暮れた。

…………………………

主人「エリーゼさまのことで心労が祟《たた》ったのでしょう、結婚後、間もなくイアンさまは精神を病んでおしまいになられまして…。それはもうゲッソリお痩《や》せになられて屋敷の礼拝堂でエリーゼさまのお帰りとご自分の病気平癒《へいゆ》を祈る毎日でした…」
繁美「…その頃なんですね、代理人の方から寄宿舎を閉めて市に寄贈したいという打診があったのは…」
女給「イアンさまは捨てられたのです。久し振りに大岡山に戻ったエリーゼさまはイアンさまの有り様《ありよう》に驚くと直ぐに屋敷を出て行かれまして…」
亜美「彼女は今、何処《どこ》に？」
女給「存じ上げません！　私共の記憶から消えて欲しいと思っているほどなんですから…」

そんな女性を街を一望出来る場所で白いワイシャツの男は待っている。そこなら彼女の姿をいち早く見つけられるからだ。だが…男はもはや恋するだけの人間ではなくなっていた。悪魔に憑《と》りつかれたかのように…彼は虚《うつ》ろの世界に堕《お》ちていた…。

豊美「これを見て頂けますか？（ト、ハンケチに包んだモノを広げる）」
女給「（息を呑《の》んで）こ…これは…？」
多美「（亜美に）何なの？」
亜美「（小声で）グランマのネックレス…あたし達が魔女になった所以《ゆえん》…」
多美「はっ？　魔女って…えっ？」
女給「（豊美に）これを…どこで…？」

豊美「六年前…私はそのエリーゼさんに会っているんです」
主人・女給「えっ?!」

六年前、豊美姉は地方銀行に勤めていて隣町に住んでいたが、高校時代から付き合っていた彼氏との別れ話が持ち上がって、失意のまま帰省していたのだ。

多美「あぁ…何となく覚えている…お婆ちゃんが行方不明になって大騒ぎになった時だ…」

祖母の竹子の認知症による徘徊《はいかい》行動に対して渡辺家では亜美の勧めもあって市が提供する「徘徊高齢者位置情報サービス」に入ったばかりだった。あの日、お婆ちゃんの姿が見えないことをあたしが最初に気が付いた。すぐに繁美姉に連絡を取り、パソコンで位置情報を調べて貰《もら》うと、祖母が洋品を買う街の洋品店の近くにいることが分かった。以前は家の者総出で近所の捜索を行っていたが、場所が特定されたことでたまたま実家に帰っていた豊美姉が迎えに行くことになった…。

豊美「…あたしが洋品店まで行くとそこに祖母はいませんでした。すぐに繁美に連絡を取ったところ、大岡山の方に向かっているというので跡を追ったのです。ところがGPSの電波が途絶えたと連絡が来て…」

大通りを曲がり、大岡山の坂に掛かる辺りでアイコンが消えたのだそうだ。豊美姉は引き続き跡を追ったが、

高校時代に今の彼氏に告白し、幾度となくデートをした大岡山の坂道を徘徊老人の祖母を探してひとり上っている境遇を思うと遣《や》り切れなくなり、思わず涙してしまったと言う。そこへ…坂を下って来る外国人の女性と出喰《でく》わした。豊美姉は慌てて涙を拭《ぬぐ》うとその女性にこれこれしかじかの老人と会わなかったか尋《たず》ねたのだそうだ。

…………………………

女　「老人を見なかったかって？　ええ、この先に居ましたよ」
豊美「本当ですか？　良かったァ…。あたしの祖母なんです」
女　「早く行ってあげた方がいいワ。泣いていらしたから」
豊美「泣いていた？　そうですか…行ってみます。ありがとうございました…」

…………………………

豊美「その時は、彼女が大岡山の地主一族であるホワイトリー家の人間だとは知る由《よし》もありませんでした。何しろバックパッカーのような恰好をしていたので、カトリックスクールの寄宿舎に宿泊したユースホステラーだと思ったほどで…」

お婆ちゃんはと言えば大岡山の見晴らし台のベンチで一人でいたそうだ。迷子になった子供のように豊美姉の顔を見るなり泣きじゃくってしまったのだと言う。

その…お婆ちゃんの胸にネックレスがあった。細いチェーンの先には黒っぽい色をした石のようなものがぶら

下がっていた…。

女給「（大きな溜息を吐いて）…あぁ、そんなことが…」
主人「バックパッカーのような身なりをした外国人の女性…エリーゼさまに違いありません…」
多美「お婆ちゃん、このグランマのネックレスをエリーゼさんから貰ったのね？」
豊美「そのネックレスどうしたの？って訊《き》いても、コレはあたしの物よ、としか言わないのよ…」
繁美「どうして、エリーゼさんはこのネックレスをお婆ちゃんにあげたのかしら？」
亜美「それは…（ト、言い掛けて主人を見る）」
主人「（促《うなが》されるように）イアンさまはエリーザさまを心から愛しておりまして…。ホワイトリー家所蔵の宝飾品のコレクションの大半をエリーザさまに贈ってしまわれたのです」
女給「時価にして数億円と聞いております」
多美「うわぁっ！！」
繁美「それじゃ財産目当ての結婚だと思われても仕方ないわね。本物の宝石を持っているならこんな石コロの…失礼。このネックレスはいらないかも…」
豊美「私もそれからネックレスのことは忘れてしまいました。というのも付き合っていた今の主人が迎えに来て呉れて、別れようかどうしようか悩んでいた問題が解決してしまって…。そして再びあのネックレスのことを思い出したのは結婚式当日でした。留袖《とめそで》を着た祖母の首にあのネックレスがあったことに驚いたのです」
繁美「（多美に）そんなネックレスお婆ちゃんしてたの気付いた？」
多美「全然。豊美姉の結婚式の時、あたし小学生だったし…」
豊美「式場の控室で祖母はあたしに〝おめでとう。コレを豊美にあげるわ。家宝にしなさい。この石は家を繁栄《はんえい》させる力を持っているのよ〟と言ったのです」
亜美「あたしもその場にいたからその言葉を聞いたわ。でもあんまり綺麗な石じゃなかったから、〝どうしたの？コレ？〟って訊いたのよね。そしたらお婆ちゃん、これは『月の石』だからって…」
多美「ええっ？『月の石』？！」
女給「おそらくエリーゼさまが言ったのでしょう。イアンさまの御祖母様《おばあさま》でいらっしゃるエドナ＝ホワイトリーさまからそう聞かされたとイアンさまから聞いたことがあります」
主人「（多美に）『月の石』って一般的にはアメリカやロシアの宇宙計画時に持ち帰られたモノを言いますが、思った以上に隕石《いんせき》として地球に飛来しているのですよ」
多美「ええ〜。そうなんですか？」
繁美「隕石かぁ。段々、大岡山パワースポット説の先が見えて来たわね…」
亜美「当たらずとも遠からずよ。でもね、今回の集まりは、多美ちゃんの大岡山カップル伝説の検証という好奇心が発端になっているけど、ホワイトリー家に仕えた神戸亭のおふたりに、あの日のことを伝える良い機会にもなるという思いがあったの…」

あたしの他愛《たあい》のない（最もあたしにとっては最重要課題だったのだけれど）探求心が姉達を始め、磐井さんや清水さんというホワイトリー家に縁《ゆかり》のあるヒトを巻き込んでしまったことはやるせなかったが、ずっと秘匿《ひとく》されていた事実が明かされ、ここに集った者達の積年の想いが晴れるのであれば、それも悪い事ではなかったとも思えた。

亜美「当時のことは決して口外しない、というイアンさんのお父様、ニコライ・ホワイトリー氏との協約を反故《ほご》にしてお話しします。というのも豊美姉も繁美、多美ちゃんが外部に洩《も》らす筈はないし、磐井さん、清水さんに於いてはニコライ＝ホワイトリーさんからいつか時が来たら、このことを話してやって欲しいと頼まれており、今がその時期だと判断したからです…」

亜美姉の潔癖症らしい凛《りん》とした声音と整然とした語り口にその場の空気が張り詰める。実際に亜美姉の話はおいそれと口外出来るようなものではなく、また電話口で簡単に語られるような内容でもなかった。

亜美「…あの日、あたしは市役所の都市整備課の職員として課長ともども大岡山のホワイトリー邸にお邪魔しました。当時、あたしは現場の経験もない新人で、上司のカバン持ちにしか過ぎず、子供の頃から憧《あこが》れていた外人館に入ることが出来るという好奇心で一杯でした…」

ホワイトリー邸では弁護士だという男が待っていて、イアンの父親のニコライ＝ホワヒトリー氏が待つ礼拝堂《れいはいどう》

に案内されたのだそうだ。三箇月前にセント・フランチェスコ・インターナショナル・スクールの寄宿舎としての役目を終えた邸内は、咳払いさえ遠慮するほど閑散《かんさん》としていて、通された礼拝堂も祭壇《さいだん》と長椅子《ながいす》が並んでいるだけの殺風景な部屋だった。

亜美「礼拝堂というから綺麗なステンドガラスや年代物の調度品を期待していたんだけれど、何にもなかったワ」

その時、亜美姉は…何か目に見えないモノの存在を感じたのだと言う。亜美姉は特別霊感が強い訳でもなかったが、窓から差し込む陽光に浮かぶ塵《ちり》が、まるでそこをヒトが横切ったかのような動きをしたので、何かが居る…と思ったのだそうだ。

……………………

課長「…観覧車ですって?」

弁護士「それが我々からの土地売買契約の条件です。急な話であることは承知の上です。観覧車の建設費用は当方で負担致します」

課長「そうであったとしても一度、持ち帰ってみないことには」

弁護士「三日後、ニコライ氏はイギリスに帰国します。それまでに返事を頂きたいのです」

課長「そんな…私の一存では…とても…」

亜美「（突然）分かりました。責任を持ってこの申し出を纏《まと》めます」

課長　「へっ？」

亜美姉のこの言葉は自分が意図しないものだった。礼拝堂に入ってから頭痛がしていたが、身体の内部を強い力で圧迫されて苦し紛《まぎ》れに吐いた息が思わぬ言葉になったのだと言う。

課長　「渡辺クン、キミ、そんな安請《やすう》け合いを…」
亜美　「（突然、苦しみ出して）ウウウ…ウウウウウウ…」
部長　「…ど…どうした？　渡辺クン…ふざけるのは…止しなさい…」
亜美　「建テロ…サモナケレバ…殺ス…アウッ…ウウ…（もがき苦しむ）」
ニコライ「（繁美の背後をじっと見て）…イアン…お前…なのか？」
亜美　「…パパ…苦シイヨ…助ケテ…」
ニコライ「あぁ…イアン！　イアン！」
亜美　「ダウソイ狂ガ気、アア…エリー…ゼ」

気が付くと亜美姉は床の上に寝かされ、胸の上にはロザリオが置かれていた。ニコライ＝ホワイトリーが心配そうに亜美姉の手を取り、弁護士は窓際で誰かと電話で話していた。課長はと言えば泣きそうな顔をしてカバンを抱いて呆然《ぼうぜん》としていた…。

弁護士　「…サンキュー、サー…（電話を切るとニコライに何事か耳打ちする）」
ニコライ「そうか…話は付いたか。お嬢さん、安心しなさい、そのロザリオを首に掛けていれば大丈夫です」
亜美　「（寝呆《ねぼ》けたように）あ…はい。あのぅ…あたし…どうしちゃったんでしょぅ？」
ニコライ「（亜美の身体を起こして）是が非《ぜひ》でも観覧車を建てることを前提に聞いて頂きたい話があります。そしてこれからお見せするものを決して口外しないと約束して頂きたいのです。それはこれから先、この大岡山を市が管理していく上でとても重要なことなのです」

それから亜美姉は腰がすっかり引けた課長と共に礼拝堂の地下へと案内された。ニコライ氏は先導しながら、‘万が一気分が悪くなったらそのロザリオを握りなさい、そのロザリオに嵌《は》め込まれている石は『月の石』で、先ほどあなたを襲った目に見えない何者かを寄せ付けぬ力があるのです’と説明したのだそうだ。

ニコライ「（扉を開けると壁際のスイッチを上げ）…さあ、どうぞ」
亜美　「（周囲を見回して）少し変わったお部屋ですね？」
ニコライ「戦時中に防空壕《ぼうくうごう》として作られた部屋です。海岸線沿いに造船所がありましたからアメリカの爆撃があったと聞いています。幸い、この屋敷を狙われることはありませんでしたが…」

窓のないコンクリートに囲まれた殺風景な空間…。
部屋の片隅《すみ》に白い布で包まれたモノが置かれている。

亜美　「あれは…？　礼拝堂で飾っていたタペストリーか何かなのですか？」
ニコライ「あれこそお見せしなければならないものです…」
亜美　「はあ？」
ニコライ「（白い布に近付き）これは…息子です…（ト布を捲《めく》る）」

…………………………………………

ここまで亜美姉の話を大人しく聞いていた磐井さんと清水さんのふたりが、「おおう…」「うむむ…」と言葉にならない息を洩《も》らした。ニコライ＝ホワイトリーが言う息子とは紛《まぎ》れもなくイアン＝ホワイトリーのことを指し、彼は妻のエリーゼを待ちながら窓もない地下の部屋で失意のまま病死していた。

磐井　「…私共はイアンさまはイギリスに帰国させて病気治療に専念させると旦那さまから聞かされておりました。なのでお亡くなりになったと聞かされた時は故郷でお身内に囲まれて看取《みと》られたとばかり…」
清水　「…あたくし達がお屋敷におりました時にもその部屋は開かずの間とされてました。イアンさまは子供時代、あそこにはお化けがいるから絶対近付いてはいけないよ、と教えて呉れたものです…」

だが、亜美姉と課長は白い布に包まれていた、嘗《かつ》てイアン＝ホワイトリーという生身の人間の痩《や》せ細った、ミイラ化した遺体を見ても顔を背《そむ》けることはしなかった。それは遺体であるにも拘《かかわ》らず、陶器のような美しさが

あったのだと言う…。

弁護士　「私もさきほどニコライ氏から聞かされたばかりです。ここにイアンさまの遺書があります。日付は三箇月前になっています」

亜美・課長「……」

ニコライ　「寄宿舎を整理した後、イアンは妻のエリーゼを探しに出たのだとばかり思っていた。だが…息子はここで…精も根《こん》も尽き果ててしまっていたのだ…」

課長　「け…警察を…呼びましょうか？」

ニコライ　「県警の本部長とは懇意《こんい》にしていてね。先ほど、そちらの女性が倒れた時に弁護士に電話をさせて、大《おお》凡《よそ》の状況を報告したよ。もはや隠し立て出来るものじゃなくなったからね。大事に至らないように取り計らって貰うよう頼んでおいた。だから…あなた方も…」

イアン＝ホワイトリーの遺書には、'屋敷の跡地に観覧車を建てて欲しい'という遺言《ゆいごん》が記されていた。一度、役所に持ち帰り、用地譲渡後に観覧車を建設することが可能か検討することを約束して、課長と亜美姉は屋敷を辞去した。翌日、市長から課長にホワイトリー邸での出来事は口外しないよう通達があり、事件性がないことが証明されて、イアン＝ホワイトリーの遺体は英国に送還されることになったと課長から耳打ちされた…。

多美「…亡くなって三箇月も経っていたの?」
亜美「遺書の日付はそうだったワ」
女給「ああ…イアンさま…何て…お可哀相《かわいそう》に…」
亜美「今にも起き出しそうなほど綺麗なお顔でしたよ…」
主人「…あの、イアンさまが…何と…」
繁美「地下という環境の湿度が遺体の保全を万全にしたのだろうけど…。あたし的にはこのネックレスの『月の石』とロザリオにあった『月の石』というのが気に掛かるんだなぁ」
主人「清水がイアンさまのネックレスがホワイトリー家の家宝であると聞いたように、私も旦那さまからそのロザリオの由来《ゆらい》を聞いております。ふたつの石は同じ隕石《いんせき》から採取したものですが、それぞれ落下地点は別だったそうです。ネックレスの方は黒、ロザリオの方は白の石なのですが、鉱物組成の関係からなのか、ふたつを一緒にしておくとくっ付いてしまうのだそうです。ホワイトリー家ではふたつの石を男女に準《なぞら》え、子孫繁栄の石として家宝にしている、と聞かされておりました…」
繁美「う〜ん。天然の宝石系のパワーストーンとは違う隕石《メテオライト》系のパワーストーンになるのだろうけど、実際にイアンさんの霊を見た人間として意見を述べるなら、ネックレスの石そのものに力が秘められているというより、土地の磁場に感応して力を発揮しているように思えるのよねぇ…」
多美「繁美姉の言う大岡山パワースポット説?」

繁美「そう…。大きさから推測するとネックレスの石だけではそこまでの力はないと思う。イアンさんの霊体があたし達の前に現れたり、ご遺体に美しい表情を作らせたのはこの土地に秘められた性質と関係しているんだと思う…」
主人「イアンさまの姿が私達には見えないというのは『月の石』と土地のパワーとどんな関係があるのですか？」
多美「（亜美に小声で）さっきみたいにあたし達が魔女だからって言わないでね。あたし、普通の高一の乙女なんだから…」
繁美「（主人と女給に）それは…石の記憶の作用だと思われます」
女給「記憶？」
繁美「（頷《うなず》いて）例えば、日本のあちらこちらに存在する子宝神社。有名なところでは千葉県銚子市の菅原大神《すがわらたいじん》があります。そこには九〇個の子宝石というのがあり、夫婦で石を持ってお腹に当てたり、目を瞑《つむ》って撫でたり、抱きしめたりして祈願するそうですが、その石を抱いていると石の方から子供を授かりたいという思いが伝わって来るそうです。それはきっと何千人何万人という石を抱いたヒトの願いが記憶として留まったからだと言えます。一方、水晶という石には水晶振動子というものがあり、外部からの圧電効果によって固有周波数の振動を得ることが出来ます。これは外部からの作用に対してエネルギー交換をして反作用させる力があるということです。もしこれ等、ヒトの想いとエネルギー交換という物理的な作用が相《そう》乗《じょう》した場合、石の記憶が大きなパワーとなって現れるんじゃないかと…」
亜美「外部からの力に反作用する力…。それがこの大岡山にあるのね」

繁美「あたし調べてみたの。パワースポット説を持ち出した責任もあるしね…。そしたらね、江戸中期安永年間の文献にこの辺りに『天光石《てんこうせき》』という石が降って来たという記録があったの」
多美「降って来たって…ひょっとして隕石？」
繁美「そう。昔は信仰の対象にもなっていたみたい。お殿様の命によって徒士組頭《かちくみがしら》の渡辺治五郎《わたなべじごろう》という人物が管理の役職に就《つ》いていたワ」
主人「わたなべ…同じ姓ですね」
多美「（今更《いまさら》のように）あっ…本当だっ！　あれっ？」
豊美「ウチは家系図があるような大した家柄じゃないけど…士族だったとは聞いたことがある…」
亜美「やはり、そういうことか…」
多美「えっ？！　ヤバイ、分かんない！」
繁美「これは後付けの推測になるけど…あたし達四姉妹だけが亡くなったイアンさんの姿を見ることが出来るのは、大岡山に降った『天光石』を守《も》りしていた一族の末裔《まつえい》だから…」
多美「（懸命に理解しようとして）…隕石が大岡山に落ちた…ホワイトリー家の家宝のネックレスとロザリオも隕石……隕石の守りをしていた渡辺治五郎の末裔かも知れないあたし達だけが亡くなったイアンさんの姿が見える…石の記憶…？　う～ん、分からないなぁ…」
亜美「繁美のことだから良いトコまで行ってるんでしょ？」
繁美「まあね」

多美「あっ！　分かった！」
豊美「（微笑んで）おや、まあ」
多美「イアンさんの故郷の英国に落ちたという月の隕石と大岡山に落ちた隕石は同じ石なんだ！」
繁美「正解！（磐井に）もし磐井さんがニコライさんとお話出来る機会があったら、ご先祖が隕石をどうやって手に入れたか訊いてみて下さい。どこかに記録が残っているかも知れません」
主人「はい。エドナさまが何か書き残していないか旦那さまに調べて貰います」
繁美「そしてもう一つ。多美ちゃん、あたし以前、断層の形状の繋がりの話をしたの覚えてる？」
多美「えっ？　あっ、うん、ちょっとだけ…（下怪しい）」
繁美「その顔は覚えてないって顔ね。パワースポットを説明する時にしばしば登場するのが長野県伊那市《いなし》と下伊那郡大鹿村《しもいなぐんおおしかむら》との境界に位置する分杭峠《ぶんくいとうげ》という所なんだけど、そこは日本最古で最大、最長の巨大断層地帯〝中央構造線〟の真上にあり、磁場を形成する単位エルステッド値が0《ゼロ》に近い〝ゼロ磁場〟を形成している場所と言われてるの。これは電磁誘導でいう二つの磁界の方向が向き合って磁場を打ち消しているからで、ふたつのエネルギーがぶつかり合って強力な地磁気を生み出していると考えられている。こうした〝ゼロ磁場〟には大地が持つエネルギー〝気（プラーナ）〟が発生していて、水分子に作用して細胞を活性化させることが証明されているの。身近な例で言うと、磁気ネックレスが血液中の鉄分の流れを良くして、肩凝りを解消する仕組みに近いかな」
多美「なるほど。ひょっとして大岡山の何処かに『天光石』の塊《かたまり》が残っていて、ホワイトリー家所蔵の『月の石』に反作用して、，ゼロ磁場，が形成されたとか？」
繁美「大きな，気（プラーナ），ではないとしても、その隕石と縁《ゆかり》のある人間には影響を与えるかも知れない」
豊美「石の記憶…，気（プラーナ），の発生…それらの条件が整った時に石に内在する力が縁のある者達に影響を及ぼしたのね…。あたしや亜美が高校時代の彼氏と結ばれたこと然《しか》り…」
亜美「イアンさんが礼拝堂であたしに乗り移ったのも、多美ちゃんにイアンさんの姿がはっきり見えるのも…隕石に縁がある人間だからなのね…」
多美「でもさ、イアンさんはどうして、観覧車を建てろだなんて遺言したのかな？」
繁美「観覧車のことは…そうね…（主人に）イアンさんとエリーゼさんの思い出の中に何か思い当たる話はありませんか？」
主人「ございます。エリーゼさまがフランスで移動式遊園地の観覧車でアルバイトをしていた時におふたりは出逢ったそうです」
女給「だから大岡山に観覧車が建つと聞いた時、どうしてそんなイアンさまの心の傷に触れるようなことをなさるのだろうと…」
繁美「なるほど…そうでしたか…」

繁美姉は後に、「イアン＝ホワイトリーは妻のエリーゼを待つ内に悪魔に魂を売ってしまったのかも知れない」と言った。イアンがゴンドラに乗っている時にさまざまに面容を変化させたこと、ときおり何を話しているのか

分からなくなったのは、エリーゼを待ち続けるイアンの妄執《もうしゅう》に悪魔が喰らい付いて魂を徐々に浸食し始めたからだと言うのだ。だがこの時、亜美姉はホワイトリー家に忠誠を尽くしてきた実直なふたりに向かって、「大岡山に建つ観覧車を見て、エリーゼさんがやり直す気になって戻って呉れれば、と期待したのではないでしょうか？」と言った。

主人「それほどまでにエリーゼさまを愛していたとは…」
女給「イアンさまはエリーゼさまを求めて…あの世にも行かずに彷徨《さまよ》っているのですね？　何とお労《いたわ》しい…」

イアン＝ホワイトリーの「…互いに慈しみ合う精神さえあれば二人の絆《きずな》は永遠になるんだ…」という言葉が思い返された。精神を病み、痩《や》せ衰えて餓《が》死《し》するまで屋敷の地下で妻を待ち続けた男の妄執《もうしゅう》を断ち切り、地縛から解き放ってやることは出来ないのだろうか？

豊美「大岡山の『天光石』守り・徒士組頭《かちくみがしら》・渡辺治五郎《わたなべじごろう》の末裔《まつえい》としてあたし達がやるべきことは決まっているようね」
亜美「そうね。一族の名に懸《か》けてね」
繁美「よ～し、一丁《いっちょう》やってやるか！」
多美「えっ！　ええ～？」

姉達は聞いたような台詞《せりふ》を言ったが、あたしには何をどうすべきなのかさっぱり分からなかった。あたし達の中に『天光石』守りの渡辺治五郎の血が流れているなら、この一連の出来事を収めることは必然のように思えたから、あたしも大いにヤル気を見せたんだけど…。まさか、矢面《やおもて》に立たせられるなんて思っていなかった訳で…それもイアン＝ホワイトリーと会話を交わしたあたしだからこそ出来る作戦だと言うのだ。

別日…。
雷が遠いところで鳴っている。大粒の雨がボツボツと地面を叩き、アスファルトの匂いが強く立ち込める夕刻。
神戸亭を出る多美。坂道を確かめるようにゆっくり上ってゆく…。

大岡山の観覧車は月に一度、施設点検の為に第三水曜日に止められる。今日はその日で亜美姉の手配でいつもより早く仕事を終えた業者は大岡山から出ていた。そして…今日という日は四年前にイアン＝ホワイトリーが屋敷の地下に残した遺書にあった日…。繁美姉が言うには、おそらくその日が命日だろうということだった…。

多美　「（観覧車を見上げて）ゴンドラが…動いている…」

頂上のゴンドラの中に白いワイシャツが見える。ゴンドラは順に昇降しているが、白いワイシャツはずっと頂上から動かない…。

多美　「（首から下げたネックレスに手をやり）さあ、いらっしゃい！！」

多美の言葉に合わせるように、バチンと音を立てて観覧車の照明が点く。
するとそれまで頂上にあったゴンドラが下降を始め、多美の待つプラットフォームに下りて来る。

イアン「（ゴンドラから出て）…あれ？　君…以前にも会ったことある？」
多美　「はい。ココに来るのは久し振りです」
イアン「そうか、と言ってもボクには時間の観念がないんだ。昼と夜の区別しか付かない」
多美　「少し歩きませんか？」
イアン「おや、子供の癖に…いかのう誘をクボの大人？」
多美　「えっ？　ええ。見晴らし台から夜景を見ると恋が成就するって聞いたから…」
イアン「らしいね。毎夕、そんなような奴がひっきりなしにやって来るからね…」

イアン＝ホワイトトリーはあたしのことなど記憶に留めていないようだった。彼にとって日常の些細《ささい》な記憶など、エリーゼと過ごした思い出に比べれば、さして価値のないようなものなのかも知れなかった。

多美　「（見晴らし台まで来て）わあ、ここから見上げる観覧車ってお伽《とぎ》の国の乗り物みたい…」

イアン「んっ？　ああ…そうだね…」
多美「ん～パリの夜を思い出すわ」
イアン「パリ？…パリだって…君は…パリの観覧車を知っているのかい？」
多美「厭《いや》ね、忘れたの？」
イアン「（遠くを探るように）…あぁ…色とりどりの電飾が揺れて…アコーディオンの調べに子供達の嬌声《きょうせい》が
重なる…あぁ、懐かしいな…」
多美「ねえ。キスして…ふたりの出逢いを祝して…」
イアン「ふっ…聞いたような…なだんう言を台詞」
多美「（イアンの首に手を回して）ふふ…あたし…あなたの故郷を見てみたいワ」
イアン「（多美の顔を両手で挟《はさ》み）ふん…まだ子供の癖に…（ト多美のネックレスに気付き）こ…これは?!」
多美「ふふ…あなたに贈られたモノ…ホワイトリー家の家宝だったでしょう?」
イアン「家宝…？（頭を抱えて）…オレに家なんか…あったのか？」
多美「（イアンの形相に負けまいと必死に）厭ね。あなたはお金持ちの坊ちゃん。あたしの理想の男性だわ…」
イアン「（後ずさって）誰だ！　お前は…だんな誰!?」
多美「あたしはエリーゼ＝シンプソン。忘れたって言うんじゃないんでしょうね」
イアン「エ…リーゼ…エリーゼ…あぁ…そんな…お前が…エリーゼだって？　そ、そんな筈はない…でも、この石
が確かに…あぁ…お前がエリーゼだと…告げている…（ト頭を掻《か》き毟《むし》る）」

　徐々にイアンの容姿が変化し始める。
　皮膚がねずみ色にくすみ始めると血管が浮き出し、ぷちぷちと音を立てて裂け始める。
イアン「おうおうおう…おう…」
多美「(泣きそうになりながら)うわっ！　悪魔が顔を出し始めた！　もう、何であたしがこんな役目…ひっ！！」
　筋肉が隆起し、白いワイシャツのボタンを吹っ飛ばす。半泣きの多美の前でコウモリのような翼が立ち上がる。
イアン「（生えた尾を地面に打ち付けながら）エ…リ……—…ゼ…エリ…ゼ…グフォォォ…」
多美「（後ずさって）ヤバイよ～…そろそろ仕掛けに掛からないと～…もう～ヤダ～」
イアン「（目に青い炎を灯らせて）ＨＥＹ ＹＯＵ！」
多美「（ネックレスを見せびらかすように）さあ、来なさい！　あなたが待ち続けたエリーゼはここよ。さあ、追い掛けてみなさいっ！」
イアン「アオウ～！（空を仰いで吠えると多美に向かって爪を鳴らす）」
多美「あわわっ！！」
　踵《きびす》を返すと正門ゲートに向かって坂をダッシュする多美。
　翼をまだ完全に使えないイアンが足を縺《もつ》れさせながら多美の後を追う。

多美　「（懸命に走りながら）もうっ！　坂道だから足に体重が乗らないんだってっ！」
イアン「（少しずつ滑空を始めて）マテッ！　オンナ！！」
多美　「ひぃぃぃぃ…（先に見えるゲートに向かって）姉さんっ！　開けて〜っ！！」
待機していた豊美、亜美、繁美、磐井、清水の目の前で、通用口がバーンと音を立てて閉じ、多美の行方を塞《ふさ》ぐ。繁美が飛び付いて閂《かんぬき》を引こうとするがウンともスンとも言わない。
繁美　「ンンッ…ダメだワ！　妖《あや》しい力が働いてる！　みんな、手を貸して！　ゲートを開けるのよ！」
全員で力を合わせ、鉄のゲートを押す。辛《かろ》うじてヒト一人通れるほどの隙間が出来る。
「うわぁ〜っ！」と叫びながらその間を駆け抜けてゆく多美。
同時に「ドーンッ！」と衝撃音が走り、鉄のゲートが一瞬浮き上がる。バタバタと翼を使って体勢を立て直した黒い影が、五人の頭上を越えてゆく。
繁美　「うわっ！　マジ？」
主人　「…坊ちゃま…」
亜美　「多美、頑張れっ！」
豊美　「何とか逃げ切って！」

正門ゲートから国道まで凡《およ》そ三〇メートルの広場を全力で走る多美。

大岡山公園前の横断歩道の信号機が青の点滅から赤に変わる。

多美「あ～先がない！　一体、大岡山ってどこまでを言うの？！　これじゃ国道に飛び出しちゃう！」

多美の首を掻《か》くようにイアンの爪がかすめる！

多美「ひえぇぇ～っ！　こうなったらイチかバチかだ！　いえぇぇいっ！！」

首を竦《すく》めながら国道に向かって身体を投げ出す多美！

多美の目の前で車のタイヤが鳴る。

刹那《せつな》！

イアン「ぐがっ…」

網に掛かったかのように空中で貼り付けられるイアンの身体。

多美「（鼻先で止まった爪先に目を白黒させて）あわわわゎ…」

イアン「…うあおううううっ…」

全身に罅《ひび》が入り、足元から砕けてゆくイアン。

イアン「（吐息《といき》のような呻《うめ》き声で）あ…ぁ…オ…レ…の…愛…よ…」

双眸《そうぼう》に宿った青い炎が消えると剥落した肉体は灰と化して風に浚《さら》われる…。

固まって、呆気《あっけ》に取られている多美の頭上で、信号機の音響付加装置の音声が「信号が変わりました…」と告げている。

繁美「（息せき切ってやって来て）多美ちゃん！　無事だった？！」

多美「あぁ～危機一髪だったぁ～。これ見て…足が痙攣《けいれん》してる…」

繁美「頑張ったわね！　歩道にかかった所までが大岡山の磁場領域だったわね」

亜美「（走って来て繁美と多美の身体を引っ張り起こし）ナイスラン！　県大会より良い走りしてたぞ」

多美「くぅ～タイム計ってて貰《もら》いたかった～」

豊美「（やって来て）大丈夫、立てる？　騒ぎになる前に、戻りましょう。神戸亭さん達が待っていますって」

多美「（気が抜けて）あひひひ…ヘロヘロになり過ぎてなんも食べられないよぉ～…」

あたしの気持ちを落ち着かせようと神戸亭の主人が出して呉れたコンソメスープには味が全くなかった。それはあたしの味覚がおかしくなっていたからなのか、作り手側の問題なのか分からない。ただ、磐井さんも清水さ

んも言葉少なく、姉達も出されたコーヒーをひと口啜《すす》っただけで、目の当たりにした現実をどう受け止めて良いのか分からないといった風だった。

イアン＝ホワイトリーに待ち受けていた残酷な最期を想えば、この場に居る人間の胸中は推《お》して知るべしだった。互いに引き合うという『月の石』と『天光石』の石の記憶が、妻を待ち続ける男の妄執をこの地に地縛《じばく》させ、悪魔を呼び込んでしまった。そんなカレを救う道はひとつ…大岡山の磁場領域の支配から解き放ち、昇天《しょうてん》させることだったが…渡辺家四姉妹が見たイアン＝ホワイトリーの末期の姿をあたしの口から神戸亭の二人に話して聞かせるには余りに酷《こく》のように思えて…あたしはただ黙って、豊美姉の語る話に相槌《あいづち》を打つしかなくて…。

…………………………………………………………

それから一年半が経った。あたしが体育大学の内定を取ったその年の十二月の中頃、あたし達四姉妹は神戸亭で少し早いクリスマスディナーの食事会に集《つど》った。これはホワイトリー家の家宝だった『月の石』のネックレスを返還したことで、磐井さんや清水さんが引退するまで神戸亭自慢のクリスマスディナーをご賞味下さい、とニコライ＝ホワイトリー氏が招待して呉れた会だった。

豊美「…では多美ちゃんの大学進学の祝いを兼ねて一年振りの集まりに…」
繁美「ちょっと待って！」
亜美「何よ、もう」
多美「うふふふ」

亜美「何？　ふたりして」
繁美「実はあたし…」
多美「結婚するんだって！！」
豊美・亜美「ええっ？」
繁美「相手は…まっ、元カレなんだけど…マサヒコ君」
亜美「それって高校時代のカレ？」
多美「ＳＮＳで友達申請して来て、何やかんやと行き来しているうちに焼け木杭《ぼっくい》に火が点いたんだって」
亜美「わあっ！」
豊美「おめでとう」
繁美「ありがとう。照れるな…」
多美「あ～あ、大岡山カップル伝説は三姉妹には微笑《ほほえ》んだけど一番下には届かなかったか…」
繁美「そうボヤきなさんな。大岡山は多美ちゃんを見捨てやしないわよ」
山本「（皿を運んで来て）失礼します。こちら、前菜になります」
多美「（ハッとして）あっ…どうも…」
亜美「新人さん？」
山本「はい。アルバイトです。クリスマスシーズン限定の」
主人「（奥から顔を出して）山本クンも多美ちゃんと同じ大学だよ。しかも陸上部だ」

多美「ええ～先輩？（緊張して立ち上がり）あ…来年から入ります、渡辺多美です。どうぞ宜しくお願いします」
山本「あ…あぁ。こちらこそヨロシク…」

豊美姉・亜美姉・繁美姉が目配《めくば》せして笑ったのを気にする余裕なんかなかった。コレって…大岡山パワースポット説のご利益が高校生活残り三箇月にして巡って来たってことなの？

大岡山カップル伝説の顛末《てんまつ》としてはハッピーエンドといきたいところだったけど、磐井さんが最後に読み上げて呉れたニコライさんからの手紙には、一年半前の事件に関わった者達にとって、何とも言いようのない痛みを伴う結末が記されていた。その内容は…財産相続の問題からホワイトリー家はエリーゼ＝シンプソンの行方を捜したが、彼女はアルプスの北壁で滑落《かつらく》事故に遭《あ》い、二年前に死亡していたことが判明したというものだった…。

「ご馳走さまでした」「美味しかったです」…挨拶を交わし、神戸亭を辞す四姉妹。
ト、大岡山の観覧車に照明が点く。

多美「（観覧車を見上げて）あれっ？亜美姉、今日は今年最後の施設点検の日じゃなかった？」
亜美「そうよ…う～ん、変ね」
多美「まさか…」
豊美「止めなさい。あたし達の役目は終わったの。何がどうあろうとここは平和な公園に戻った…そう納得することが大事よ。イアンさんの為にもね…」

繁美「（酔って）さすが、豊美姉、良いこと言う」
多美「う…うん…そうだね…」

皆、観覧車に背を向けて帰り始めたんだけど…あたしは…どうしても…気になって…もう一度、最後に観覧車を見上げたんだ…。
あぁ…そんな…。ここから見える訳ないのに…天辺のゴンドラにサンタクロースとトナカイの扮装《ふんそう》をしたカップルの姿が確かに見える…。

亜美「多美ちゃん、行くわよ」
繁美「置いてっちゃうゾ」
多美「ちょっ…待ってよォ（ト後を追う）」

そっ、あれはイアンさんでもエリーゼさんでもない、あたしと山本先輩の未来の姿が重なって見えたんだ、って思うことにしよう。
だから、ねっ、『天光石』守りのご先祖さま、これからのあたし達のこと、呉々《くれぐれ》も宜しくお願い致しますよ♡

（終わり）

これらの物語はフィクションです。

古藤芳治（ことう　よしはる）

学習院大学文学部卒　文学座出身の俳優/モデル。

現在CREATOR＝虎島キンゴロウとしても活動。

著書に愛と絆シリーズ「死者からの照射」「転生する女」「メシアの贖罪」などの長編ロマンミステリーがある。

愛と絆のミステリー　戯曲3

2017年9月29日発行

著　者　古藤芳治
発行所　ブックウェイ
〒670-0933　姫路市平野町62
TEL.079（222）5372　FAX.079（223）3523
http://bookway.jp
印刷所　小野高速印刷株式会社

ISBN978-4-86584-265-4